令狐沖的人生哲學

李宗為
周錫山◆著

武俠人生叢書序

全世界華人的共通語言——金庸武俠小說，世代不再只是文字想像，它早已幻爲千百個化身：漫畫、電玩、電視劇、電影、布袋戲……，不管是本尊抑或是分身，銷售率與收視率都相當可觀，儼然成爲一個新世紀的流行文化標記。

就出版的角度來看，從金庸武俠小說所延伸出來的各種議題，皆競相成爲出版的賣點，如金庸武俠小說世界中的愛情、武功、醫術、文化、藝術……等，都能受到讀者的歡迎，男女老少皆宜；當然，我們尙列了古龍、溫瑞安……等武林名家筆下的各知名小說人物供讀者玩賞、品味。

生智文化事業有限公司的相關企業「揚智文化事業股份有限公司」原有近三十本的「中國人生叢書」，擁有穩定的讀者群，在這樣的基礎上，生智文化特推出「武俠人生」系列叢書，爲求接續「中國人生叢書」的熱潮，一秉初衷，繼續爲讀者服務。

本系列叢書係以武俠小說主角人物爲主，一人一書；爲延續「中國人生叢書」的主題內容風格，「武俠人生叢書」乃以小說人物的「人生哲學」爲主軸，期能提供讀者不同的切入點，品評小說人物的恩怨情仇，唯寫法類似一般著名人物的評傳。同樣的小說，不一樣的閱讀方式，帶來的絕對是另一種新的樂趣。生智文化希望您可以在「武俠人生」裡盡情涵泳，在武俠小說與人生哲學之間來去自如，逐步打通任督二脈，使您的功力大增，屆時您將可盡情享受不那麼一般的人生況味！

誠所謂「快意任平生」！本系列叢書深論武俠人物的愛恨情仇等「人生哲學」，作者筆下可謂是感性、理性兼具，在這新世紀的流行文化出版潮流裡，爲男女老少消費群們，提供一個嚼之有味、回味再三的讀物。

生智編輯部　謹誌

序

《笑傲江湖》被學者和讀者認爲是與《天龍八部》和《鹿鼎記》並列的金庸武俠小說中的頂峰之作。

《笑傲江湖》中的主角令狐沖是讀者最喜愛的大俠之一。金庸自己也說：「在我所寫的這麼多男性人物中，胡斐、喬峰、楊過、郭靖、令狐沖這幾個是我特別喜歡的。」（《正狐外傳·後記》）令狐沖確實是金庸寫得最成功的人物之一，他的人生道路和人生哲學給讀者的啓示良多。

《笑傲江湖》作爲武俠小說的極品之一，在藝術上取得了極高的成就。馮其庸先生精闢指出：

> 金庸透過劉正風、曲洋合奏一曲《笑傲江湖》的故事，把人性的光輝發揮到了極致，發揮到了淋漓盡致的程度！給人以心靈的震撼。

進而又指出：

在《笑傲江湖》裡，金庸確實展現了各式各樣的人性。《笑傲江湖》是一部百餘萬字的大書，人物眾多，頭緒紛繁，而文筆又如行雲流水，一氣讀下，無復窒礙。

《笑傲江湖》是金庸的後期作品，其敘事，已到爐火純青、出神入化的境界，所謂文有餘思，筆無滯礙，信筆所至，皆成妙諦。

《笑傲江湖》裡所涉及的場景、人物，以及各類武林人物交手搏鬥的場面不可勝數，但歷歷寫來，景隨情轉，變化無窮而皆能貼合生活，讓你如同身歷其境。（〈論金庸小說的寫作——以《笑傲江湖》為例〉，《華山論劍——名人名家讀金庸》，揚智文化）

馮其庸先生的以上觀點精闢總結《笑傲江湖》的總體成就，他在此文中又指出：

令狐沖的道路，是一條充滿艱難曲折的道路，是一條充滿著誤解、誹謗、陷害和蒙冤的道路，令狐沖就是在這樣的一條世途上走過來的。令狐沖的道路，具有特殊的社會內涵和認識價值。

令狐沖的人生道路概括了青少年在環境險惡的社會環境中所經歷過的種種歷史和現實的經驗和教訓，令狐沖的人生哲學是成功英雄的精神的折射。本書力圖寫出令狐沖的人生哲學的神采。相信青少年讀者，尤其是身處逆境的搏擊者，必能從令狐沖這個人物形象中得到啟示，受到鼓舞，自強不息，取得成功。

我在《喬峰的人生哲學．自序》中開頭即說：「金庸的武俠小說雅俗共賞，在藝術上取得極高的成就，筆者已有〈論金庸小說是二十世紀中國和世界文學的領先之作〉一文（《華山論劍——名人名家讀金庸》，揚智文化），略作闡發。」我在撰寫本書期間又完成〈再論金庸小說是二十世紀中國和世界文學的領先之作〉和〈金庸小說中的世界性因素——三論金庸小說是二十世紀中國和世界文學的領先之作〉（簡稱〈再論〉）。〈再論〉是「金庸小說北京國際研討會」論文，此會由北京大學和香港作家聯會共同發起和主辦。大會邀請函指出：「金庸是當代華人中擁有讀者最多的小說家」，「國際性的文學家。」，「僅一九八八年，就在美國科羅拉多和台灣海峽兩岸分別舉行過三次金庸小說國際研討會。近日香港東亞銀行主席兼行政總裁李國寶博士，邀約學者共同提名金庸角逐諾貝爾文學獎，此一提議已獲得廣泛的響應和支持。」在北京大學舉辦的這個國際研討會，即是對這個倡議的呼應。〈三論〉是我提交《金庸研究》（海寧金庸學術研究會編）第五輯的論文。

本書是我與李宗爲先生合作的產物。宗爲兄是我在華東師範大學讀研究生時的同學好友。畢業後，他向其姑父——一代學術宗師、復旦大學趙景深教授（一九〇二～一九八五）極力推薦，使我得到景深師的賞識。景深師不僅歡迎我報考博士班，並認我學術接班人，決定由他指導，由我執筆撰寫聯名出版《中國戲曲史》（四編、四冊，一百三十萬字）。我雖因受某種迫害，未能報考博士生；後又因景深師猝然逝世，此書未及動筆（我已寫好全書總目並由他審定），但宗爲兄的厚情高誼，我將終生銘記！宗爲兄學識淵博，文筆雋美。此書本爲他的任務，他因夫人王協赴美留學，獨力養育幼兒，教學之外，無暇完成全書，在寫定緒論、生平篇和令狐沖大事記表後，由我勉力完成其餘部分。我們曾多次愉快合作，這次除合寫本書外，我撰寫「武俠人生叢書」中的喬峰、胡斐等書，也是他向生智文化事業有限公司顧問孟樊先生和大陸代理張志國先生推薦而加盟其中並叨陪末座的。宗為兄一貫樂於助人，有俠者之風，而我是宗為兄相助、提攜最多之人，感激之心，溢於言表。

周錫山

目錄

人生觀篇 255

評語 269

附錄 289

令狐沖的人生哲學

緒論

令狐沖是《笑傲江湖》的出發點

金庸的武俠小說中，有許多出色的人物，唯獨挑選了令狐沖來寫書，一是由於氣味相投，二是因爲《笑傲江湖》在金庸的諸多作品中具有極其特殊的地位，並且這一點似乎至今沒有引起論者的充分重視。

許多論者都注意到了《鹿鼎記》與金庸小說中的特殊性，有的還冠以「反武俠小說」之稱來標榜其特殊性，這不難理解，因爲《鹿鼎記》，使金庸小說與其他所有武俠小說明顯不同。一部小說，所寫的人物大多是武林中人，無論如何不能不說它是一部武俠小說。然而，其主角卻既不「武」又不「俠」，這在武俠小說中自然別開生面，這恐怕也是金庸在寫《鹿鼎記》中有意識要追求的效果。然而，倘若撇開這表面化的特殊性來看，筆者認爲《笑傲江湖》才眞正是金庸筆下最爲特殊的作品。謂予不信，容我道來。

《笑傲江湖》有二大特點是金庸其他作品，包括《鹿鼎記》在內所不可比擬的。其中第一個特點就是其人物形象的構思。

在《笑傲江湖》剛開始在《明報》連載時，金庸曾在回答訪問者的提問時說到，在初次執筆寫武俠小說時，他先有故事輪廓，後來再配上人物，但「後來寫《天龍八部》又不同，是先構思了幾個主要人物，再把故事配上去。我主要想寫喬峰這樣一個人物，再寫另外一個與喬峰互相對稱的段譽，一個剛性，一個柔性，這兩個性格相異的男人。」（林以亮、王敬義、陸離，《金庸訪問記》）這種由一個人物形象衍生出其他人物形象的構思方法，如果說在《天龍八部》中還是初步的嘗試，那麼《笑傲江湖》其應用已達到登峰造極、爐火純青的地步。一部《笑傲江湖》，可以說其主要人物大多由令狐沖一人演出，有的是經過變形的他的身外化身，有的則是其形象的顛倒，猶如其相片的底片。

以其化身而言，不說劉正風、曲洋那樣本身就是其前奏、縮影，為他作鋪墊的人物，就是華山莫大先生，為人孤僻狷介，獨來獨往，但若令狐沖不是偶邀佳人來青睞，又不必勉為其難作一派掌門，到頭來不也是個莫大！換言之，莫大先生不過是個不能與如花美眷遂偕隱之志的已屆老年的令狐沖而已。那個宣稱「大丈夫做事光明磊落，做就做了，人家笑話也好，責罵也好，我不戒和尚堂堂男子，又怕誰來」的不戒，倘不是形象生得奇特，性格更加魯莽，與令狐沖所裝扮的「吳大將軍」又何其神似，難怪令狐沖初次見他就大笑說這樣的和尚「才教人瞧著痛快」，一言道破了「惺惺」相惜的天機。再有那神龍見首不見尾的風清揚，其心跡行事又與令狐沖何等神似！在杭州梅莊向問天給令狐沖捏造身分，稱他姓風，是風清揚的唯一傳人，其實在信口開河中洩漏了金庸的心聲。即使那女主角任盈盈，倘非性別不同，又沾染上幾分魔教的邪氣，以其癡情任性、漠視名利而言，又與令狐沖有什麼不同？就連那曇花一現的小女孩曲非煙，其膽大妄爲、性喜胡鬧的性格也全然繼承了令狐沖的衣鉢。這許多人物（還有不少，恕不一一舉例），可以說莫不是令狐沖的身外化身，不過經金庸那支生花妙筆在年齡、性別或遭遇上給他們一一化妝易容，變得各臻其妙，令人難以辨識而已！

這一構思人物的手法，並非金庸的創造，在《紅樓夢》中，曹雪芹就以甄寶玉來「對襯」賈寶玉，以晴雯來陪襯林黛玉，又由性格志趣的對立，同時塑造出黛玉、寶釵，還怕別人看不出，在太虛幻境的《金陵十二釵正冊》中將她二人併置於一頁之上，不分彼此。可嘆他的這點玄機，不僅夢中人「賈寶玉看了不解」，至今「紅學」專家，也無一人解出。

金庸並非「紅學」專家，卻與曹雪芹「心有靈犀一點通」，不僅將他「身外化身」的人物構思方法推向極致，就連這一對立構思法也應用得妙不可言，令人嘆爲觀止。

《笑傲江湖》中與令狐沖處處對立的，自然就是岳不群了。令狐沖眞率至極，岳不群虛僞入骨；令狐沖任性胡爲，岳不群心機深沉；令狐沖棄權勢如敝屣，岳不群視權勢爲至寶；令狐沖情根深植，岳不群自宮絕愛；二人恰如照相之正片、反片，無一處不相反。至如其他那些反面角色，左冷禪、任我行、林平之……等，其形象也部分與令狐沖相對，如有色棱鏡般各自折射出與其對立面岳不群大抵相同而略加異形的氣質。

總而言之，一部《笑傲江湖》，其中許多看來形形色色的人物，有的其形象由令狐沖形象衍生而成，有的以其形象顚倒而生，深得《易經》「易有太極，是生兩儀，兩儀生四象，四象生八卦」之意味。

這是《笑傲江湖》與衆不同的第一個特點。

不同於其他作品的思維模式

自《笑傲江湖》第一個特點中，其實已經展示了它的第二個特點，那就是其中主要人物的群像，其實分爲正、反兩大群體，令狐沖是其中一個群體的楷模，與他處處相反的岳不群則是另一群體的核心。這也是一大特點，且慢嗤之以鼻，其中有個緣故，說來話長。

話要從筆者對傳統文化的認識談起。筆者認爲，中國傳統文化與西方文化最根本的不同是思維模式的不同，二者其他種種不同，莫不發源於此。西方的思維模式，大家都認可是分析型的，從這一思維模式出發，上帝與魔鬼、光明與黑暗、人與自然都界線分明，並且處於緊張對立的狀態。中國傳統的思維模式，卻是二分合一均衡交纏型（這一名稱由筆者杜撰）的，無論陰陽交織、合爲一圓形的太極圖形，還是人首蛇身、分爲男女而兩尾交纏的伏羲、女媧，其實都是這一思維模式的象徵。於是，也有天堂、地獄，其主宰卻定於一尊（冥王也由天帝委任）；也分陰、陽（黑暗與光明），卻是一氣化生；也分人與自然，卻又「天人合一」。西方主觀唯心主義也被批評爲「合二爲一」，但這是否定其中一方的「合」，歸根結蒂還是蘊涵著兩方對立之意，與中國傳統文化同時承認雙方，卻又將其融合爲一是截然不同的。

思維模式的作用，有時較爲隱蔽。譬如繪畫，西方畫的透視有固定焦點，被稱作定點透視；中國山水畫卻沒有固定焦點，有人稱之爲「散點透視」，其實還是稱之爲「移動透視」更準確些。二者與思維模式看來沒有關係，其實密切相關。原來西人作畫，將時間與空間分析、剝離那失去了時間的空間便近似於快速攝影，因徹底處於凝固的靜態而只有一個視角、一個焦點了。中國古人在畫山水畫時卻根本沒有意識到時間與空間可以分拆開來，自然可以將某一時段中將各個視點觀察到的景象繪製在一幅畫中。因此中國山水畫是觀察者在不斷移動的「動態」（山水是不動的，動的是畫它的人）的畫。因此中國古文中的「宇宙」是空間與時間的統一。這裡正是雙方不同的思維模式所產生的支配作用。

同樣的情況出現在小說的結構中。與繪畫有固定焦點一樣，西方小說有一明確的主題，一切情節都環繞這一主題布置，與主題相關，否則就是結構鬆散。中國古典小說沒有一個確定的主題，也像山水畫一樣允許作者自由徜徉。戲劇同樣如此，中國戲曲從來沒有過類似西方「三一律」那樣的規定。如果站在西方文化的立場上來評論中國傳統的文學藝術，會認爲它「不懂透視」、「結構鬆散」……等，其實這裡不是技巧上的問題，而是思維模式的問題。思維模式在一個文化系統中產生決定性的支配作用，決定著文化的性質，而正是在這一點上，金庸小說是皈依中國傳統文化的。一九九八年五月，在美國科羅拉多大學召開了關於金庸小說的國際研討會，李陀在與金庸會下交談時說金庸小說「結構不好」，金庸在發言中謙遜地承認了這一點，但也辯解「結構鬆懈，是中國小說的傳統」，說明他是看清楚這一點的。

正因爲金庸小說立足於中國傳統文化，所以其小說不僅在結構上是傳統的，其人物形象的塑造也深合我所謂的二分合一均衡交纏思維模式。不像西方小說、影視，代表光明的正面人物與代表黑暗的反面人物往往針鋒相對，不共戴天，金庸小說中往往沒有絕對代表黑暗與代表光明的人物絕對對立的角色。敵對雙方是有的（否則不是武俠小說了），彼此卻不妨像郭靖與成吉思汗、袁承志皇太極那樣惺惺相惜；反面人物也是有的，卻也不妨像《三國演義》中的梟雄曹操不時閃現英雄氣概那樣流露並不邪惡的一面。惡毒到像「西毒」歐陽峰那樣，最後也與一代大俠「北丐」洪七公一笑泯恩仇；可惡到以「四大惡人」作爲稱號，身上居然也會有令人同情甚至淳樸可愛之處。用金庸自己的話來說，就是「這世界所謂正的邪的，好的壞的，這些觀念，有時很難區分。不一定全世界都以爲對的，就一定是好的；也不一定全世界都以爲是壞的，就一定是壞的」。其原因，就是在於是非正邪原本就是互相糾纏、沒有明確界線的——依照中國傳統的思維模式。

一個圈子兜到這裡，《笑傲江湖》的第二個特點就顯現出來了；唯獨在這部書中，金庸似乎跳出了原來的思維模式，主要人物被區分爲互相對立的兩大群體，並且二者之間的是非、好壞分得清清楚楚。岳不群、左冷禪、東方不敗、林平之……等與令狐沖形象對立的群體中人，都壞得非常徹底，連「四大惡人」與「西毒」都瞠乎其後，望塵莫及。

令狐沖是精神自由的象徵

這部書是寫令狐沖這個人物的，爲什麼在「緒論」中大談起《笑傲江湖》來？這是由於筆者認爲整部《笑傲江湖》都是環繞令狐沖這個人物構架的，而在令狐沖這個人物身上，作者賦予了一種比他所塑造的其他人物都遠更強烈的象徵意味，這才使整部《笑傲江湖》具有了金庸其他小說所沒有的兩大特點。

令狐沖象徵著什麼？金庸在一九八〇年爲《笑傲江湖》所寫的「後記」中說得很明白：「令狐沖不是大俠，是陶潛那樣追求自由和個性解放的隱士。……『笑傲江湖』的自由自在，是令狐沖這類人物所追求的目標。」他所象徵的就是一種「追求自由和個性解放」的精神。

然而這裡還有很大的問題。「自由」和「個性解放」都是西方人提出的口號，特別是「自由」一語，自從十八、十九世紀啓蒙運動者吹響以「自由」爲號召的號角以來，尤其是法國人在一七八九年以「自由、平等、博愛」的呼聲震撼世界以來，世界文明史中恐怕從未有過比它更響亮的言辭了，但是金庸卻將「自由」與中國東晉時代的陶淵明聯繫在一起，由此可見他所說的「自由」與現在通常所談論來自西方的「自由」並不相同。否則，中國古代的隱士們成了法國大革命的先驅，豈非荒唐！

現代來自西方的「自由」意識，其直接的來源就是以個性解放爲旗幟的義大利文藝復興思潮。文藝復興是「個人」的發現，因此現代的所謂「自由」，是以個人主義爲靈魂，以財產、言論、集會結社等權利爲目標的自由，它必然將人類社會導向法治社會。「個性解放」，首先就是人格的獨立，亦即人格不是由於具有某一團體身分或角色而獲得確認，它是一種由自身確認的獨立存在。個人自由，就是在同一法律準繩下進行自由選擇的自由，而這一自由與責任同時產生，一個人選擇了自己的生活目標、道德準則和生存方式，他就必須對自己的選擇承擔全部責任。

顯而易見，上述「自由」並不是令狐沖所追求的「自由」，並且他也不具備追求這種「自由」的前提——「個性解放」的自覺意識。

在書中，令狐沖從來沒有主動要求擺脫對華山派的人身依附關係，對岳不群代表華山派所給予他的種種處分：長跪也好，杖責也好，獨處山崖「思過」一年也好，他從來就是自認有過錯，絲毫沒有產生過反抗之念。直到岳不群將他逐出華山派並昭示天下，他也只懷自責之念並時時希望能重歸派內。到接近全書結束的「嵩山大會」時，書中還交待其內心道：「後來師父將他逐出門牆，他也深知自己行事乖張任性，實是罪有應得，只盼能得師父師娘寬恕，從未生過半份怨懟之意。」直到岳不群的醜惡嘴臉已徹底暴露，連其妻子也因此灰心自刎，他還是「從來不敢好好的去想一想」其卑鄙，為他開脫道：「我師父一生正直，為了練這邪門劍法，這才性情大變。」要不是到最後華山派實際上已不復存在，這一牢不可破的情結只能使他成為第二個莫大先生，做一個精神上的「隱士」。

既然如此，令狐沖所追求的到底是怎麼樣的一種「自由」呢?金庸在「後記」中已經交待：「陶潛式的自由，也就是中國傳統文化中道家所追求的那種精神自由，而不是西方的那種人身自由。」

西方以自由選擇的契約關係取代人身依附的倫理關係，使社會必然走向法治；中國傳統的道家的自由理想卻恰恰相反，只承認人倫關係而反對一切政治束縛（當然包括法律），所以其理想的社會是「小國寡民……鄰國相望，雞犬之聲相聞，民至老死不相往來」的超小型人治社會（以情代法，是以治社會的特徵，故宜小不宜大），也就是家族式社會。正因為如此，當華山派偏安一隅，過著大家庭式的人治生活時，令狐沖得其所哉，感到十分滿足，只有當《辟邪劍譜》快要出世，岳不群勃發政治野心要進而一統天下時，他的自由才處處受到威脅，使他失去大家庭式的依託，最終不得不當獨善其身的隱士去了。在這裡，《辟邪劍譜》也好，《葵花寶典》也罷，作為政治權勢的象徵的意義是十分明顯的。要修習它們，必先自宮，象徵著它們與「人性」對立。這裡的「人性」，指是實際上是人的個體性。

為金庸所推崇的英國思想家羅素（Bertrand Russell）在一九五四年著作的《人類社會的倫理與政治》（*Human Society in Ethics and Politics*）中就曾說道：「在衝動和慾望這一方面，人比其他動物更為複雜。」人所面臨的困難也正是因為這種複雜性。人既不像螞蟻和蜜蜂那樣完全徹底地喜歡群居生活，也不像獅子和老虎那樣完全徹底地獨來獨往。人是一種半群居動物，他的衝動和慾望有些是社會性的，有些則是個體性的。我國的道家爲解決這一困難所開出的藥方就是「小國寡民」，但這一點爲任何當政者的權勢慾所不容，儒家才正視現實，開出一道「克己復禮」的藥方。

然則令狐沖所象徵的對精神自由的追求沒有現實意義嗎？自己不想管制任何人也不願受任何人管制的人在當今或未來也永遠沒有存在的餘地嗎？似乎也未必。儒家的「克己復禮」最終走上了「存天理，滅人慾」的道路，西方式的「自由」也不過是一種以喪失越來越多的親情而在越來越稠密的法網中活動的自由。民主社會取代專制社會無疑是社會的一種進步，但人們在擺脫政治權力的束縛的同時，又受到了量化爲金錢的競爭的鞭策。當此之際，也許只有壓制式的精神逍遙才能給人幾分安慰，像令狐沖那般最終在杭州這樣的都市中當精神「隱士」的人也許也會越來越多。

令狐沖的姓氏所包含的意味

《笑傲江湖》雖以追求精神自由與以個人意志壓制自由的衝突為主題，但貫穿其情節的脈絡卻是人生中的悖論。令狐沖不拘小節而大義無污，卻在尚未登場時就被誣為「淫賊」；他從田伯光手中救出儀琳，卻被定逸一口咬定「將我的小徒兒擄了去」；他一心繫定在小師妹岳靈珊身上，岳靈珊卻愛上了林平之；他為了光明磊落，從不覬覦他人所有，卻被說成是竊取了《辟邪劍譜》；他對華山派忠心耿耿，卻被驅逐出派；他酷愛自由自在，卻被關入地牢；他以所學正宗氣功自傲，卻偏偏無意習得了絕頂的邪派武功「吸星大法」；他索性灑脫，從不想去管束他人，卻先成了江湖群豪的盟主，後成為清一色女流之輩的恆山派掌門；既當了恆山派掌門，還被手下一個「僕婦」倒掛在恆山懸空閣中，還被標榜為「天下第一大瞎子，不男不女惡婆娘」的雅號……種種與他的實際、他的願望相反的事都一一發生在他的身上，等到由於種種機緣湊巧，他最終如願「笑傲江湖」時，全書也就結束了。

這使筆者聯想到他以令狐氏爲命名也許並非偶然。

金庸筆下個性較強而獨來獨往的主要人物有三個：楊過、胡斐、令狐沖。其中除了楊過以「神鵰大俠」爲號外，胡斐、令狐沖卻都與「狐」字有關。胡斐以「雪山飛狐」爲號，令狐沖以「令狐」爲姓，倘說偶然，未免太湊巧了。

以狐來影射蒙受惡名，其實卻不然的做法肇自唐人傳奇中的《任氏傳》。狐在我國歷來被議爲性喜魅人的淫邪之物，成書於東漢的《易林》中《萃》下之「既濟」一卦下，即係爻辭云「老狐多態，行爲蠱怪」。《任氏傳》卻一反此說，首先塑造了一個堅貞美好的狐精形象。作者沈既濟出於楊炎門下，楊炎被奸臣盧杞構陷罷相，他也受牽連被遠貶處州，於貶官途中乃藉自己的名字與「既濟」卦名相同而以狐精自喻作《任氏傳》，隱喻自己與狐精一樣，雖蒙惡名，其實卻是「雖今婦人，有不如者矣」。這一發現筆者於一九八五年由中華書局出版的《唐人傳奇》中即已揭示。

自《任氏傳》始，至蒲松齡《聊齋誌異》始爲狐精大做翻案文章，書中刻畫出一系列形形色色的狐精的美好形象。

因此，筆者以爲令狐沖之得姓「令狐」，乃作者有意爲之。「令」者美也，狐而能美，也就是他所說的「不一定全世界都以爲是壞的，就一定是壞的」之意，從姓氏上就揭示了以悖論爲基調的用意。

令狐沖的人生哲學

生平篇

出場之前：孤苦少年的人生經歷

一部《笑傲江湖》，寫得波譎雲詭，氣勢輝宏，然而屈指細數其時間跨度，從頭至尾，連那類似「尾聲」的「三年後」一起計算進去，也不足六年。也就是說，除去結尾後寫令狐沖與任盈盈在三年後成婚及去華山尋訪風清揚不遇的那段文字外，全書以偌大篇幅所寫的種種事件，卻集中在二年多時間中，內容之緊湊，在金庸的所有長篇小說中無與倫比。

那樣豐富的情節，僅歷時二年多，令筆者在初次計算時也不敢相信，然而細細地一再覆核，其實情確是如此。小說中雖然沒有時代背景，沒有年代，但全書的發端卻是在一個「和風薰柳，花香醉人」的「南國春光漫爛季節」，林平之的滅門之禍就發生在這一季節中。然後，林平之隻身逃至衡山，目睹了衡山派長老劉正風金盆洗手時的慘禍，令狐沖也在那時出場。此後，令狐沖在思過崖上被罰面壁思過一年，但冬季方過，亦即次年之初，就起了劍宗來奪掌門的風波，中止了他的「思過」。接著華山派下山，令狐沖在洛陽初遇任盈盈，在五霸岡與她再次相聚；被她送入少林寺療傷。其後，儘管他在少林寺昏迷了三個多月，又在杭州梅莊受了兩個多月牢獄之災，但這種種情事都發生在同一年內，至年末十二月十五日，而有他率群雄圍攻少林寺一事。次年二月十六日，令狐沖在恆山接任掌門，三月十五就是嵩山大會，這是全書最後一個有具體數字的月日。此後，令狐沖與任盈盈在一無名「翠谷」養傷，歷時「二十餘日」又「十全日」，又「十日」，而同探恆山。在恆山他們又一路追尋失蹤的恆山派門人而至華山，在那兒令狐沖與任我行定下了一個月內至恆山一戰的戰約。一個月內，來赴約的卻是新任教主的任盈盈，一場大決戰就此煙消雲散，再接下去就是「三年後」在杭州梅莊舉辦婚事的尾聲了。在三月十五後的近兩個月後，加上自恆山至華山的時間，再加上一個月的備戰時間，當是秋季，這麼算來，尾聲前的所有情節豈不正是發生在一個「春光漫爛季節」到第三年秋季的二年半中。因此，令狐沖的生平事蹟，被詳細敘述的也就只有這二年半時間。

對於一個人的一生來說，二年半時間實在是很短暫的，但在令狐沖身上，這二年半中卻發生了那麼多變化，經歷了那麼多事情。種種可驚可愕、大喜大悲紛至沓來，他的境遇、觀念也在這接踵而至的事件中產生了極大的變化。從心理感受的角度來看，可以說他一生中最爲跌宕起伏的生活已經被濃縮在這不太長的時間中，其前與其後的歲月不過是這一段繁複變幻的日子的引子與餘波而已。

令狐沖在書中露面時已經是一個「長方臉蛋，劍眉薄唇」的成年人了。他的年歲書中沒有明言，但可以從他在五霸岡聚會時與天河幫幫主黃伯流的一段對話中推算出來。當時，黃伯流因在五霸岡場面盛大地款待令狐沖，過於張揚了任盈盈對令狐沖的情意而引起任盈盈惱怒，爲了彌補過失，黃伯流要求令狐沖冒認是他的老朋友來作爲受到款待的緣由。令狐沖心知其意，當下就承認道：「在下六歲那一年，就跟你賭過骰子，喝過老酒，你怎地忘了？在今日可不是整整二十年的交情？」由此可見他出場那時是二十六歲（他出場到五霸岡聚會是同一年的事）。

在這一年之前，曾經發生過一件他在漢中某家酒樓上打了青城派的侯人英、洪人雄的事情。那是林平之在衡山城裡的一家茶館中聽勞德諾、陸大有和其他華山派弟子閒聊中提起的。那是在他二十五歲臘月中的一天，他與六師弟陸大有二人不知因何事去了位於華山與青城山之間的漢中，在一家酒樓上喝酒時，偶遇青城派內號稱「英雄豪傑，青城四秀」中的侯人英、洪人雄二人。他與侯、洪二人素不相識，只為他們的稱號「妄自尊大」，「聽到他們的名字就生氣」，就「一面喝酒，一面大聲叫道：『狗熊野豬，青城四獸』」。侯、洪二人聽了「自然大怒，上前動手」，被他從酒樓上踢得滾了下去。為此，他被師父岳不群處罰在大門外跪了一日一夜，還打了三十下棍子。

從這一事件再往前推，就只能從令狐沖自己的敘述與回憶中找尋出一些往事了。他曾在衡山城外的荒山中告訴照顧他傷勢的儀琳道：「我是個無父無母的孤兒，十五年前蒙恩師和師母收入門下。」也就是說，他在被岳不群夫婦收養為弟子時已經十一歲了。至於他的父母是何等樣人，怎麼死的，他在十一歲之前又是怎樣活下來的，書中各處都隻字未提，只說他「無父無母」，「自幼沒了父母」。在金庸筆下的主要人物中，像他一樣幼失怙恃的不少，其中《碧血劍》中的袁承志，才一歲就遭受滅門之禍而失去父母，但他是大帥之後，被其父袁崇煥的諸多舊部奉為「幼主」而有專人撫育教養，其他與他一樣不知道自己身世的就只有《俠客行》中的石破天與《神鵰俠侶》中的楊過了。楊過因被黃蓉認出，後來終於知道身世；石破天則連自己的姓名都不知道，只知道在失去所謂的「媽媽」前被這「媽媽」叫做「狗雜種」，直到最後也不知道「我爹爹是誰？我媽媽是誰？我自己又是誰」。令狐沖總比被胡亂叫作「石破天」的幸運一些，有姓有名，但從他對父母一無所知來看，他幸運得也有限得很。楊過與石破天在被人收養前都是小乞丐，想來令狐沖那時遭遇比他們也好不了多少。在這遭遇相似的二人中，後來被稱作「石破天」或「石中堅」的，為人「渾渾噩噩，於世務全然不知，心無雜念」，而又「生性堅毅」，與令狐沖絕不相類，那楊過要不是後來在桃花島與全眞教中一再遭到欺負凌辱，養成更為偏激的性格，從本質上來看與令狐沖倒是頗相類似的。

且看楊過出場時的情形：「一個衣衫襤褸的少年，左手提著一隻公雞，口中唱著俚曲，跳跳躍躍的過來，見窯洞前有人，叫道：『喂』你們到我家裡來幹麼？走到李莫愁和郭芙之前，側頭向兩人瞧瞧，笑道：『嘖嘖，大美人兒好美貌，小美人兒也挺秀氣，兩位姑娘是來找我的嗎？姓楊的可沒這般美人兒朋友啊。』臉上賊忒嘻嘻，說話油腔滑調。」令狐沖自十一歲起在「師門規矩甚嚴」的環境中長大，依然不改佻撻胡鬧的習氣，想來幼時也是這副頑劣調皮的模樣，不過比當時已經「十三、四歲少年」的楊過要小上幾歲，在涎皮賴臉上不免遜色幾分而已。

比十二、三歲的石中堅與十三、四歲楊過稍幸運的是，令狐沖在十一歲上就被岳不群收養，成為華山派的首徒，並且「師父師母沒兒子，待我就似親生兒子一般，小師妹便等於是我的妹子」。那時，「小師妹還只三歲，我比她大得多，常常抱了她出去採野果、捉兔子」。此後，岳不群、寧中則又陸續收了許多徒弟，據令狐沖自己對儀琳說：「我們師兄弟姊妹人數很多，二十幾個人，大家很熱鬧的。功課一做完，各人結伴遊玩，師父師母也不怎麼管。」那時，令狐沖上有親如父母的師父師母，下有由他帶著玩樂的小師妹，又有諸多師兄弟姊妹為伴，在那風景秀美的華山之上過著自由自在的生活，其樂融融，對他那瀟灑放縱的性格來說，應當是過得極其快意的。說到這裡，就得討論一下對他當時生活影響最大的三個人——岳不群、寧中則和岳靈珊與他的關係了。

人類的感情實在是這世界上最奇妙、最不可捉摸的東西，「異性相吸」的現象有時不僅表現在性別上，也會體現在性格上，性格不同的兩個人，有時會互相吸引，產生很深的情誼甚至愛情，這樣的例子在生活中隨處可見。就像性格寬和的寧中則會愛上深文周內的岳不群一樣，岳不群對他收養爲大弟子的令狐沖，在沒有產生利害衝突之前是很喜歡的，直到令狐沖影響到他的「事業」，並且逐漸成爲他稱霸江湖大計的障礙時，這種喜愛之心才逐漸轉換爲憎恨之情，對於岳不群那樣的人來說，不要說是令狐沖那樣收養的徒弟，就是對前是師妹後來成嬌妻的寧中則，對親生的愛女岳靈珊，一旦有利害關係上的重大需要，其感情照樣說變就變，所以後來他對令狐沖產生憎恨甚至要將他置於死地，並不能說明他原先的喜愛是假的。對於這一點，書中有明白的交待。如在第十二回〈圍攻〉中，岳不群在率領家人、門人下華山避桃谷六仙後，又回山尋找留在山上養傷的令狐沖，遇到他與不戒和尚、儀琳、田伯光在一起，當下命令他將田伯光殺了除惡。令狐沖因田伯光已答應改過遷善，又已與他結交爲友，但又難違師命，便「假裝重傷之餘突然間兩腿無力」，在走上前去時摔了一跤，用劍將自己小腿刺傷，造成「非不爲也，是不能也」的局面。這時岳不群只是對他冷笑道：「這種狼心狗肺的賊子也講道義，你一生之中，苦頭有得吃了。」書中交待：

> 他對這個大弟子一向鍾愛，見他居然重傷不死，心下早已十分歡喜，剛才他假裝跌倒，自刺其腿，明知是詐，只是此人從小便十分狡獪，岳不群知之已稔，也不十分深究。

書中又曾交待：「岳不群性子溫和，待他向來親切，他自小對師父摯愛實勝於敬畏。」（三十四，奪帥）在令狐沖對兒時生活的回憶中，還提到過他與岳靈珊一起聽岳不群給他們講故事的往事，凡此都可見岳不群在收養他之後待他是很不錯的，唯一嚴格的地方是練功之時，書中曾說：

> 岳不群課徒極嚴，衆弟子練拳使劍，舉手投足間只要稍離了尺寸法度，

他便立加糾正，每一個招式總要練得十全十美，沒半點錯誤，方能得到他點頭認可。令狐沖是開山門的大弟子，又生來要強好勝，為了博得師父、師娘的讚許，練習招式時加倍的嚴於律己。

至於這要求嚴格的「功課一做完」，就很寬鬆了，「各人結伴遊玩，師父師母也不怎麼管」。這種寬鬆的氣氛，從書中描寫華山派諸弟子在師父師母在場的情況下照樣說說笑笑，並不拘謹嚴肅的情形中表露無遺。

至於寧中則這做師娘的，對令狐沖的鍾愛當然在岳之群之上，在令狐沖被華山派劍宗的成不憂一掌打得重傷，又被桃谷六仙內力療傷得傷上加傷，她「見他氣若游絲，忍不住掉下眼淚來」，後來經岳不群運氣治療也不見好轉，她與岳不群回入自己房中，想起令狐沖傷勢難治，「都是心下黯然。過了一會，岳夫人兩道淚水，從臉頰上緩緩流下」，表現得沉痛之至。岳不群決定率衆下山避禍，而將傷勢沉重的令狐沖留下，以免「他兼程急行，不到半個時辰便送了他性命」，她「不禁怔怔的又流下淚來」，甚至想自己「留下保護他」，只是因「自己留下，徒然多送一人性命，又怎保護得了令狐沖」，才在「又是著急，又是傷心，不禁淚如泉湧」後同意將令狐沖留下，再留下陸大有照料他。在這種種表現中，這位「華山女俠」對自小由她撫養大的令狐沖的摯愛之情表露無遺，足以令人想見她在令狐沖幼年時的慈愛之狀。與岳不群相比，她不僅對令狐沖更加溫柔慈愛，更多了一種品性上的眞正瞭解，後來岳不群爲了掩蓋自己取走《辟邪劍譜》而將此事栽在令狐沖身上，連從小一起長大的岳靈珊也信了，只有她對岳不群私下說：

我斷定他決計沒拿《辟邪劍譜》。沖兒任性胡鬧，不聽你我的教訓，那是有的。但他自小光明磊落，絕不做偷偷摸摸的事。自從珊兒跟平兒要好，將他撇下之後，他這等傲性之人，便是平兒雙手將劍譜奉送給他，他也決計不收。

這番話非同小可，要知道冤枉令狐沖的正是她的丈夫，她寧可深信是她丈夫「冤枉」了令狐沖，而斷定他不會做出不光明磊落的事來，那麼這「做偷偷摸摸的事」的就只有他丈夫了，可見她對令狐沖品性的信任度更在對其丈夫的之上，若非自小起就關切留意，豈能瞭解得如此之深切！

話是這麼說，但是她又畢竟是「華山女俠」，而與有「一時衝動的尋常婦女之見」的慈母不同，因此令狐沖從她那兒得到的母愛，畢竟不如「尋常婦女」那樣溫柔癡情。這在書中也有明白的敘述。那是在令狐沖由儀琳看護著在荒山中養傷之時，儀琳爲他虔誠地念經向菩薩禱告求救，書中寫道：

到了後來，令狐沖已聽不到經文的意義，只聽到一句句祈求禱告的聲音，是這麼懇摯，這麼熱切。不知不覺，令狐沖眼中充滿了眼淚，他自幼沒了父母，師父師母雖待他恩重，畢竟他太過頑劣，總是責打多而慈愛少；師兄弟姊妹間，人人以他是大師兄，一向尊敬，不敢拂逆；靈珊師妹雖然私下和他交好，但從來沒有對他如此關懷過，竟是這般寧願把世間千萬種苦難都放到自己身上，只是要他平安喜樂。

在這段話中，可以看到令狐沖自十一歲起被岳不群夫婦收養之後，雖與以前「是無父無母的孤兒」時的境況大有不同，但與一般父母健全的人相比，所受到的關懷愛護仍不免稍有欠缺。

值得我們注意的是，令狐沖幼年失怙恃，在青少年時代所受到的關心照顧也不如常人，但他所付出的關懷卻不少，其對象自然就是小師妹岳靈珊了。在他的自述中我們知道，在他十一歲被岳不群夫婦收爲門徒時，岳靈珊才三歲，他告訴儀琳說：「我比她大得多，常常抱了她出去採野果，捉兔子。我和她是從小一塊長大的。師父師母沒兒子，待我就似親生兒子一般，小師妹便等於是我的妹子。」可見他一被人收養就有了一個比他小八歲的異姓幼妹由他照料。自小缺乏父母庇護的孩子常是比較早熟的，因此儘管令狐沖自己也不過是個十一歲的童子，但在自我感覺上卻已經比那幼小的師妹「大得多」，對她盡起了一個保護人的責任。這種新鮮的經驗一定極大的滿足了他那顆本身缺乏關愛的心靈，使這直到成年仍然縱情任性的少年對這小師妹卻關心得無微不至，並且具有極大的耐心。在第二十四回〈蒙冤〉中，有一段令狐沖對當年情事的回憶。那時，他伏在林家老屋的窗外窺視林平之與岳靈珊找尋《辟邪劍譜》，聽到岳靈珊提起幼年時曾聽父親說了一個故事，故事裡有一種草液所寫的字跡乾時隱沒，濕了又會重現：

令狐沖心中一酸，記得師父說這個故事時，岳靈珊還只八九歲，自己卻有十七八歲了。當年舊事，霎時間湧上心來，記得那天和他去捉蟋蟀來打架，自己把最大最壯的蟋蟀讓給了她，偏偏還是她的輸了。她哭個不停，自己哄了她很久，她才回嗔作喜，兩個人同去請師父講故事。

他對岳靈珊這種百依百順的耐心，隨著年齡的增長似乎有增無減。他曾告訴照料他傷勢的儀琳，在「前年夏天」，曾捉了幾千隻螢火蟲兒裝在十幾只紗囊中，掛在房裡當裝飾。當時就被儀琳料到一定是「你小師妹叫你捉的」，因為「你性子這麼急，又不是小孩子了，怎會這般好耐心，去捉幾千隻螢火蟲來玩」，並且不無嘲諷之意地對他說：「你小師妹真會玩，偏你這個師哥也真肯湊趣，她就是要你去捉天上的星星，只怕你也肯。」一向來聰明伶俐的令狐沖偏偏這時一點也沒有感覺到這話中的嘲諷，反而由「捉天上的星星」的話頭引出了一段對此事詳細過程的敘述：

捉螢火蟲兒，原是為捉天上的星星而起。那天晚上我跟她一起乘涼，看到天上星星燦爛，小師妹忽然嘆了一口氣，說道：「可惜過一會兒，便要去睡了，我真想睡在露天，半夜裡醒來，見到滿天星星都在向我眨眼，那多有趣。但媽媽一定不會答應。」我就說：「咱們捉些螢火蟲來，放在你蚊帳裡，不是像星星一樣嗎？」……小師妹說：「螢火蟲飛來飛去，撲在臉上身上，那可討厭死了。有了，我去縫些紗布袋兒，把螢火蟲裝在裡面。」就這麼，她縫袋子，我捉飛螢，忙了整整一天一晚。可惜只看得一晚，第二晚螢火蟲全都死了。

這些話說得輕巧，可就是為了滿足十六歲女孩一個天眞的小小願望，他這當時已經二十四歲的男子漢竟然「忙了整整一天一晚」去補捉了幾千隻螢火蟲，並且過了兩年還對他人津津樂道，其間無意中透露出來的情意，實在是夠深重的了。

令狐沖那種由深情厚愛所激起的創造性，自然並不僅僅停留在補捉螢火蟲來代替星星那樣的小玩意上，再過一二年，到令狐沖在書中出場前不久，他就開始在華山玉女峰側的大瀑布邊與岳靈珊一邊練劍，一邊「有時頑皮起來，還鑽進瀑布中去」自創起一套劍法來，還由岳靈珊在他們的名字中各取一字，命名爲「沖靈劍法」。到那時，大概除了他們自己外，身旁的人不用像陸大有那樣機伶，也能看出他們之間的情意早已由類似兄妹那樣的青梅竹馬之情發展爲初戀之情了，毋怪書中華山諸弟子第一次出場，陸大有就公然拿岳靈珊問起大師哥的事開玩笑：「別的不問，就只問大師哥。見了面還沒說得兩三句話，就連問兩三句大師哥，怎麼又不問問你六師哥？」

除了這師父的一家三口之外，令狐沖就再也沒有什麼關係密切的人了。雖然他曾向儀琳誇耀「我們師兄弟姊妹人數很多，二十幾個人，大家很熱鬧的」，可是這「熱鬧」景況不過是近來兩三年間的事。勞德諾到青城派去送信時，青城派掌門余滄海曾問他令狐沖入師門比他早幾年，勞德諾的回答是「十二年」。華山派弟子以入門先後排序，二師弟勞德諾在書中初次出場時也才入華山派三年，可見岳不群夫婦大肆收徒不過是近年的事，收養令狐沖後在長達十二年中只有他這麼一個弟子。這二十幾名華山派弟子中，除岳靈珊外還有「六個是師母收的弟子」，但那六個女弟子在書中都屬無名無姓之流。那十幾個男弟子，有名有姓的也只有七個，二弟子勞德諾、三第子梁發、四弟子施戴子、五弟子高根明、六弟子陸大有、七弟子陶鈞、八弟子英白羅。其中只有陸大有與令狐沖一樣猶如野猿閑鶴，稱得上是「志」同「道」合，交相莫逆，其餘諸人與令狐沖就泛泛得很了。勞德諾本是嵩山派的奸細，後來還成了殺害陸大有的兇手，年齡又比令狐沖大了一大截，自然與他談不上有什麼交情，而其他諸多師弟、師妹，「人人以他是大師兄，一向尊敬，不敢拂逆」，並無交情可言，所以到令狐沖蒙冤之際，陸大有已死，其餘人居然沒有一個爲他說一句話，昔日交情之淡薄也就可想而知了。

直到在書中登場亮相，令狐沖過去的生活和人際關係就是這樣簡單。

登場亮相：青年俠士的獨特風采

金庸筆下的主要人物，在布置其出場上各不相同，頗具匠心，而以出場之鄭重與別出機杼相比，令狐沖堪稱翹楚。京劇中某些特別受到重視的主將在出場之前，有時先由馬伕開路表演一番，這位主將在幕後還要唱上幾句，讓觀衆未睹其人先聞其聲，最後總算在鑼鼓的緊擂急催之下閃出身來，還要背著身子，賣弄一番身段（這用京劇術語來說叫「起霸」），然而才在觀衆的期盼中以一個優美的造型突然「亮相」，經過這許多鋪墊渲染，這位主將一出場就氣勢盛大，給觀衆留下了深刻印象。令狐沖的出場與這種京劇中常用的表現手法頗有異曲同工之妙，他在書中露面也被分爲幾個步驟。

第一步是衡山縣中的茶館之中，透過林平之的耳朵，讀者以華山派諸弟子的談論中知道有一個「大師哥」存在，林平之與華山派門人在衡山縣茶館中避雨巧遇，在一旁偷聽到他們之間的談論，一方面解釋了勞德諾與岳靈珊何以到福州去開酒店又怎樣救出了林平之的種種懸疑，另一方面卻又爲令狐沖的出場作了第一層鋪墊。透過他們的談論說笑，我們知道他們口中的這位「大師哥」與岳靈珊的感情非同一般，還首次領略到了他不拘小節、嗜酒成癖、機巧多智、功夫不凡等等特徵。原來他之所以在這次同行約定的聚會中遲到，是上一日在衡陽喝醉了酒，並且是「從早晨喝到中午，又從中午喝到傍晚，少說也喝了二三十斤好酒」。與他對飲的酒伴只是一個「不會武功」的尋常乞丐，這乞丐「身上污垢足足有三寸厚，爛衫上白虱鑽進鑽出，眼淚鼻涕滿臉都是」，但卻有大半葫蘆湘西山林中的猴兒用果子釀成的猴兒酒。這位「大師哥」一聞到猴兒酒的酒香；就忘了率領其他七個師弟一起到衡山縣取旗的正事，停下步子向那乞丐討喝起酒來。乞丐不肯，他又想出一個「一兩銀子喝一口」的辦法。不料「他這一口好長，只聽得咕嘟咕嘟直響，一口氣可就把大半葫蘆酒都喝乾了」，原來他在喝酒時使出了「師父所授的氣功來」，使那好不容易趁山中猴群不在而偷得葫蘆酒，而到那時已喝得只剩下這大半葫蘆的乞丐頓時「傾家蕩產」。爲了安撫這位上了當「急得要哭了」的好酒「同道」，這位大師哥就做東道主，拉乞丐上了街旁的酒樓，以酒相酬。這一喝就從清早喝到午後，直喝得那位酒伴「醉倒在地，爬不起來了」，他還意猶未盡，獨自個兒自斟自酌，把已經等候了他大半天的七個師弟先遣來衡山。

接下來，在諸門人談論到福州開酒店探聽青城派向福威鏢局尋仇的消息來源中，又提到了這位大師哥在去年臘月在漢中打了「青城四秀」中的侯人英、洪人雄二人的事。事件發生的地點又是在一家酒樓上，發生的緣故只是爲了他們那「英雄豪傑，青城四秀」的外號，他只爲「聽到他們的名字就生氣」，嫌他們妄自尊大，就一面喝酒，一面大叫「狗熊野豬，青城四獸」來尋釁。其結果可想而知的：「英雄」自然不甘心做「狗熊」，於是上前動手。一方是早有準備，以逸待勞；另一方是怒火衝天，冒然出手，於是「英雄」最終還是做了被耍弄的狗熊，灰頭土臉地被那大師哥踢得馬不停蹄地從酒樓上滾了下去。可是那勝利者獲勝的代價也是夠大的；回山後被師父罰在大門外跪了一日一夜，還打了三十下棍子，連那出事時也在場的六師弟陸大有也連坐挨了十棍。

令狐沖姓名的出現也不平常。華山門人在前前後後談了種種情事後，始終只稱他「大師哥」，從來沒有提到他的姓名，直到那「恆山白雲庵庵主，恆山派掌門定閒師太的師妹，不但在恆山派中威名甚盛，武林中也是誰都忌憚她三分」的定逸師太出場，才被她用「比男子漢還粗豪幾分」的嗓門大聲地喝了出來：「令狐沖，出來！」

這一黃鐘大呂般的斷喝來得突兀，但對這姓名的宣布卻又正合時宜，因為讀者早已被那還未出場的大師哥的兩件軼事吊起了胃口，對這一不同尋常的人物產生了濃厚的興趣，同時對林平之慘遭滅門之禍的前因後果也已了然於胸，就像京劇中的馬伕已經出場，幕後的唱詞也已唱過，就等鑼鼓急催那主要角色出場來「起霸」、「亮相」了。

然而，在金庸筆下，這位大師哥的尊姓大名被定逸師太用粗豪宏亮的嗓子大聲宣布過後，他還是遲遲不登台亮相，而是匪夷所思地又設置了一個「清秀絕俗，容色照人，實是一個絕麗的美人」的小尼姑儀琳來，再次為這還沒有出場的主角作鋪墊。這個小尼姑「只十六七歲年紀，身形婀娜，雖裹在一袭寬大緇衣之中，仍掩不住窈窕娉婷之態」，在這美好的形體中還藏著一顆極其善良純潔而不知世務的心靈。就是這麼一個「恰似明珠美玉，純淨無瑕」的人物，用「十分嬌媚」

的聲音，娓娓動聽地又爲我們講述了一則令狐沖在上一日與其他七個師弟在衡陽分手後發生的事情，就是令狐沖怎樣爲了從那著名的「淫賊」田伯光手中救出她素不相識但同屬「五嶽劍派」的師妹，與那武功遠在自己之上的田伯光又鬥智又鬥力，從衡陽城外的山洞纏鬥到衡陽城裡的回雁酒樓，幾次險死還生，終於遍體刀傷（有十三處之多）地救下了她，並且因此失血過多而在緊接著發生的與青城派羅人杰的格鬥中被他一劍刺入胸膛，重傷垂死。

事情並不複雜，但敘述此事的卻是一個心無雜念而記性極強的出家人，此人又是個動了感情的少女，因此不僅將整個過程敘述得委婉詳盡，連當時令狐沖與田伯光、羅人杰之間的對話也一字不漏地原原本本地轉述了出來，其間還穿插著她與聽她回報此事的師父定逸師太的問答、旁聽此事的諸派長輩的想法與爭論，使這故事比起作者直接敘述描寫來得更加精采曲折、妙趣橫生。

作爲出場前又一重鋪墊的這一則故事，在時間上緊接著華山派門人所敘述的關於令狐沖的故事，地點也同在衡陽城中，但卻在對他形象的渲染上更說出了他個性上更主要的特點，那就是見義勇爲而智勇雙全，不拘小節而大義凜然。

經過這重重鋪墊之後，令狐沖終於出場了。他出場的情景又是別開生面，令人萬萬料想不到的。與京劇中身段優美的起霸與威風凜凜的亮相截然不同，這位作爲全書主要人物的大英雄的初次現身——還不是露面——卻既尷尬又狼狽，地點是在「衡山城首屈一指的大妓院」群玉院的暗室中，處身於一張低垂著帳子的大床上，覆蓋著一條繡著「一對戲水鴛鴦」的「大紅錦被」，當時的模樣是「仰天而臥，臉上覆了一塊綠色錦帕，一呼一吸，錦帕便微微顫動」，境況是生命垂危正在昏迷之中。等到他快要甦醒，暗室中唯一的光源蠟燭又被曲非煙故意碰熄了，在「伸手不見五指」的情況下，被曲非煙引來救治他而又不知他身分的儀琳爲他治傷又追問他令狐沖屍首的下落（曲非煙就是用他知道令狐沖屍首下落而將儀琳騙來的），所聽到的也只是「哼了一聲」、「含含糊糊的似是說了聲『多謝』」、「要想說什麼話，卻始終說不出來」。又經過這樣一番折騰，讀者才最終藉儀琳的目光初次見識到了令狐沖的外貌：「床上那人雖然雙目緊閉，但長方臉蛋，劍眉薄唇，正便是昨日回雁樓的令狐沖。」

從初次引出這麼一個人物，到正式宣告他的大名，再到現身、露面（還是

「雙目緊閉」的），令狐沖的出場眞是一波三折，錯落變幻，費盡了作者多少匠心巧思，倘起評點《水滸傳》的清初大文豪金聖嘆以於地下，一定又要讚嘆爲「眞極奇極恣之筆也」了。作者將人物的出場，設置得如同收藏家展示什襲而藏的頂級珍品般鄭重其事，無疑充分表露出了他對這一人物的特殊的重視與珍惜。

「千呼萬喚始出來」的令狐沖終於在書中出場了，並且一出場就陷於一個大麻煩中——不僅傷重欲死，還被恆山派定逸師太、青城掌門余滄海、衡山派長老劉正風等人圍困在「衡山城首屈一指的大妓院」的一間暗室中，身旁還陪伴著一個以戒律著稱的恆山派門下的美貌小尼姑！雖說性喜惹是生非的令狐沖在酒樓上智鬥田伯光時就自稱「我一生之中，麻煩天天都有」，但像這樣的大麻煩相信還是前所未有的。並且這還僅僅是一個開端，自此之後，在他的生活中一樁樁大麻煩就接踵而至，一發而不可收。他因救儀琳而受傷並在回山後被罰在思過崖上面壁思過一年是偶然的，因爲他倘若不是因聞酒香而止步，逼留在衡陽城中大喝猴兒酒的話，在田伯光擄掠儀琳時他早就率領著七個師弟到了衡山城了，但他將要遇到一個個大麻煩卻是必然的。因爲這時青城掌門余滄海早已開始謀奪《辟邪劍譜》，而嵩山派掌門左冷禪併吞五嶽劍派中其他四派的陰謀也即將發動了，後者危及華山掌門岳不群的地位乃至生命，前者又令他有機會以武力凌駕於諸派之上，於是他這「君子劍」就「君子」不下去了，以往深藏不露的獨霸天下的野心與爲了實現這野心可以不顧一切的眞相必將暴露。在這種情形下，爲了情義、爲了自由自在可以捨生忘死的令狐沖，作爲他的大弟子，又怎麼能免得了麻煩！

令狐沖一出場就陷於極大的麻煩之中，險死還生。對他來說，磨難還只是剛開了個頭，從此之後，一個比一個更慘厲的磨難接踵而至，使他備嘗世道人心的凶險詭譎。

歷經磨難：練成劍術和闖蕩江湖

令狐沖的麻煩由《辟邪劍譜》而起，又與《辟邪劍譜》相始終。《辟邪劍譜》與《葵花寶典》本是同一種秘笈的兩種不同版本的名稱。《辟邪》者，以己爲「正」以異己爲「邪」而皆欲「辟」之；「葵花」者，只知朝陽而定於一尊者，兩種不同的名稱也是影射與隱喻著同一事物，也就是誅除異己而唯我獨尊的政治野心。令狐沖的種種本性，恰恰無一不與這種政治野心針鋒相對，正是天生不共戴天的宿敵，因此他的麻煩與《辟邪劍譜》有關也正是必然的事。種種看來偶然的事件，都種因於這命定的必然之中。

被懲罰在思過崖上面壁思過一年，表面看來是因爲令狐沖在智救儀琳時口不擇言，說了什麼「一見尼姑，逢賭必輸」，又在群玉院養傷時將儀琳與曲非煙藏在被窩裡，其實際上的原因，恐怕正是處心積慮要取得《辟邪劍譜》的岳不群爲謀取劍譜所下的第一步棋。因爲要取得《辟邪劍譜》首先得拴住林平之的心，而要拴住他的心的最好辦法自然是促使這已經孤立無依的弟子與自己獨女岳靈珊互生情愫，因此將這與岳靈珊青梅竹馬的大弟子遣開一個時期自然是首要之務。

這步棋果然下得高明，後來事情的發展正在其預料之中；岳靈珊對那自小像大哥哥一樣的大師兄所萌生的男女之情果然在被隔離多時後抵擋不住年貌相當的少男少女在耳鬢廝磨、相夕相處之際所產生的吸引力，況且林平之生性端嚴莊重，與岳不群頗有相似之處，在對其女兒的吸引力上自然更勝與岳不群略無相像處的令狐沖一籌，岳靈珊移情別戀，實在是理所必然的事。只是岳不群沒有料想到，令狐沖在思過崖上竟然因禍得福地遇到了華山派的前輩高人風清揚，獲得了「眞正上乘的劍術」的精髓，在武功上進入了以無招勝有招的絕頂境界，反而因此具備了阻礙他實現政治野心的能力。

思過崖上所過的那半年平靜的生活，成爲令狐沖一生的一個重要轉捩點，他在那裡失去了初戀的情人，失去了因愛情而生的對他自由天性的羈絆，同時又領悟了最上乘的武學的眞諦，在武功上也進入了自由的境界，從此他才眞正獲得了本性所嚮往的自由，同時也惹上了前所未有的天大的麻煩。

必然的麻煩在來臨時卻顯得既突然又偶然，就在令狐沖學得上乘劍術鬥敗田伯光後，桃谷六仙尋上華山來了，華山派劍宗的封不平等人也在嵩山派的支持下上華山來奪取掌門之位了。令狐沖爲了挽救師門，在鬥敗劍宗前輩成不憂時負了重傷，又被那纏夾不清的桃谷六仙治得傷上加傷，以致於在岳不群夫婦率領全派弟子避禍下山，途中遇到假扮強徒的嵩山派諸人與華山派劍宗封不平、叢不棄等人時忽而不能動彈，忽而顯示出極神奇的武功，令岳不群猜疑他是私自取得了林家的《辟邪劍譜》而又有意放走了那十五個凌辱了他一家及諸弟子的蒙面客，意圖接掌華山派。到了洛陽，在林平之的外祖父「金刀無敵」王元霸家，這一猜疑令狐沖吞沒了林家《辟邪劍譜》的想法，更被其孫王家駒等人明白宣布了出來，他還受到了斷臂、搜身、審問等等前所未有的凌辱。

自小一起長大的初戀情人的移情別戀，養育他成人的師父母的疑忌，使特別重視感情的令狐沖在心靈上遭受到無比沉重的打擊，令他感到灰心喪氣與孤獨寂寞，以致於當萍水相逢的綠竹翁與被他當作「婆婆」的任盈盈對他表示出關懷之意時，頓時令他「覺得眞正的親人，倒是綠竹翁和那婆婆二人了」。當岳不群要率領門人離洛陽去福建林平之老家時，他甚至「幾次三番想跟綠竹翁陳說，要在這小巷中留居，既學琴簫，又學竹匠之藝，不再回歸華山派」，徹底脫離江湖，隱於市井，全仗他對小師妹的眷戀未泯，「一想到岳靈珊的倩影，終究割捨不下」，這才沒有脫離華山派，依然隨眾踏上了風波險惡的江湖路。

由於任盈盈對他青睞有加，令狐沖在乘船順黃河東行的途中不斷受到「殺人名醫」平一指，並稱「黃河老祖」的老頭子與祖千秋、「五毒教主」藍鳳凰等等江湖群豪特殊的禮遇，可是他們的盛情美意，猶如炙冰使燥，積灰令熾，並未使令狐沖的傷勢有何起色。那時令狐沖的身體已成爲不戒和尙、桃谷六仙爲他「治傷」所輸入的八道異種眞氣的戰場，這八道眞氣「驅不出，化不掉，降不服，壓不住」，令醫家第一高手「殺人名醫」平一指也束手無策，至於老頭子的靈藥、藍鳳凰的輸血之法，對令狐沖更如飮鴆止渴，有害無益。江湖群豪的一片盛情至五霸岡大會而登峰造極，但也因此惹惱了羞於張揚自己對令狐沖情意的任盈盈，以至她爲了掩飾眞情，傳令江湖追殺令狐沖。

說來可笑，其實任盈盈傳令追殺的人不在他處，正在她身邊，並且剛與她在一起吃飽了烤青蛙美美地睡了一覺。不過當時他們兩人的處境卻大爲不美；令狐沖本就在體內八道眞氣的糾纏下命不久長，又爲了庇護在草棚奏琴的「婆婆」，被一個「崑崙派姓譚的」當胸擊了一掌；任盈盈也在與少林派諸人的打鬥中被方生大師擊成重傷。任盈盈的內傷易療，令狐沖體內不戒和尙、桃谷六仙那糾纏不清的八道眞氣卻難消，令他的傷勢日重一日，生命垂危。那情形恰與他初出場不久胸口挨了青城派羅人杰一劍而傷重垂死時一般，儘管命交華蓋，多災多難，但身邊卻有多情佳人相伴。前次是儀琳，這次是任盈盈。

難得的是，與他廝守的佳人都樂意爲他捨卻生命，儀琳在嵩山派的費彬要殺令狐沖滅口時甘願要陪他一起死，任盈盈也因學會少林派《易筋經》就能治癒內傷而抱著他自投少林寺，情願將自己的性命換取他的一命。

令狐沖神志昏迷地在少林寺一躺三個多月，奉方生大師每天以內力助他療傷才逐漸甦醒過來。方生大師能以眞氣暫時保住他的生命，但始終無法化去他體內的異種眞氣，要眞正驅除病根，只有修習少林派至高無上的內功心法《易筋經》。《易筋經》不僅能治癒他的內傷，並且練成後有莫大威力，只是「數百年來非其人不傳，非有緣不傳，縱然是本派出類拔萃的弟子，如無福緣，也不獲傳授」。出乎令狐沖意料之外，連方生大師那樣的少林高僧也未蒙傳授，他卻被少林方丈方證大師認爲是「有緣人」，但「這《易筋經》只傳本寺弟子，不傳外人」，所以令狐沖要獲傳授，還須得投少林門下，「爲少林派傳家弟子。」本來令狐沖身屬華山派門下，不便另投少林派，這時恰遇華山派掌門岳不群已傳書江湖，宣布將他逐出華山派門戶，消除了這重障礙。

外界的障礙意外地輕易跨越了，他內心的障礙卻難以超越。那障礙便是被逐出師門所激起的一股倔強之氣，用他心中的想法表達出來，便是：「大丈夫不能自立於天地之間，靦顏向別派托庇求生，算什麼英雄好漢！」於是令狐沖竟然拒絕了方證大師的美意，拜別下山。

命中注定他與魔教中人有不解之緣，就在他萬念俱灰時刻準備斷送性命之際，又給他碰上了正邪二派圍攻向問天的事。由於自己同樣處在正邪雙方都要取他性命的情形下，又欽佩向問天在群敵圍困之中好整以暇、旁若無人的豪氣，令狐沖竟自告奮勇地強自出頭，與向問天聯手抗敵。仗著風清揚所授的獨孤九劍，他雖然全無內力，連挫正邪雙方的高手強敵，與向問天邊戰邊退，最後在向問天幫助下滑下一個深谷而逃出。他與向問天「二人均是放蕩不羈之人，經此一戰，都覺意氣相投，肝膽相照」，於是義結金蘭，結為異姓兄弟。

向問天為了從地牢中救出日月教前任教主任我行，同時又為了令狐沖從任我行處習得吸星大法後可將體內八道將致他於死地的異種眞氣化為己用，便在不向他說清眞相的情況下攜他南下杭州，與他同赴關押著任我行的位於西湖邊的梅莊。半藉眞才實學，半靠機智謀略，令狐沖在不明眞相的情形下令「江南四友」折服，胡里胡塗地進入了地牢，又胡里胡塗地以自己將任我行掉換了出來，自己則身受兩個多月的牢獄之災。總算他福星高照，在地牢中無意習得了任我行刻在用作臥具的鐵板上的吸星大法，化去了體內的異種眞氣，不僅沒有了性命之憂，還在獨孤九劍之外又學得了一門曠世絕學，成爲身具正邪二派絕學的頂尖高手之一。等向問天與任我行爲奪回教主之位作好準備而重回梅莊來救他時，他已先行逃離樊籠。三人在梅莊重逢，任我行欲與他結爲金蘭兄弟，又許他爲日月神教的光明右使，與向問天齊肩，端的是「一人之下，萬人之上」，恩寵非常。不僅如此，任我行還在言談中向他表示，吸星大法雖然神奇，但又會給習得者帶來極大的隱患，就是「那些吸取而來的他人功力，會突然反噬，終有一日會毒火焚身」，他自己則在黑牢囚禁的十二年中因擺脫世務，潛心思索，已有了破解之法。言下之意，倘然令狐沖願意追隨左右，也就免除了這一危及性命的隱患。加上向問天也在一旁諄諄勸導他：「你若入了本教，他日教主的繼承人非你莫屬。就算你嫌日月神教的聲名不好，難道不能在你手中力加整頓，爲天下人造福嗎？」

任我行的利誘威脅對令狐沖不能產生作用，向問天的勸導卻不禁使他「微覺心動」。可惜一向專制慣了的人最大的缺陷就是不善於揣摩他人的心意，任我行不該在這時將原先僅作暗示的威脅明白說了出來，並且還加上一個「使華山派師徒盡數覆滅」的籌碼以加強威脅的力度。殊不知令狐沖這人天生是個寧折不彎的倔脾氣，這一明白的威脅反而使他頓時「胸口熱血上湧」，決絕而去。

出了梅莊，令狐沖首先想到的自然便是要將任我行要去尋華山派晦氣的消息盡快告知師門衆人，讓他們有所防備，於是徑往福州去通知他們，途中爲了避免惹麻煩，就裝扮成了一個沿路耀武揚威的草包軍官吳天德的模樣。這個「吳天德」偶知魔教要伏擊恆山派，自然又忍不住要伸手保護這批同氣連枝的異派同門，更何況這裡面還有一個對他情義深重的小尼姑儀琳在內。

天性喜愛胡鬧的令狐沖這一回有了胡鬧的理由，眞是得其所哉！於是這個滿腮虯髯、挺胸凸肚，滿口「你奶奶的」的「吳天德」一路上大出洋相而又大展神威，爲恆山派諸人解「魔教」（嵩山派人所假扮）之危，救嵩山派之危，平平安安地將她們送到了福州城東的無相庵。

一旦卸去了草包軍官吳天德的裝扮回復自我，途中大大痛快了一番的令狐沖可就痛快不起來了，他爲結交魔教中人而不敢去見師父，更怕親眼目睹自己心中的戀人小師妹與師弟林平之親熱的情狀，蹣跚在福州街頭，「自己找尋藉口拖延」著去福威鏢局林平之家見他們的時間。可眞是所謂「冤家路窄」，偏偏就在他信步漫行之際被他見到了也在街上遊逛的岳靈珊與林平之的身影。他們親熱的情景使他心痛如絞，再也鼓不起勇氣去會見他們，於是決定夜晚前去留書信警告師父後就悄悄離去，「從此遠赴異域，再不踏入中原一步」，可是就在他去留書信時偏又橫生枝節，使他進一步捲入江湖是非的中心，並且身不由主地先當了恆山派眾女的領隊，又成了去少林寺援救「聖姑」任盈盈的「天下英雄」的盟主，最後還一發不收拾地當上了恆山派的掌門。

盟主和掌門：唾手可得卻棄若敝屣

一個隨遇而安、放浪形骸，既愛酗酒胡鬧，又喜惹事生非，略無威儀可言，更無權謀可稱的「無行浪子」，竟然會當上一個名門正派的掌門，並且這一門派中人除他之外全是女子，大多還是尼姑，這實在既荒唐又可笑。然而在金庸的生花妙筆之下，再不可思議的事也會變得順理成章，勢所必然。其實，人生中本就充滿悖論，荒誕的現象隨處都有，只是被掩蓋在瑣碎平庸的日常生活之下，非目光明睿者常會視而不見罷了。

原來，令狐沖去華山派寄住的福威鏢局留書時，恰遇岳靈珊跟蹤乘夜偷去老宅尋覓《辟邪劍譜》的林平之。在半夜見到這位「小師妹」越牆潛行，令狐沖豈有不跟蹤之理。這一跟蹤，使他在窗外偷窺到了林平之與岳靈珊一邊調笑一邊尋覓《辟邪劍譜》的情景，又看到了兩名老者從屋頂找到寫有辟邪劍譜的袈裟的經過。《辟邪劍譜》非同小可，這等大事他不得不顧，於是在一番激戰後他終於以智計奪得劍譜，兩名武藝高強的老者，一名被他刺死，一名受傷自盡，他自己也受了重傷。他帶傷支撐著將劍譜送去林家老宅，因失血過多，昏倒在林家門前。等他醒來，他已經被師娘岳夫人救入了福威鏢局。就在他昏去之際，岳不群已從他懷中取走了《辟邪劍譜》，爲了讓他做替罪羊，自然要道貌岸然地抓住他結交魔教中人任盈盈、向問天等「魔頭」的事不放。就在這位僞君子師父在對他大義凜然口誅筆伐之時，嵩山派的人又尋上門來強索凶手了。原來他在奪劍譜時所殺的那兩個老者，並非他原先以爲的魔教中人，而是出於旁枝的嵩山派的人。師門雖已將他逐出，他卻仍處處爲師門著想，帶傷承擔此事，與嵩山派來索凶手的三人欲離福威鏢局決鬥。剛出門，恰逢恆山派衆女到福州後前來拜會岳不群夫婦。他們見到嵩山派人立即布下劍陣，將這三人圍住，因這三人正是在她們途中曾要脅恆山派合併的嵩山派人中的爲首者。這三人都是嵩山派中的高手，恆山派來的卻都是門下女弟子，所布劍陣雖然精采卻全無江湖經驗，爲嵩山派人略施小計就將劍陣瓦解。衆女紛紛受傷。這一來逼得令狐沖只能使出魔教武功將嵩山派三人擊退，同時也被恆山派中的鄭萼認出了他就是解救了她們全軍覆滅之危的「吳將軍」。這時，又遇上恆山派掌門飛鴿傳書，通知門下她與師妹定逸師太一起被困於浙南的龍泉鑄劍谷。岳不群推說這可能是魔教奸計，不肯救援；令狐沖卻當仁不讓，挺身而出率恆山派衆女弟子前去援救。

自從獲授獨孤九劍，又習得了吸星大法，現在的令狐沖已非昔日吳下阿蒙，一到鑄劍谷，就救出了被困於煉焦炭的石窟中的恆山派掌門定閒師太等人，並且從俘虜口中知道這些所謂的「魔教」中人其實都是嵩山派人所裝扮冒充，目的是要吞併恆山派。

此役恆山派死傷慘重，兩大高手定閒、定逸也都負傷，令狐沖只能擔任保護者，護送她們北上返山。在龍泉城他們一行眾人由陸路改行水道，船到鄱陽湖，偶擒兩名前來偷襲的白蛟幫人，得悉天下黑道上的各幫各派正聯合起來，約定在十二月十五要大鬧少林寺，救出因要換取令狐沖一命而自行投入少林寺被囚的任盈盈。少林派的方證、方生兩位高僧在令狐沖寺中療傷時曾善待於他，任盈盈更是為了他而被扣住的，既知江湖上有大小三十幾個幫會為此要大鬧少林寺，他自然不能袖手旁觀，但恆山派諸人又只行至半途，他又不能棄之不顧，使令狐沖甚感為難。所幸定閒師太善解人意，傷勢又已痊癒大半，次日一早就攜定逸師太同赴少林，去向方丈求情放人。臨行之際命眾弟子隨同令狐沖前往。有佛門高人先去說情，令狐沖自然放心不少，但隨行的眾多恆山門人全是女子，又令他感到尷尬。為了免遭非議，有玷恆山派清譽，他每到晚間泊舟就獨自上岸飲酒。在漢水邊一個小鎮上巧遇衡山派的掌門莫大先生，二人早在衡山派劉正風喪命於嵩山派一事中已經相識，並且意氣頗為投合，這時他就將護送恆山派諸門人的事託付給武功與見識都極高超的莫大先生，自己脫身先行，徑赴少林。途中與群雄相遇，群雄正為爭做盟主而自相爭吵，他這一到，理所當然地被推舉為盟主，率大隊向進發。沿途又有許多豪傑投奔，等他們到達少林寺外，已聚集了好幾千人。

意外的是，等他們進入少林寺，寺廟已成了一座空寺，少林派弟子不知去向，只留下先他們一步而來的定閒、定逸。兩位師太中定逸已經死了，定閒也只剩下一口氣。臨終之際，定閒傳令狐沖為恆山派掌門人。令狐沖雖然感到這是件天大難事，但見定閒命在頃刻，只得答應。

群豪出少林寺下山，卻突遭弓箭襲擊，退回寺中。派出壯士突擊開路，又失敗而歸。幸桃谷六仙福星高照，瞎貓抓死老鼠地找到了一道通向山下的地道，才使上山群豪脫困而出。令狐沖遣散眾人，自已卻為了要找到任盈盈所在和查明定閒、定逸為何人所害而重返少林。

令狐沖潛入少林寺，此時少林寺已被圍攻群豪的少林僧人和正派諸人收復。

他潛入時正遇上任我行、向問天二人已將任盈盈救出，正向正派諸掌門追問令狐沖的下落，雙方約定比鬥三場以決勝負。第一場由任我行與少林方丈方證大師動手，任我行以詭計取勝。第二場因嵩山派掌門左冷禪偷襲而仍由任我行接鬥，這次卻是左冷禪使詐以寒冰眞氣擊傷了任我行。第三場正派中武當掌門出戰，任我行將躲在匾後的令狐沖喚出，命他代表己方接鬥。武當掌門在令狐沖率群豪上少林的途中已裝扮老農與令狐沖比試劍術而敗北，當場自認不敵，可這時岳不群卻不肯罷休，代替武當掌門與令狐沖比試，並利用令狐沖想歸華山和欲娶岳靈珊的心理，要令狐沖讓他獲勝，幸而令狐沖忽然念及任盈盈，在心神混亂間使出了「孤獨九劍」中的劍法，刺傷了岳不群，但岳不群也乘他跪地陪罪時一腿踢中他的胸膛，將他踢得昏死過去。

令狐沖被任我行父女救出，在少室山下，任我行所受「寒冰眞氣」的內傷卻發作起來，他與任盈盈、向問天一起運功助任我行發散寒氣。當時正降大雪，雪花堆積在他們四人身上，在「寒冰眞氣」所散發出來的寒氣作用下，雪花並不融化，使四人看上去像四個雪人。他這「雪人」無意中聽得了林平之與岳靈珊彼此所發「海枯石爛，兩情不愉」的誓言，也救助他們脫困出魔教一些教徒的圍攻。

爲任我行治好傷後，令狐沖辭別他們三人，遵守諾言，獨赴恆山去當掌門人。上山後他與諸恆山弟子議定在二月十六日正式就任，並分遣弟子知會四方。

到了舉行就任儀式那天，當日隨他圍攻少林的群豪都來道喜，魔教教主東方不敗派了使者前來祝賀，少林、武當兩大派的掌門人親自前來，其他崑崙、點蒼等各大門派幫會也都派人上山道賀，唯獨五嶽劍派卻奉左冷禪之令前來阻止他接任恆山掌門。

在恆山懸空寺的飛閣上，少林掌門方證、武當掌門沖虛與令狐沖進行了密談，揭發了嵩山派掌門左冷禪意圖合併五派後吞食諸派，獨霸天下武林的野心，勸導令狐沖在三月十五日五嶽劍派齊集嵩山推舉掌門人時奪取這掌門之位，一舉擊潰左冷禪野心勃勃的陰謀。二老曉以大意，最後令狐沖只能答應二老所請。

三人計議方定，突然受到東方不敗所遣教徒的圍攻。只因懸空寺下臨萬丈深淵，三人勢危，幸得任盈盈前來，不僅爲令狐沖解了危，還收服了這批魔教教徒，使他們背叛東方不敗而效忠於任我行。次日，令狐沖便隨任盈盈前往魔教總壇所在黑木崖，助任我行重新奪回教主之位。

到了黑木崖下，他們會合了任我行、向問天，依靠新降教衆的掩護，很輕易地混上崖去。這時東方不敗因修行《葵花寶典》，早已成了不男不女的怪物，自己穿了女裝、塗了粉脂躲在閨房之中刺繡，任由自己的相好，被任爲總管的楊蓮亭胡作非爲，任意處置教中大務，攪得全教上下烏煙瘴氣，黑白顚倒。

修行了《葵花寶典》的東方不敗，雖變成陰陽怪氣「男扮女裝」的老旦，但武功卻當眞高得不可思議。令狐沖、任我行、向問天三大絕頂高手聯手，再加上一個身手也頗不弱的上官雲，竟然仍抵擋不住他手中一根小小的繡花針，各自受了不少針刺，還好任盈盈想出一個圍魏救趙的主意，轉而攻擊他的心上人楊蓮亭，這才使他在分心之下受了重創。即使如此，他臨死之前的亡命一擊，仍使任我行失去一隻右眼。

東方不敗既敗，任我行自然輕而易舉地重登教主之位而又復可以任我行了。那些久被楊蓮亭調教得毫無骨氣的教衆登時反戈一擊，紛紛揭發東方不敗的罪行而將原先頌揚他的種種諛詞頌語轉而加諸任我行身上，任我行也居然當之無愧，欣然自得。

登位之初，任我行就對令狐沖重申舊議，要他加入日月神教，令狐沖藉口要赴三月十五日五嶽劍派的聚會而加以拒絕，並乘他在殿上召見教下部屬的機會不告而別。

了卻恩仇：琴簫諧和之中走向歸隱

左冷禪意在併吞各派而招集的五嶽劍派在嵩山大會是書中的一大關注，各派的主要人物在大會上環繞兼併與反兼併都大大地表現了一番，再加上桃谷六仙在其中胡攪蠻纏，使情勢更顯得兔起鶻落，熱鬧異常。但是在這場嚴峻而又紛亂的熱鬧中，令狐沖基本上處於冷眼旁觀的狀況。直到最後議定比武奪帥，而岳靈珊依仗思過崖洞壁所刻的武功擊敗衡山掌門莫大先生，岳不群假惺惺地當衆打她一個耳光，責罵她對前輩無禮，岳靈珊被打泣下，令狐沖爲了「哄得她破涕爲笑」，故意出場向她挑戰，這才在會上露了露臉。他既已存詐敗以博玉人一粲之心，這一露臉的結果不問可知。爲了裝得逼眞些，他不但落「敗」受傷，還傷得不輕，就此繼續當旁觀者。

大會的最後一幕在最精采的一場比武後落下。這場決鬥自然由左冷禪與岳不群二人進行，結果岳不群憑藉偷自林平之的辟邪劍法（與《葵花寶典》所載武功同出一源）刺瞎左冷禪雙目，出人意料地奪得了五嶽劍派總掌門的位子。

大事已定，令狐沖率恆山派人回歸恆山。此前，任盈盈裝扮一個虯髯漢子也參加了大會，這時也恢復身分，伴送受傷的令狐沖返恆山。

就在返山途中，令狐沖目擊了林平之向青城派施加的復仇行動。最後林平之以辟邪劍法手刃了青城掌門余滄海和親手害死他父母的「塞北明駝」木高峰，但自己也被木高峰暗藏在駝背中的毒水噴瞎了雙目。幸而此前岳靈珊被木高峰擒來，這時就向恆山派借了一輛大車，由她載著林平之返回華山。夫妻二人一個雙目已盲，一個又受了傷，怎麼能令對這小師妹未曾忘情的令狐沖放心。任盈盈與他心意相通，不以爲嫌，主動提議由她與令狐沖暗中跟蹤護送，免貽終生之恨。

這一潛蹤護送，在書中可不是等閒筆墨。就因這一護送，許多原先並未在書中揭曉的謎底都通過任盈盈所偷聽到的林平之與岳靈珊的對話揭示了出來；爲什麼岳不群與林平之都會使辟邪劍法，爲什麼修習了《辟邪劍譜》和《葵花寶典》上的武功都會變得不男不女，又爲什麼這劍法與葵花寶典武功又如此相似。原來《辟邪劍譜》與《葵花寶典》都傳自前代一個武功奇高的太監，同出一源。修習這門武功者首先必須自宮。林平之的曾祖林圖南本是一個僧人，因機緣聽得這門武功，便錄於袈裟之上，自宮修習，成爲絕代高手。他爲了掩飾自己不能人道，還俗娶妻，還暗中領養一個男孩冒稱親生，卻不將眞正的辟邪劍法傳授給他，因此林圖南創建的福威鏢局名滿天下，他兒子、孫子的武功卻徒有虛名，並最終因此而遭滅門之禍。青城派滅林氏一門，是爲了謀奪《辟邪劍譜》，岳不群預派勞德諾和女兒岳靈珊潛伏於林家所在的福州城外，其實也是爲了圖謀他家的劍譜。最後岳不群從令狐沖身上獲得劍譜，不惜自宮修習，以成天下第一高手。他自宮之後，雖然用生漆黏上脫落的鬍鬚，費盡了掩飾的心機。但這事瞞得過他人卻瞞不過妻子，最後被寧中則發覺。在妻子的懇求下他假作答應停止修習，還將錄有劍譜的袈裟自窗口拋下絕谷，卻爲夜夜在窗下潛伏窺伺以圖奪還家傳劍譜的林平之所得。林平之爲了復仇，也不惜自宮，但爲了瞞過岳不群，仍娶了岳靈珊，故二人雖有夫妻之名，卻並無夫妻之實。

等這些謎底一一揭曉，青城派的殘餘也就乘林平之受傷盲目的機會追殺了過來，令狐沖和任盈盈正待出手，卻有人搶先一步殺退了追敵，此人雖蒙了臉，但還是被岳靈珊識破就是早已僞裝被殺的二師兄勞德諾。原來勞德諾本是左冷禪派去華山派做臥底的奸細，殺掉陸大有奪走華山派紫霞神功的是他，上岳不群當，將似是而非的假的《辟邪劍譜》交給左冷禪的也是他，爲此左冷禪與岳不群在比劍時才會落敗傷目。現在他來找林平之，就是爲了邀他上華山，與左冷禪一起修習辟邪劍法，共謀誅滅岳不群。

爲了向左冷禪「表明心跡」，林平之居然劍刺岳靈珊滅口。令狐沖發覺不對，跳出解救，已經晚了。勞德諾攜帶了雙目已盲的林平之聞聲逃逸，胸口中劍的岳靈珊卻最終死在他的眼前。臨終之際，她還哀求令狐沖「盡力照顧」那殺害了她的林平之，以免他盲目之後受人欺侮。

對於所愛非人而又愛得如此深切的岳靈珊來說，死亡恐怕是她唯一的解脫之道了。同時，她的死一方面給令狐沖以精神上的重創，另一方面也割斷了令狐沖與過去生活與世俗社會的聯繫，此後令他對過去生活有所繫念的就只剩下師娘寧中則一人了。然而，這最後的聯繫也緊接著很快斷裂了。就在令狐沖由任盈盈陪伴，在岳靈珊死處附近的一個翠谷中養傷之時，岳不群追尋林平之也來到此間，而日月教徒衆也先一步擒住寧中則，在此掘下陷阱，布上迷藥，準備暗算岳不群。爲了解救被岳不群所擒的心上人，令狐沖不得不與岳不群這過去的師父展開一場搏鬥。岳不群學辟邪劍法未久，不是已得獨孤九劍精髓的令狐沖的對手，他假裝認輸，乘令狐沖轉身去看被點穴道的任盈盈時背信偷襲，刺傷令狐沖。正當他搶先一步要砍死令狐沖時，卻掉下了日月教人事先掘好的陷阱，吸入迷藥，失去知覺。

令狐沖又一次險死還生，先後解開了任盈盈與寧中則的穴道。寧中則知道女兒已給林平之殺害，又目睹了方才岳不群的卑鄙行徑，萬念俱灰，在給令狐沖治療傷口後以匕首自殺身亡，割斷了令狐沖與過去生活的最後聯繫。從此令狐沖才眞正擺脫了養育他成長的華山派的一切關係，再無感情上的虧欠。

之念。

任盈盈聽從令狐沖的要求，解放了被擒的岳不群，但在釋放前先給他下了魔教中極厲害的需每年按時服食解藥的「三尸腦神丹」，使他不敢再起害她與令狐沖之念。

這時，令狐沖在這世上就只剩下一件義務未了，那就是他無端獲得的恆山派的掌門之位。對令狐沖來說，任何權力都只是一種負擔，更何況是當這麼一個向來全是女子沒有一個男子的恆山派掌門！從無奈接掌時起，他就時刻存著擇機扔掉這個燙手山芋的念頭。如今諸事既了，這一念頭自然立刻映上心頭。

爲了擺脫這最後一件心事後「便可和任盈盈浪跡天涯，擇地隱居」，他一養好新傷就與任盈盈同赴恆山。

歷經滄桑並未改變他喜愛胡鬧的天性，這時有了一個「暗中察看」的藉口，更有個對他的性情明察秋毫的任盈盈在一旁推波助瀾，這位曾成功地扮演「吳大將軍」而盡情施展其插科打渾手段的表演家，這回更是靈感一動有了個更加匪夷所思的主意；反串角色，裝扮成那個恆山懸空閣中「又聾又啞」的僕婦。

有任盈盈這化妝高手相助，又沿途住宿於破廟野祠中練習了幾晚，這假僕婦就隻身上峰暗訪去了。但在訪察之際，遇上了貨眞價實的「聾啞僕婦」，不料這僕婦的「又聾又啞」也是假扮的，又不料她還是深藏不露的武林高手，更不料她就是不戒和尚十幾年來遍尋不著的妻子，也就是對令狐沖一往情深的小尼姑儀琳的母親。在這三「不料」之下，第四件使令狐沖哭笑不得的事也就算不得太意外了：他被當作不戒之後第二個「負心薄倖、好色無恥之徒」給懸空掛在懸空閣中，令此閣名符其實。不僅如此，他還被剃了光頭，以便可以當和尚娶小尼姑儀琳，就像不戒和尚當年所為，然後被逼著要在娶尼姑與「做太監」之間抉擇其一。幸虧儀琳知道他「只愛大小姐一人」，並且無私地「只是盼他心中歡喜」、「從來沒盼望他來娶我」，才使他倖免步入東方不敗、岳不群、林平之他們的後塵，也成個不男不女的「太監」。

在這以後，令狐沖與也被擒來的任盈盈又經歷一番波折，才脫離了懸空閣之危。這番他扮作「聾啞僕婦」，險些做了「太監」，又給剃了光頭當「和尚」，大過其裝扮諸種角色之癮，但也吃足苦頭，不知以後是否還敢再興假扮之念。

等他脫困，卻發現恆山派門人已全數失蹤。他與任盈盈初以為是日月教任我行派人擒去的，準備去黑木崖救人，不久遇到與恆山派諸人同在一起的藍鳳凰，才知道是被岳不群派人擒到華山去了。

三人同上華山，卻發現華山派正氣堂與岳不群夫婦所居的天琴峽也不見一人，直尋到思過崖，才發現崖上在隱蔽的石洞已被打開，並有數百人點著數十根火把在凝神觀看石壁上所刻的各派劍招和武功家數。仔細分辨，其中有嵩山、泰山、衡山三派之人，卻不見華山、恆山兩派門人。從他們談話中，令狐沖聽出是岳不群召他們前來觀摩的，料想必非出於善意，正想通知莫大先生率衡山派出洞，洞口已突然被封死，洞中頓時大亂，三派之人爲爭可逃生的地道而自相殘殺。他與任盈盈互相救援，得以從黑暗的混戰中安然脫身，偏又碰到已失明的左冷禪、林平之爲首衆盲人的圍攻。與本就看不見東西的盲人在黑暗中交戰，令狐沖自然落盡下風。又是機緣湊巧（在這一年多裡，像這樣險死還生的機緣，他遇到了多少次？），給他隨手摸來阻擋來劍的恰是一根當年被中計陷於洞中的日月教十長老的一根白骨。被劍削去一截後骨中閃現了磷光，暗中敵影頓現，使藉以盡誅左冷禪與其他衆盲人，又制住林平之，自地道逃出山洞。然而磨難未盡，他們方出洞口，又被岳不群用網網住，脅迫任盈盈說出煉製那三尸腦神丹解藥的藥方。危急之中，卻是從未殺過一人的儀琳現身刺死了岳不群，救了他倆，也給被岳不群偷襲刺死的師父報了大仇。

跟著已團圓的不戒和尚夫妻也來了，訴說他們趕來救出儀琳又分頭去尋找其他被關押的恆山派門人，這才偶然聽到令狐沖說話聲的情節。

螳螂補蟬，黃雀在後，岳不群設計陷害五嶽派中華山派外的其餘四派，卻給了任我行將五嶽派一網打盡的機會，這時他早已率眾來到華山朝陽峰上，準備一舉收服或聚殲五嶽派，不料這時五嶽派諸掌門除了令狐沖外全都死亡或失蹤，門人弟子也所剩無幾，反使他本擬轟轟烈烈的華山大會或大戰變得以獅力搏兔，十分沒趣。

更沒趣的事還在後頭，任我行當眾宣布任命令狐沖爲副教主，兼併恆山派，未料令狐沖當場斷然拒絕，決心誓死周旋。爲了誘使少林、武當救援恆山派，以便先將這二派突襲攻滅，任我行強按怒火，放令狐沖率恆山派歸山，預約一個月內再率眾屠滅恆山派。

令狐沖率眾下山，又在山腳下與不戒夫婦、田伯光等會合，一起到了恆山。眾人自知與聲勢浩大的日月教對抗，無異以卵擊石，索性棄劍不練。然而其時任我行意圖盡誅異己「千秋萬載，一統江湖」的野心早已暴露無遺，少林、武當焉能坐視不救，不數日便各由掌門率領派中高手來到恆山，連其他聲勢較弱的門派如崑崙、峨嵋、崆峒等也都派來高手，準備在恆山與日月教決一死戰。

其間有一件事萬萬不能漏掉，那就是少林掌門方證大師假傳風清揚意旨，把少林秘學《易筋經》託稱風清揚的內功秘訣傳給了令狐沖。因令狐沖無意中所習得的任我行的《吸星大法》有一致命弱點，那就是體內所吸他人的異種眞氣越聚越多，終有一天會反噬其人，任我行在黑牢中囚禁十二年，才苦思出破解之法，然而此法他卻未授令狐沖，以此脅迫其入教。令狐沖不獲此法，即使不死於與日月教之大戰也活不長久。然而《易筋經》卻是除此法外唯一能將異種眞氣化爲己有的法門，令狐沖因此在無知無覺中又一次逃脫了必死之危。

不日，山下鼓角齊鳴，日月教大舉前來。令狐沖等擺開陣勢，準備迎戰，不料率眾而來的教主卻是他的心上人任盈盈，原來任我行早在華山朝陽峰上令狐沖離去不久就因興奮過度突發急病而亡，早就由任盈盈繼任了日月教主之位。這一來自然化干戈爲玉帛，一切問題都迎刃而解。然而這本極明白的一件事，給作者故弄狡獪，將任盈盈一直封閉在轎中，與令狐沖會談也密閉於無色庵中，將讀者與書中群雄一樣弄得一頭霧水，不知這位神教教主葫蘆裡賣的是什麼藥。直到躲在庵中偷聽壁腳的桃谷六仙你一句我一言地轉述庵中對話，才揭開了這位「任教主」其實是任盈盈而非任我行之謎，於是恍然大悟，皆大歡喜。

危禍江湖、意圖私霸的野心家左冷禪、岳不群、任我行等人都已死了，原本的「邪派」也落到任盈盈掌握之中，正邪之爭暫時也掩旗息鼓，令狐沖再無後顧之憂，終於得以與任盈盈雙雙卸去掌門與教主之位，實現夫妻偕隱之宿願。新婚之夜，夫妻倆琴簫合奏《笑傲江湖》之曲，眞是如魚得水，和美無比。然而沒有現身而以一曲胡琴作爲賀禮的莫大先生，其琴聲「凄清蒼涼之意終究不改」；婚後夫妻同赴華山尋覓風清揚，也是空山不見人；這些筆墨又於十分美滿之中平添一份惆悵之意。

書的結尾，任盈盈拉令狐沖去看她的傑作：將那失去武功的勞德諾與兩隻大馬猴鎊在一起，讓他任憑兩隻馬猴拖來拖去，作爲他殺死陸大有的懲罰。這一情節，一方面是對一個次要的反面人物的下場作一交待，另一方面恐怕也是爲了引出任盈盈這一句話來作爲全書的收尾：「想不到我任盈盈，竟也終身和一隻大馬猴（諧指令狐沖）鎖在一起，再也不分開了。」

這句話影射令狐沖與任盈盈從此長相廝守，永不分離。

令狐沖的人生哲學

性情篇

令狐沖的人格特質非常鮮明，性格也與衆不同，我們可以歸納爲以下四個特點：

嗜酒如命，頭腦清醒

令狐沖愛好喝酒，已到了嗜酒如命的程度。

岳靈珊自福州來到衡山，與衆師兄重逢，便先問：「大師哥怎麼不跟你們在一起？」師兄們說他還在衡陽，說不定剛剛酒醒。靈珊聞言微微皺眉，道：「又喝醉了？」一個「又」字，可見令狐沖的酒性。師兄們告訴她：「我們昨日在衡陽與他分手，他喝得好痛快，從早晨喝到中午，又從中午喝到傍晚，少說也喝了二三十斤好酒！」

這是令狐沖的酒量。他可以和《天龍八部》中的喬峰並列爲冠軍。喬峰在《天龍八部》中一出場，便在無錫松鶴樓上獨自飲酒，與令狐沖未出場即以飲酒開始，如出一轍。喬峰與段譽初會即拼酒，在松鶴樓上一下子便喝下二十斤高粱，共四十大碗。少室山大戰，蕭峰三招之間逼退當世三大高手合力圍攻，豪氣勃發，當場將少說也有二十來斤的一皮袋白酒一口氣喝得涓滴無存。

這樣的酒量是否乃金庸虛構性的藝術誇張，生活中的真實人物有這樣的可能嗎？大多數讀者心中會有這個疑問，筆者也是如此。看來我們是少見多怪了。歐陽修《歸田錄》卷二記載：

石曼卿磊落奇才，知名當世，氣貌雄偉，飲酒過人。有劉潛者，亦志義之士也，常與曼卿為酒敵。聞京師沙行王氏新開酒樓，遂往造（訪）焉。對飲終日，不交一言。王氏怪其所飲過多，非常人之量，以為異人，稍獻餚果，益取好酒，奉之甚謹。二人飲啖自若，傲然不顧，至夕殊無酒色，相揖而去。明日都下喧傳：王氏酒樓有二酒仙來飲。久之乃知劉、石也。

北宋時的京都乃汴梁，即今之河南省開封市。

明代焦竑《玉堂叢語》卷七《豪爽》則記載明初永樂年間的狀元曾棨：

體貌魁碩，文學充贍，朝埜（野）咸茸望焉。有交趾（今越南）貢使飲量絕人，（皇）上令左右舉善飲者款之。或舉二都護以對，上曰：「朝廷上無一能飲者乎？」曾聞之，即請自往。上問曰：「卿量幾何？」曰：「款此二使足矣，不必盡臣量。」於是飲徹夜，二使皆醉愧而去。翼（翌）日，俟謝恩，上悅曰：「不論卿文學，只是酒量，豈不作我明狀元耶！」益賜之酒。

明代謝肇淛《五雜俎》卷七則記載：

古人嗜酒，以斗為節，十斗一石，量之極也。故善飲若淳于鬢、盧植、蔡邕、張華、周凱之輩，未有逾一石者。獨漢於定固飲至數石不亂，此是古今第一高陽矣。宋時如寇萊公（寇準）、石曼卿、劉潛、杜默，皆以飲稱雄者，其量恐亦不下古人也。近代酒人，不知祖昔如何，但縉紳（官宦）之中，能默飲百杯以上，不動聲色者，即足以稱豪矣。

一石爲十斗，一斗爲十升，一市升合公制一升，即一千毫升。一千毫升水的重量爲一公斤。古代的量制比現代的低，喝一石酒大約有幾十斤。可見這些喝酒名人酒量之大，令狐沖與喬峰與他們相比，還是小巫見大巫了。

令狐沖一回華山，即被師父罰到玉女峰思過崖面壁一年。他不怕孤單寂靜，就怕沒有酒喝。小師妹岳靈珊第一次送飯上山便偷酒一壺，替他解饞。她從飯籃底下取出一個小小的酒葫蘆來，令狐沖嗜酒如命，一見有酒，站起來向岳靈珊深深一揖，道：「多謝你了！我正在發愁，只怕這一年之中沒酒喝呢。」

令狐沖嗜酒善飲，但從未因酒誤事，始終保持頭腦清醒。他在衡陽喝了一整天酒，傍晚在途中見田伯光欺凌儀琳，他馬上出手相救，而且憑智勇雙全，果然救出儀琳。後來田伯光「聽說令狐兄在華山頂上坐牢，嘴裡一定淡出鳥來，小弟在長安謫仙酒樓的地窖之中，取得兩罈一百三十年的陳酒來和令狐兄喝個痛快。」酒香逸出，醇美絕倫，酒未沾唇，令狐沖已有醺醺之意，何況田伯光將盛酒重擔挑上華山絕頂，盛情可感。令狐沖邊喝邊翹大拇指：「天下名酒，世所罕有！」田伯光沒想到令狐沖只喝了三碗，突然右腿飛出，將兩大罈酒踢下深谷，問他爲何，卻說：「你作惡多端，濫傷無辜，武林之中，人人切齒。令狐沖見你落落大方，不算是卑鄙猥崽之徒，才跟你喝了三大碗酒。見面之誼，至此而盡。別說兩大罈美酒，便是將普天下的珍寶，都堆在我面前，難道便能買得令狐沖做你朋友嗎？」刷的一聲，拔出長劍，叫道：「田伯光，在下今日再領教你快刀高招。」

這樣的美酒，憑令狐沖的財力，根本不可能消受，平時連想也未敢去想，今日人家送上門來，只嘗三碗即行消毀，令狐沖迷酒又能保持頭腦清醒，毅力非凡。

令狐沖喜歡飲酒，他的境遇一直不佳，喝的都是並不令他眞正快樂的悶酒。他最後一次大喝苦境中的煩惱之酒是拒當任我行的副教主，拒絕入魔教之後，任我行宣布一月之內剿滅恆山，令狐沖與盈盈生死訣別之時。向問天邀他喝酒告別：「令狐兄弟，今日不大醉一場，更無後期。」令狐沖笑道：「妙極，妙極！向大哥確是我的知己。」跟著祖千秋、計無施、藍鳳凰、黃伯流等人一一前來敬酒，令狐沖知道任我行以後必要因此而殺害這些人，心想：「這許多朋友如此瞧得起我，令狐沖這一生也不枉費了，卻又何必害了他們的性命？」忙推辭說：

「眾位朋友，令狐沖已不勝力，今日不能再喝了。眾位前來攻打恆山之時，我在恆山腳下斟滿美酒，大家喝醉了再打！」他假裝酒醉，實則頭腦清醒，以防連累眾人。後來他也並未在恆山下擺酒迎敵，可見那天他的推託之辭既巧妙又得體。而任我行當時果真在心中盤算：「這些傢伙當著我面，竟敢向令狐沖小子敬酒，這筆帳慢慢再算。眼前用人之際，暫且隱忍不發，待得少林、武當、恆山三派齊滅之後，今日向令狐沖敬酒之人，一個個都沒好下場。」果如令狐沖所料。

書中描寫令狐沖最後的一次喝酒自然是他與任盈盈喜宴之日。這一次才是令狐沖一生中第一次喜氣洋洋地喝暢快之酒。酒量極好的令狐沖當然沒有喝醉。賀客要求新郎新娘舞劍助興，頭腦清醒的令狐沖認爲動刀使劍與喜宴氣氛不合，還是他與新娘合奏一曲，以助雅興。兩人合奏《笑傲江湖》之曲，令在座群豪心醉，代替了酒醉。

在金庸小說中，喬峰和令狐沖這兩個武林高手的酒量最大，嗜酒也最切。可是酒畢竟要傷人誤事，《天龍八部》中的喬峰在游氏聚賢莊因酒性的助勁，情緒多少有點過於亢奮，奮勇決戰中陷入絕境，如非蕭遠山將他救出，他在重圍中已無生還的可能。令狐沖在金刀王家眼看岳靈珊與林平之兩情繾綣，師父師娘也無心理他，忙於與未來親家歡聚應酬，自己身受重傷，孤苦伶仃，心情倍感淒苦。因而在王家迎賓宴上喝酒過量，酩酊大醉之後又嘔吐失態，被師父師娘暗中責備「上不得台面。」後又在小酒店中喝醉賭錢，被無賴打得狼狽不堪。令狐沖因境遇不好，心境大壞而放棄酒德的約束，結果一再受人侮辱。這是他僅有的因失戀而酒後失態受辱的經歷，他畢竟是個英雄，更且在盈盈的指點下很快就走出心靈的迷津，恢復爲理智清醒的令狐沖。

幽默風趣，重義重情

令狐沖性格開朗，爲人幽默風趣，所以言行灑脫，不拘小節。可是他很快身受重傷，又受師父懷疑、誣陷，陷入絕境，在此之前，只有很短的一段時間過著無憂無慮的輕鬆生活。此時，他在營救儀琳時，爲欺騙田伯光，大肆調侃、咒詛尼姑；爲拖住這個強敵，又謊說練過坐著擊敵的劍法，激邀田伯光坐著比武；曲長老救出他，將他藏在妓院，他在妓院中又設計救助儀琳和曲非煙。這些灑脫的言行，看似荒唐，令狐沖竟被人們看做「無行浪子」。又因他與師妹岳靈珊玩鬧嘻笑，討他喜歡，竟然也受一貫關懷、熱愛他的師娘的誤解。岳不群在少林寺重逢令狐沖並師徒比劍之後，考慮到令狐沖劍術高明，在武林中已罕有敵手，岳不群利用他對付左冷禪，想重新接納他回華山派並將女兒嫁他，以收他心。寧中則竟極表反對：「武功強便是好丈夫嗎？我眞盼沖兒能改邪歸正，重入本門。但他胡鬧任性、輕浮好酒，珊兒倘若嫁了他，勢必給他誤了終身。」

令狐沖恰巧在旁聽到這席話，他心下慚愧尋思：「師娘說我胡鬧任性、輕浮好酒，這八字確是批評。可是倘若我眞能娶小師妹爲妻，難道我會辜負她嗎？不，萬萬不會！」

令狐沖平時喜歡說笑打鬧，只是性格活潑開朗、幽默風趣而已。可是古今社會皆喜歡表面老實沉穩、聽話奉承之人，卻知人知面不知其心，不知奸滑之人也多裝成老實持重、言行平穩。令狐沖閱世淺、識人少，他竟認同師娘和別人對自己的偏見，自認爲是「胡鬧任性、輕浮好酒」的「無行浪子」。連岳靈珊也並不這樣認爲，否則她也不會與大師哥親熱異常、暗中相戀了。可是令狐沖對自己「萬萬不會」辜負心愛之人的情誼則極具信心，在這點上他確有自知之明。

縱觀《笑傲江湖》全書，令狐沖除了在救助儀琳的過程中有上述幾件易引起別人誤會的小事外，並未寫出他「胡鬧任性和輕浮」的表現。在岳不群夫婦和正派迂腐之士看來，令狐沖結交劉正風，尤其是曲長老這樣的魔教人物，和任盈盈相戀，即是「胡鬧任性」的行爲。實際情況是令狐沖並非有意相識、結交這些人物的，而是他在身處絕境時自然而然地與他們相遇，又透過實際接觸，瞭解到他們品性的高尚純潔，他才逐漸傾心、欽佩他們，從而成爲知交的。反過來，劉正風和曲長老、向問天和任我行、任盈盈這些多屬魔教的人物，都不認爲令狐沖是「胡鬧任性、輕浮無行」的人物，慧眼識人地認定他是有情有義、重情重義的難得的俠義之士，所以向問天以性命和重任相托，劉、曲兩人以《笑傲江湖》之曲相托，任我行之日月教副教主和未來的教主重任相托，任盈盈以終生相托，他們都信托給他最重要、最寶貴的東西。再反觀寧中則看輕令狐沖，將岳不群這種表面上穩重誠實的僞君子錯認爲眞君子；岳靈珊輕抛令狐沖，將表面上老實持重的林平之錯認爲如意郎君，母女兩人都缺乏識人的慧眼，都所嫁非人，葬送了終身的幸福，最後都死於非命。

可見識人最難，有時連「路遙知馬力，日久見人心」這條格言也不夠用。因爲「日久」要「久」到多長程度？寧中則嫁給岳不群雖已日久，她也算是一位聰慧的女子了，對丈夫一直未能看透。女子看錯男人嫁錯人，一朵鮮花插在牛糞上，男子看錯人，被人出賣，被人宰殺，有時還不自知，甚至還會將謀害自己的人看作是恩人。

識人最難，也包括認識自己也不容易。有的人自視太高，自認爲了不起，其結局是志大才疏，一事無成；或如趙括，紙上談兵，眉飛色舞，如臨實戰，一敗塗地。有的人太自卑，不敢激流勇進，放棄了可以爭取的前程。

令狐沖對自己的認識半對半錯。錯的是，人云亦云，也自認是「胡鬧任性、輕浮無行」，是個浪子；對的是，他自信不會辜負有情女子的情意。令狐沖既是重情重義的大丈夫，他怎麼又同時會是無行的浪子？重情重義是最高尙的行爲。

令狐沖重情，他充分嘗到了情的甜酸苦辣。巴爾扎克在《家族復仇》中說：

這是深沉的愛情，它會在心靈和軀體內刻下創傷，終身都要保留下來。

令狐沖對岳靈珊的愛，就屬於這樣深沉的愛情。岳靈珊在臨死時對令狐沖說：「大師哥，你一直待我很好，我……我對你不起。」她終於至少是部分地認識到令狐沖對她愛的程度和性質。有道是：「愛是人性中最活潑、最美麗、最有生命力的因素，也是最矛盾、最痛苦、最不穩定的因素。」令狐沖對岳靈珊的愛，充分地領略了這種複雜的滋味。

令狐沖與任盈盈的愛，是他倆多情多義、重情重義的自然結晶，他們兩人的愛情做到了：

愛情是男女雙方生理和心理能量的相互交換和補充。

法國拉姆奈《信徒的話》認爲：「愛，有如花冠上的露珠，只會逗留在清純的靈魂裡。」巴爾扎克指出：「愛情不只是一種感情，它同樣是一種藝術。」說得多好啊！這兩句名言，簡直是令狐沖和任盈盈美麗的愛情的眞實寫照。

說令狐沖和任盈盈的愛情是一種藝術，有雙重的意義。他倆透過音樂藝術相識、結合，古人以「琴瑟諧和」作爲夫婦情感和諧的比喻，而他倆的愛情是琴簫諧和，夫吹婦隨，又婦奏夫隨，《笑傲江湖》之曲是他們心靈相通的鵲橋，心靈相愛的靈犀，終生相愛的伴奏之曲。另外他倆相愛的過程極具藝術性。金庸描寫出他們相識相愛過程的富蘊悲愴、優美的詩意，能撥動每一個多情讀者的心弦。

令狐沖的重義，表現在他對華山派師徒每逢絕境之時，不管自己受多大委屈和誤解，他總是毫不猶豫地挺身而出，力克強敵。他對恆山派師徒，總是熱情相助，救護她們度過難關，他贏得她們全體的信任和愛戴，後來她們又追隨這位掌門師兄赴湯蹈火，並願爲堅持正義而慷慨赴死。他的信義，也贏得了任我行、向問天兩位魔教英豪的信任和尊重，所以任我行不僅心甘情願地認他做佳婿，還要將掌門之位傳給他。令狐沖的信義，也使少林寺長老方證解除傳聞帶來的誤會，他與武當沖虛道長認定他是五嶽聯合之後最佳領袖的人物。

最後，與令狐沖對立的各派師徒和誤認他是無行浪子的人物全部滅亡，這是待人處世失誤的邏輯發展之必然。

倔強堅韌，轉爲堅定

一個人處世立業，堅強是最重要的品性之一。西方哲學教導我們：

要堅強，要勇敢，不要讓絕望和庸俗的憂愁壓倒你，要保持偉大的靈魂在經受苦難時的豁達與平靜（義大利．亞米契斯《愛的教育》）。

在不幸的境況中必須堅強（義大利．喬萬民奧里《斯巴達克思》）。

貝多芬也曾說過：

在困厄顛沛的時候能堅定不移，這就是一個真正令人欽佩的人的不凡之處。

愛迪生則認為：

堅強者方能在命運的暴風雨中奮鬥。

令狐沖剛開始陷入逆境時，還不夠堅強。可幸他機遇非凡，得到任盈盈的指點和鼓勵，他性格中的倔強一面被發揚起來。令狐沖的性格倔強，又輔之以堅韌，所以堅不可催。

這首先表現在受師之罰，在華山思過崖面壁一年中，努力刻苦地練功不輟。期間雖受小師妹愛戀的干擾，情緒頗有波動，後來遭岳靈珊拋棄，情緒低落，田伯光的到來改變了他的心理狀態。田伯光的到來，猶如強敵壓境。令狐沖的武功遠不及彼，可是倔強的性格使他不肯服輸，他只能學習山洞石壁上刻著的武功，一面學習，一面對付田伯光。堅韌的性格使令狐沖屢戰屢敗而不氣餒，每戰敗一次即躲到山洞裡苦學一番，每學一次，都有明顯長進。在風清揚的指點下，他終於有了翻天覆地的變化，在戰勝田伯光之後，短期內即學到獨孤九劍的全部精詣，劍術得到脫胎換骨的徹底改造。進入深不知底，罕有敵手的境界。

此後，令狐沖進入人生的最低谷，他被師父和小師妹懷疑偷盜或私藏《辟邪劍譜》，殺害師弟陸大有，有加上重傷之後又被八道異體眞氣折磨，內功盡失。遭受師父和小師妹的拋棄，使他備受衆人冷落，處於從未經歷過的心靈孤獨、形單影隻的冷落寂寞狀態。在盈盈琴聲的感召下，令狐沖很快振作起來，恢復了倔強堅韌的本性。當然，令狐沖要走出凄涼孤寂的心理狀態，也有一個曲折的過程。

他在洛陽金刀王家備受欺凌逼迫，差一點自暴自棄的在酗酒賭錢中消磨青春。後到東城小巷綠竹翁處請教琴譜。他聽了任盈盈吹奏《笑傲江湖》之曲後，感到劉正風和曲長老「他二人得遇知音」，「心意相通，結成知交，合創了這曲神妙絕倫的《笑傲江湖》出來。他二人攜手同死之時，顯得心中絕無遺憾，這勝於我孤零零的在這世上，爲師父所疑，爲師妹所棄……」後來他一人獨闖江湖，曾經心中一陣凄涼，只覺天地雖大，卻無一人關心自己的安危，便在不久之前，有這許多人竟相向他結納討好，此刻雖以師父、師娘之親，也對他棄之如遺。他聽了盈盈的琴聲，只覺這琴音中似乎充滿了慰撫之意，聽來說不出的舒服，明白世上畢竟還有一人關懷自己，感激之情霎時充滿胸臆。他不知彈琴之人是年青少女盈盈，還以爲是一位年邁的婆婆。當辛、易、譚三人在五霸岡尋聲而來，要進草棚搜尋，令狐沖在門口阻擋，聲稱：「草棚中這位婆婆於在下有恩，我只須一口氣在，絕不許你冒犯她老人家。」此時他的身體已連續受了幾次大損，幾乎抬臂舉劍亦已有所不能，可是倔強堅韌的性格使他抵擋住易某的進攻，刺中他左腕要穴。易、辛離去後，譚某見他支持不住，用掌重拍他的胸口，此時他已無力舉劍，被他擊中吐血。吐出之血直噴對方臉上，有幾滴血濺入對方口中，此人中毒而死。令狐沖面對奸滑的敵手，識破他的用意，仍倔強反抗，幸虧他被藍鳳凰等人輸過有毒的血，才毒死了凶惡的對手。

令狐沖倔強堅韌的性格與堅守俠義、追求自由的原則的信念互爲表裡，使他屢屢戰勝強敵，又不受少林寺掌門方證之邀，不入少林派，不受《易筋經》，也不入日月教，不當副教主，以死爲抗爭，保持自己獨立自主的地位，維護了自己的尊嚴和自由。

令狐沖的性格由初期的不夠堅定但倔強堅韌發展到後來的堅強和堅定，有一個明顯的演變過程。這個過程有兩個正反因素幫助促成的。正面因素是任盈盈的愛，猶如甘露灌澆了令狐沖枯萎的心田，令狐沖遍體鱗傷、心力交瘁，是任盈盈的愛情和智慧，鼓舞了他再生、自強的勇氣。反面因素是強敵屢侵，倔強的令狐沖在他們的刺激和逼迫下，被迫自衛，在自衛中戰勝心理的頹唐，在抗爭中奮起。正反兩種因素相輔相成，令狐沖終於堅強、堅定起來，他不僅看透了正魔兩教的是非曲折，認清僞君子岳不群的凶惡本質，更且勇於面對個人崇拜的凶惡浪潮，堅不屈服，鬥爭到底。一個人成長爲出衆人才和英雄人物，必須經過大風大浪的鍛鍊。令狐沖的武功是風清揚、任我行和方證大師傳授的，他的心靈則是在沐浴風雨和愛情之後逐步成熟、堅強起來。

追求自由，適於歸隱

令狐沖的性格放浪不羈，有時講話隨便、言辭尖利，行爲不受約束。目光拘謹的人，可能會視他爲浪子，實際上令狐沖是一個浪子其外、君子其中的人物。他對長輩恭謹，對婦女尊重，對弱者愛護；努力習武，嫉惡如仇，行俠仗義；心口如一，待人眞誠，重義多情。他自認爲是「無行浪子」，是因爲他文化不高，不懂「無行浪子」的眞正意義，他不知將這頂帽子套在自己頭上，並不合適。

令狐沖天性奔放，他的天性是善良、正直的，又是活潑、開朗的。他不善掩飾克制，任性而爲，又過於天眞無邪、忠厚老實，所以免不了要吃虧，遭人暗算。任盈盈初識令狐沖，在道別時曾鄭重囑咐：「江湖風波險惡，多多保重。」令狐沖道：「是。」回答得恭敬認眞，可是在生活實踐中仍隨人擺布，一再中別人的計策、謀算，依舊屢屢吃虧上當。

令狐沖的以上性格特點，在江湖、社會上要吃虧，是弱點；在人性、心靈上，是優點，他無論怎樣吃虧，看得破、放得下，保持君子坦蕩蕩的良好心態。他的這些性格特點，決定了他的人生追求和人生道路。他的人生追求是自由，他的人生道路是歸隱。

因此，他既看不慣名利私心驅動的骯髒的權力鬥爭，又對為維護正義、眞理，為保護弱小、對抗邪惡、霸權而必須的權力鬥爭也無興趣，沒有「以天下為己任」，「天下興亡，匹夫有責」的責任感。所以金庸先生認為令狐沖不是大俠，對郭靖這樣為國為民的大俠的評價應比令狐沖為高。

令狐沖為人誠摯，言行極講信用，可是正因他率性而為的負面作用，在他答應方證、沖虛的勸導，爭奪五派聯盟以後的掌門之職，為武林謀福，避免奸邪之徒得逞，危害武林，但他在比武之時竟為了對師妹這一微不足道的小兒女的一時歡心，背棄了自己的莊嚴承諾。功敗一簣，掌門要職終於落到居心叵測的偽君子手中。

令狐沖忠厚老實的性格，和沒有文化缺乏歷史知識的結果，造成不懂權謀、策略和不會組織、指揮群體的能力局限，他的確也沒有水平和資格擔當大任，行使大權。知子莫如父，作者金庸對他所創造的這個人物所下的結論是：「令狐沖不是大俠，是陶潛那樣追求自由和個性解放的隱士。風清揚是心灰意冷，慚愧懊悔而退隱。令狐沖卻是天生的不受羈勒。」「笑傲江湖」的自由自在，是令狐沖這類人物所追求的目標（《笑傲江湖．後記》）。

大俠，是喬峰、郭靖式爲國爲民的人物，或是懂得並以爲國爲民爲人生宗旨的胡斐這樣的人物。令狐沖和他的「前輩」也曾見識過獨孤求敗這位「祖師」所創造獨孤九劍的楊過，都是傾向於當隱士的人物，這是他們的性格、天性和氣質所決定的。性格決定命運，從這個意義上說，人是強不過命運的。

金庸說：令狐沖是「陶潛那樣追求自由和個性解放的隱士。」講得很對。陶潛是中國最有名的隱士，是隱士的典範。陶潛（西元三六五年～四二七年），字淵明，潯陽柴桑（今江西九江西南）人。他的曾祖陶侃是一代名將，官至大司馬，祖父和父親也當過太守和縣令。他本人出身貧苦，二十九歲起東晉時代曾一度當過小官，最後當過三個月的彭澤縣令，也是七品芝麻小官。四十一歲後徹底歸隱，因爲他已看透社會、政局的黑暗，感到沒有必要再爲之效勞；又厭惡上司平庸、低劣和勢利的嘴臉，「不願爲五斗米折腰」，回歸故居。他過著「方宅十餘畝，草屋八九間」（《歸園田居》）清苦的耕讀生活，沉迷於「結廬在人境，而無東馬喧」（《飲酒》第五首）的寧謐境界，抒發「採菊東籬下，悠然見南山。山氣日夕佳，飛鳥相與還。此中有眞意，欲辨已忘言。」（同上）這樣清高自由的心靈和情趣。他的現存詩歌有一百二十多首，有多首優美清新的田園詩，描繪農村景色和大自然的美。陶淵明是屈原之後藝術成就最高的大詩人，具有平淡自然風格的陶詩使陶淵明成爲中國田園詩的祖師。陶淵明的辭賦，洗盡鉛華，也呈自然眞切、平淡悠遠之美。《歸去來辭》描寫自己辭官而歸猶如迷途知返，「舟遙遙以輕颺，風飄飄而吹衣，問征夫以前路，恨晨光之熹微。」描繪自己歸程中的愉快心情。「木欣欣以向榮，泉涓涓而始流；善萬物之得時，感吾生之行休。」抒發自己回到自然懷抱的舒暢和得意。另有千古名文《桃花源記》，寫出令人神往的世外桃源美境。

陶淵明青年時也有志於世，頗思有所作爲，所作詩歌如《讀山海經》、《詠荊軻》等，都是金剛怒目式的作品。清末志士譚嗣同「以爲陶公慷慨悲歌之士也。」

龔自珍讀陶淵明《詠荊軻》、《停雲》等詩，感慨：「吟到恩仇心事湧，江湖俠骨恐無多。」（《己亥雜詩．舟中讀陶詩三首》之一）此見陶淵明崇尚俠骨，本身也具俠骨，具有強烈的正義感，他是在經過生活的磨礪，知道事不可爲之後，才靜心歸隱，化雄心爲平淡之心，以治世之才改作田園詩歌，成爲彪炳史冊的隱士。

看來陶淵明並非天生的隱士，他作爲名將後裔，「猛志固常在」（《讀山海經》），後因殘酷的現實將他壯志磨盡，這才思歸。

令狐沖卻是天生即適於當隱士。但他也是在江湖闖蕩之後，歷經磨難，才有機會歸隱。他能歸隱，有兩大決定性的助力。一是風清揚授以獨孤九劍的高超劍術，令狐沖才能屢克強敵，平安歸隱，否則早已被惡人殺死幾次，如何能平安歸隱？歸隱了也不平安，仇家尋上門來，何以抵敵？二是盈盈這位賢妻的支持。現代格言謂：一個成功的男人之後必有一個賢良妻子的相助。古代雖未必如此，但如無賢慧如盈盈者做夫人，令狐沖即便歸隱，也淡寡乎味，更無《笑傲江湖》之曲作爲心靈的依存，令狐沖雖得到自由，卻不自在，樂趣甚少也。有盈盈美人和《笑傲江湖》相伴，令狐沖的開朗奔放性格得其所哉，才能脫離江湖而又笑傲江湖。

令狐沖的人生哲學

感情篇

《笑傲江湖》所描寫的人物和故事，在時間上是處於明代中期，小說中雖沒有寫明時代，在情節發展中也不作有意的暗示，似乎是一個沒有年代的故事。但我們可以從風清揚向令狐沖傳授獨孤九劍的情節中得到啓示。風清揚告訴令狐沖創造這套劍法的是獨孤求敗前輩。《神鵰俠侶》曾寫到楊過偶然發現獨孤求敗的骨塚和劍塚。楊過生活在宋末元初時代，《倚天屠龍記》記敘，他的晚輩密友郭襄成年後，武當派祖師張三豐才處於少年時代。張三豐於元末年已過百歲。其高徒張無忌的屬下朱元璋等人已發動反元起義。所以令狐沖遇見的武當山沖虛道長，書中未說起他與張無忌的關係，可見已晚了幾輩，所以他們已是明代中期的人物了。此後，《碧血劍》寫到明末清初時的華山派景況，提及門人在入門和學劍前，皆要拜風祖師爺，看來這位「神態飄逸」的祖師爺即風清揚。

經此分析，《笑傲江湖》的時代，處於《倚天屠龍記》之後無疑，處於《碧血劍》之前的明代，而非之後的清代也可確定。所以令狐沖生活的時代，不是改朝換代或邊患嚴重的時期。他自小就是孤兒，父母的情況不詳，至少沒有什麼特別的情況值得記掛。因而在令狐沖的感情世界中，不存在家仇國恨的歷史負載和現實問題。令狐沖面臨的都是自己愛、恨或愛恨交加的人物，都是個人的感情糾葛。令狐沖有複雜的愛情、特殊的親情、廣泛的友情和錯綜難言的愛恨交加之情，造成他撲朔迷離的處境和坎坷曲折的命運。

令狐沖爲人重感情，感情世界極爲豐富，包括愛情、親情和友情。他的人際關係非常複雜，除華山派同門師弟、衡山派同門子弟和衆多友人、魔教朋友外，還有介於敵友之間的複雜人物和敵對人物。令狐沖是《笑傲江湖》的主要人物，書中出現的諸多人物都與他的愛、親、友、仇四種感情有關，是他那複雜而有變化的感情世界的組成因素。

甜酸苦辣的愛情——與三位性格不同的美麗少女之關係

令狐沖在愛情上是被動的，他總是先被愛，然後他再愛上人家。令狐沖先後共有三位少女愛上他：岳靈珊、儀琳和任盈盈。三位少女都是美女。令狐沖眞是艷福不淺。令狐沖能眞心回報少女的眞摯情意，又能正確處置愛情道路上的磨難，終於獲得愛情的正果。

1.與岳靈珊之戀，一場虛偽的美夢

令狐沖是岳不群的首徒，岳不群與寧中則夫婦的養子，他將成爲繼岳不群之後的掌門人。岳靈珊是岳不群與寧中則夫婦的獨生愛女。他們兩人在華山派中的地位相當，都是第二代中的首要人物。令狐沖與岳靈珊從小一起長大，雖是師兄妹，卻親如兄妹。兩人早已萌生超過師兄妹的感情，師兄弟們也一致公認他倆是非常合適、登對的一對。令狐沖品質優秀，聰明靈慧，在衆弟子中武藝學得最好，又兼外表俊美，贏得岳靈珊由衷的喜愛。岳靈珊也有不少優點。她正值十六、七歲的荳蔻年華，而且容貌秀美俏麗，瓜子臉蛋，膚色雪白，一雙黑白分明的眼睛。性格活潑伶俐，對大師哥令狐沖的愛又顯得主動自主，自然很討令狐沖的歡喜。

令狐沖與岳靈珊的愛戀，顯然是岳靈珊採取的主動。書中對此雖無明確交代。我們卻可分析而知，令狐沖是個孤兒，賴師父師娘撫養長大且授於武藝，對師父師娘的掌上明珠當然不能也不敢主動相愛，而小說一開頭，岳靈珊自福建出差後來到湖南衡山歸隊，不見令狐沖歸來，她那不可抑制的思念和關心，反覆不斷的詢問，都表現出她對令狐沖主動而熱切的愛。她那些不避衆人耳目的愛的表達，既是性格外向開朗的表現，又是自恃掌門愛女，恃寵無憂的優越感的顯露。同門弟子也都如衆星捧月地對待他倆。對令狐沖如此，因他是武藝最爲高強的大師兄，將來必是繼任的掌門，更兼他性格豁達，萬事當先，又樂於助人。對岳靈珊如此，則主要是因爲她是掌門和師娘的愛女，另外她年輕漂亮，當然惹人喜愛。

令狐沖被罰至玉女峰絕頂的一個危崖之上面壁一年。岳靈珊思念之極，硬從六師哥手中搶來送飯的差使，兩個多月中，自秋至冬，天天黃昏送飯上崖，兩人共膳。在狂風怒號大雪紛飛的隆冬，乘父母外出，無人阻擋，她仍冒險上山，途中跌傷臉額，差點丟掉小命。她好不容易上山後，緊緊握住大師哥的雙手，心中柔情無限，令令狐沖感動萬分，兩人同表生死與共的決心。當晚，她又睡在令狐沖居住的狹小山洞裡，不避嫌疑，心心相印。因受風寒，第二天回去後即患重病，十幾天後，賴父母以內功替她驅除風寒，這才漸漸痊癒。病癒後上山，她親口告訴令狐沖：「我生病之時，一合眼，便見到你了。那一日發燒得最厲害，媽說我老說囈語，盡是跟你說話。大師哥，媽知道了那天晚上我來陪你的事。」岳靈珊又強烈表達對令狐沖因思念、記掛自己而吃不下飯、人也瘦了的痛心，目中含情脈脈、兩情繾綣、難捨難分。惜別之後，步聲漸遠，又回首佇立，兩人又四目交投，凝視良久，戀戀不捨。

這樣的感情，人人以爲已牢不可破，天長日久。誰能知此後僅過二十餘日，岳靈珊再次上山時，她的內心已開始變化；又過了十餘日，她又一次上山時，有了新的發展；再過十八日，再次有新的進展，不久終於徹底變心。令狐沖難過得生了一場大病，病了一個多月，在陸大有的苦苦哀求下，岳靈珊曾來探視三次，令狐沖病愈後，她便絕足不來。令狐沖尙依戀舊情，每日之中，竟有大半天是在崖邊等待這小師妹的倩影，可是每次見到的，若非空山寂寂，便是陸大有佝僂著身子快步上崖的身影。

以上這段日子，岳不群故意安排林平之陪岳靈珊練劍，前後不過兩個月左右，她即移情別戀，與林平之好上了。怎麼變心這麼快？令狐沖感到不可思議，別的師兄弟一定也是。看來這個少女，性格外向，不善隱藏心思，沒有遺傳到岳不群詭計多端、深藏不露的思維能力，卻至少是部分地繼承了乃父寡恩薄義、反臉無情的秉性。

岳靈珊背叛了令狐沖的愛情，他們的友情也走向了死亡。在徹底死亡之前，也曾有過一次迴光返照。華山派劍宗成不憂等上山來奪權，令狐沖打敗他後被他擊成重傷，岳不群竟丟棄令狐沖，率衆而逃。當夜，岳靈珊從父親枕頭底下偷出《紫霞秘笈》，送上山來，讓令狐沖練習本派這套至高無上的內功心法來化解旁門高手的內功所擊成的致命重傷。爲救大師哥，她甘願受父母重罰也在所不惜，月黑風高之夜來回奔波六十里，這番情意，頗令照看令狐沖的陸大有感動。

不久，令狐沖雖然歸隊，陸大有卻已慘遭暗殺，《紫霞秘笈》被人盜走。岳靈珊竟相信乃父的誣陷，認爲這都是令狐沖幹的「好事」，從此她對令狐沖視同陌路，福州林府門前《辟邪劍譜》失蹤之後，她更視令狐沖爲盜走夫家傳家至寶的仇家。她沒想到此時令狐沖剛洗清殺害六師弟吞沒《紫霞秘笈》的冤案，她竟又將另一冤案硬套到他的頭上，因爲林平之被人毆傷，她竟訓斥、怒罵令狐沖：「這才叫養虎爲患，恩將仇報！」，「你若不卑鄙無恥，天下再沒卑鄙無恥之人了！」恩斷義絕，對昔日的大師兄、情人連一點點信任也沒有了。

令狐沖與岳靈珊年齡相差八、九歲，他們談不上兩小無猜、青梅竹馬（儘管〈比劍〉一章金庸用過此語），但也在多年的親密相處中自然地產生了愛戀之情，即使後來她移情別戀，也不應如此絕情，岳靈珊心向林平之以後，如此待令狐沖無情無義，很不應該。

岳靈珊與林平之成婚後，林平之爲揭開岳不群的陰險毒辣，就將那天發生在福州林府門前的事件眞相告訴她，她才恍然大悟地說：「那日在向陽巷中，這件袈裟是給嵩山派的壞人奪了去的。大師哥殺了這二人，將袈裟奪回，未必是想據爲己有。（「未必」二字，仍不表肯定，下面一句卻深表肯定，兩句的不同語氣，寫出她的思路之演進。）大師哥氣量大得很，從小就不貪圖旁人的物事。爹爹說他取了你的劍譜，我一直有些懷疑，只是爹爹既這麼說，又見大師哥劍法突然大進，連爹爹也及不上，這才不由得不信。」她又向新郎解釋自己過去與大師哥的感情之性質：「大師哥和我從小一塊兒長大，在我心中，他便是我的親哥哥一般。我對他敬重親愛，只當他是兄長，從來沒當他是情郎。自從你來到華山之後，我跟你說不出的投緣，只覺一刻不見，心中也是拋不開，放不下，我對你的心意，永永遠遠也不會變。」

她的這種解釋，完全是變心之後的遁辭。作爲十六、七歲的古代少女，情竇已開，她對令狐沖的感情至少在潛意識中早已越過了師兄妹的界線，聰明靈慧如令狐沖也絕不會看錯她的心意，所以與她戀戀不捨，刻骨銘心，其他師兄弟也都不會全部看錯她對大師哥的情意。何況她在思過崖分明對令狐沖講過：「我生病之時，一合眼，便見到你了。」她與令狐沖也是心中拋不開、放不下，一刻不見便已思念萬分。

天地人工作室《金庸書話》解釋「岳靈珊爲什麼愛林平之，而疏遠了令狐沖？」認爲：

一是教育。岳靈珊的父親是君子劍岳不群，母親是寧女俠，都是不苟言行的正人君子；而令狐沖天性放蕩不羈。岳靈珊肯定喜歡令狐沖，因為像令狐沖這樣有趣、灑脫的男人畢竟不多。但若是把終身託付給他，心裡總是不落底。

二是女人本性使然。女性的最大特徵是母性，母性的最大特徵是同情弱者。所以，從古到今，落難公子最能贏得小姐們的青睞。林平之身世淒慘，受盡欺辱。令狐沖與林平之相比，林平之此時更能獲得女性的同情。岳靈珊在林平之入華山派時，不依不讓地做了林平之的師姐，表面上是爭強做大，實際上岳姑娘身上的女性意識被喚醒，以後，由憐生愛，終於近林平之而疏遠了令狐沖。這其中的緣故恐怕是令狐沖至今也想不明白。

林靄儀女士則反對人們「都責怪岳靈珊移情別戀，辜負了大師兄的一往情深。其實，平情而論，岳靈珊是個純真可愛的姑娘，不是玩弄愛情的女子，她愛上林平之，是出於自然的感情，不應受到深責。」並認爲：「其實，岳靈珊對令狐沖的感情是不是愛，也難說得很。同門十數載，兩人相隔六七歲（按：應是八九歲），小師妹跟大師兄要好，恐怕一半是英雄崇拜、一半是兄妹之情。令狐沖被罰在崖上思過，岳靈珊牽掛思念，兩人見了面，令狐沖忍不住吐露眞情，岳靈珊感到心中柔情無限，在令狐沖，他早已悉知自己的感情，但岳靈珊距離成熟還有一段日子，很可能只是少女情竇初開，因被愛而生愛意。她漸漸被林平之吸引，開始時連她自己也不知道。」是性情相近還是林平之長得英俊，不必深究，但岳靈珊對林平之的愛情卻是始終如一、堅貞不悔。他家裡（按：應是外公家裡）有錢，她喜滋滋地打扮了去作客，他落難被困，她拼死追隨；他是好人，她傾心愛他；他行爲古怪，她一心護他；甚至知道了他原來是用她作爲掩護，她也心甘情願與他共同進退；世人皆遺棄他，她也不在意。直到他將她刺死，她最後一口氣也是爲他辯護。

以上兩人的解釋，也有一定道理，可供讀者參考。

岳靈珊在幸福中長大，在苦難中逐漸成熟。她知道父親欺騙了丈夫，所以她對林平之對自己的不仁不義到狠下殺手，都予原諒，內含「賣身葬父」——犧牲自己爲父贖罪的意味。她臨死前說：「大師哥，你陪在我身邊，那很好。」又懺悔：「大師哥，你一直等我很好，我……我對你不起。」死時，她實際上已被生父、丈夫所背叛，她唱的是林平之教她的福建山歌，卻是令狐沖抱著她，給她臨終關懷並完成她的臨終囑託。可以說岳靈珊的一生都處於人生誤會或錯位的悲劇之中。

2.與儀琳之友誼，紅粉知己的無私關切

儀琳的出身低微。她的父親不戒和尚本是殺豬屠夫，因爲看中一個美貌的尼姑，出家當和尚，與她結成夫妻。生下儀琳後，她的母親因妒出走。儀琳投在恆山派當尼姑，武功卻沒學好，本事平庸。但她的記性極好，只要看她在衡山劉府追敘田伯光欺負她、令狐沖出手相救、兩人決鬥的經過，場景、細節和三人的言語以及別人的插入，歷歷分明，那麼如讓她讀書背經，肯定是極其出色的。

儀琳善良、天眞，性格柔和卻十分堅強，待人處事極爲眞誠。她既入佛門，便眞心誠意地修行，虔誠地讀背經書，遵守教義和戒律。可是天下的事太複雜了，這麼一個眞摯虔誠的出家人，卻爲令狐沖大俠而犯了淫慾、偷盜、殺生的戒

律。

起因都在於田伯光逮住了一時落單的儀琳，他要欺負這個美麗天眞的少女，令狐沖路見不平，拔劍相救，雖然打不過田伯光，他不顧自己的生死安危，以堅韌不拔的意志和過人的智慧反覆努力，終於將她救出。在相救的過程中，因情勢的逼迫，令狐沖曾幾次與她貼近相處。這幾個因素的綜合，使儀琳自然而然、情不自禁地愛上了令狐沖。她對令狐沖的愛，由於她的天眞率性和胸無城府，雖在外人面前不敢暴露，但在令狐沖和其父不戒和尚面前則暴露無遺。不戒和尚對女兒愛戀令狐沖一事十分贊成和支持，她的母親——啞婆也非常贊成和支持，他們兩人都盡力幫忙，可惜毫無效果。儀琳雖對令狐沖傾心相愛，可是她起先知道令狐沖鍾情於岳靈珊，後來又知他與任盈盈傾心相戀，所以她堅決反對父母逼迫令狐沖答應娶自己爲妻。儀琳的善良無私的心靈，使她一切爲令狐沖的幸福考慮，絕無妒忌甚至不快的心思。她在內心卻毫不掩飾自己對令狐沖愛戀的感情，抱著坦然的心情，她克制自己的這種感情，不是因爲犯了佛教禁慾的戒律而引起的罪過感，而是因爲知道令狐沖與別的女子相愛，不肯背叛愛情，出於尊重他的意願而作出的犧牲，從不自怨自艾，泰然處之。

在衡山看到令狐沖爲救自己而受傷，令狐沖傷重口渴，極須吃西瓜解渴。恰巧瓜田主人不在，儀琳不敢擅自摘瓜，犯戒「偷盜」。經過反覆的思想鬥爭，她甘受罪責，決定摘瓜，讓重傷之人解渴。作爲一個虔誠的佛教徒，她因強烈的同情心而犯戒，表現了一種無私待人的犧牲精神。

儀琳天性善良，又信佛教，不肯殺生，不敢殺人。但最後卻正是儀琳，殺了岳不群。

令狐沖和任盈盈經歷千難萬險，好不容易殺光群惡逃出思過崖的山洞，又被岳不群用漁網罩住、綑緊。老奸巨滑的岳不群陰謀得逞，他要殺害令狐沖和任盈盈，兩人被他緊綑在漁網中不能動彈分毫，岳不群先殺令狐沖，劍尖和令狐沖眉心相去只有數寸，忽然身後一個少女尖聲叫道：「你……你幹什麼？快撤劍！」岳不群不聽勸告，拼著餘力，挺劍前刺，劍尖已觸到眉心，正在此時，後心一涼，一柄長劍自他背後直刺至前胸。原來是儀琳聽到令狐沖的聲音，趕來看看發生了什麼事，看到令狐沖的性命正處在千鈞一髮的危急關頭，儀琳只好不顧一切地劍刺兇手。儀琳看到岳不群死在地上，嚇得全身都軟了，顫聲道：「是……是我殺了他？」雙手只是發抖，已嚇得一絲力氣也沒有了。

盈盈喜出望外，對儀琳說：「恭喜你報了殺師之仇。」

是機遇，讓恆山派中武藝平常、膽小善良不敢殺人的儀琳手刃武藝高強、詭計多端、凶狠毒辣的岳不群，報了殺師之仇。

是機遇，讓這位深愛令狐沖的可愛少女，做了令狐沖不敢想也不敢做的大事，爲令狐沖報了大仇。

是儀琳，除掉了武林中最大的禍害，翦天了這個武林公敵。

天下事無奇不有，最弱的終於消滅了最強的敵手。

但是儀琳在心理上卻是最堅強也是最有力的，她的堅強和力量來自她的信仰。她面臨任何危難，都堅信佛教經文的力量，尤其是每次看到令狐沖受傷欲死，都念經文力求爲他解除痛苦：

令狐沖聽她念得虔誠，聲音雖低，卻顯是全心全意的在向觀世音菩薩求救，似乎整個心靈都在向菩薩哀懇，要菩薩顯大神通，解脫自己的苦難。……到後來，令狐沖已聽不到經文的意義，只聽到一句句祈求禱告的聲音，是這麼懇摯、這麼熱切，……竟是這般寧願把世間千萬種苦難都放在自己身上，只是要他平安喜樂。

令狐沖不由得胸口熱血上湧，眼中望出來，這小尼姑似乎全身隱隱發出聖潔的光輝。

儀琳誦經的聲音越來越柔和，在她眼前，似乎真有一個手持楊枝、遍灑甘露、救苦救難的白衣大士，每一句「南無觀世音菩薩」，都是在向菩薩為令狐沖虔誠祈求。

令狐沖心中既感激又安慰，在那溫柔虔誠的念佛聲中進了夢鄉。

儀琳果然藉著佛教經典的力量撫慰、幫助令狐沖度過生命危險的難關。如無意外，她以後的一生也將在佛光照耀下走向平靜，在修行中度過一生。

在這個世界上，只有儀琳和盈盈能夠救治重傷下的令狐沖，前者靠念經，後者靠奏琴。在這個世界上，也只有儀琳和盈盈肯不惜犧牲自己的一切，換來令狐沖的生命。人生得一知己足矣，令狐沖竟有兩個紅粉知己，福份可謂極大。

3.與任盈盈之戀，生死與共的人生佳侶

有緣千里來相會。令狐沖隨岳不群、林平之等南下福建途中，順路拜訪林平之的外公——洛陽金刀門掌門王元霸。王家孫子從令狐沖身上搜出《笑傲江湖》曲譜，錯以爲是《辟邪劍譜》，但無法辨別，經易師爺的介紹和引領，衆人來到東城一條小巷內，請綠竹翁鑑定。此乃魔教掌門任我行之女隱居之處。她因父親失蹤多年，魔教大權爲東方不敗所篡奪，便帶綠竹翁來此隱居。任盈盈是一位富有詩意的女子，她雖居東城小巷，但眞可謂山不在高，水不在深，斯是陋巷，唯吾德馨：

易師爺在前領路，經過幾條小街，來到一條窄窄的巷子之中。巷子盡頭，好大一片綠竹叢，迎風搖曳，雅致天然。

眾人剛踏進巷子，便聽得琴韻丁冬，有人正在撫琴，小巷中一片清涼寧靜，和外面的洛陽城宛然是兩個世界。

飄揚在小巷中的琴聲，實是盈盈的彈奏。因俗人俗聲突來打攪「便在此時，錚的一聲，一根琴弦忽爾斷絕，琴聲也便止歇。」這也十分切合盈盈清高的性格。

綠竹翁簫琴之藝有限，他試奏讓他鑑定之曲，簫聲低得發啞，琴音高得古怪，連斷兩弦，便喚「姑姑請看」，改請他的姑姑試奏。眾人想這位八十老翁的「姑姑」要高齡百歲了吧，但她奏的琴聲卻能「越轉越高，那琴韻竟然履險如夷，舉重若輕，毫不費力的便轉了上去。」眾人不禁聽得心馳神醉：

這一曲時而慷慨激昂，時而溫柔雅致，令狐沖雖不明樂理，但覺這位婆婆所奏，和曲洋、劉正風所奏的曲調雖同，意趣卻大有差別。這位婆婆所奏的曲調平和中正，令人聽著只覺音樂之美，卻無曲洋所奏熱血如沸的激奮。奏了良久，琴韻漸緩，似乎樂音在不住遠去，倒像奏琴之人走出了數十丈之遙，又走到數里之外，細微幾不可再聞。

琴音似止未止之際，卻有一二下極低極細的簫聲在琴音旁響了起來。迴旋婉轉，簫聲漸響，恰似吹簫人一面吹，一面慢慢走近，簫聲清麗，忽高忽低，忽輕忽響，低到極處之際，幾個盤旋之後，又再低沉下去，雖極低極細，每個音節仍清晰可聞。漸漸低音中偶有珠玉跳躍，清脆短促，此伏彼起，繁音漸增，先如鳴泉飛濺，繼而如群卉爭艷，花團錦簇，更夾著間關鳥語，彼鳴我和，漸漸的百鳥離去，春殘花落，但聞雨聲瀟瀟，一片淒涼肅殺之象，細雨綿綿，若有若無，終於萬籟俱寂。

眾人待簫聲停頓良久，才如夢初醒。岳夫人向令狐沖問知曲名，令狐沖告訴她，當日所聞比今日更爲精采，奏者並非「比這位婆婆更加高明」，「只不過弟子聽到的是兩個人琴簫合奏，一人撫琴，一人吹簫……。」他這句話未說完，綠竹翁叢中傳出錚錚錚三響琴音，那婆婆用極低的聲音，隱隱約約地說：「琴簫合奏，世上哪裡去找這一個人去？」

以上描寫，揭示：一、任盈盈技藝極高，她一人已幾乎抵得上曲劉兩人，是位卓特的才女；二、盈盈的心理素質極好，在任何情況下能保持平靜的心境，故曲調平和中正，能表達純粹的音樂之美，而不挾帶個人的任何情緒；三、感到能匹配自己的才貌相當而又品德高尚的郎君難以尋覓，故而又有最後一句語意雙關的疑問。

妙在「不識廬山眞面目」而誤以爲盈盈是「婆婆」的令狐沖似乎在回答盈盈的問句，他感慨綠竹翁不能與她合奏，只怕此曲更無第二次得聞了；又遐思劉曲兩人心意相通，合創此曲後攜手同死，遠勝於我孤零零的在這世上。他亦自嘆孤零，又嘆此曲無人合奏，與盈盈萍水相逢，心靈卻有微妙的感應。

天下美事，尤其是金玉良緣，往往可遇而不可求。令狐沖、盈盈無意中相遇，因《笑傲江湖》樂曲爲機緣，開始交往接觸，成爲患難知己。

因緣竹翁之邀，令狐沖敘述曲譜來歷，又想到這位姑姑琴簫妙技，寶劍贈與烈士，將曲譜贈與盈盈。又從曲譜被疑爲武功秘籍談起。坦率地介紹自己所經歷和面臨之種種困境和所受之重傷，任盈盈以她極高的智慧，洞察一切，立即指出：

此中情由，你只消跟你師父、師娘說了，豈不免去許多無謂的疑忌？我是個素不相識的陌生人，何以你反而對我直言無隱？

令狐沖道：「弟子自己也不明白其中原因。想是聽了前輩雅奏之後，對前輩高風大為傾慕，更無絲毫猜疑之意。」

「那麼你對師父師娘，反而有猜疑之意麼？」

點中令狐沖潛意識中對岳不群猜疑自己的疑意。盈盈接著又指出：「你師弟不是你殺的。」，「你眞氣不純，點那兩個穴道，決計殺不了他。你師弟是旁人殺的。」進而分析：「偷盜秘笈之人，雖然不一定便是害你師弟之人，但兩者多少會有些牽連。」

她替令狐沖搬去一塊壓在胸口的大石，令狐沖不禁呼了一口長氣，頭胸頓時清醒起來，恢復了鬥志，要爲正義而復仇。

盈盈又診察出令狐沖體內有八道眞氣，令狐沖又不勝佩服，她更認爲：「閣下性情開朗，脈息雖亂，並無衰歇之象。」衆人皆以爲他無法醫治而迅即必死，盈盈又爲他搬走一塊壓在心口的大石，並成爲主治令狐沖之傷的組織者和領導者。當時別無他人可調用，盈盈便親自出手醫治。她用琴曲調理他的體內眞氣，所用的曲調柔和之至，宛如一人輕輕嘆息，又似是朝露暗潤花瓣，曉風低拂柳梢。令狐沖舒服得當場睡著，睡夢中感到柔和的琴聲似是一隻溫柔的手在撫摸自己頭髮，像是回到了童年，在師娘的懷抱之中，受她親熱憐惜一般。

令狐沖的信任、欽佩和愛戴，打動了盈盈敏感卻又難以進入的少女之心；他的忠厚老實和對師妹的眞摯情意，便獲得盈盈由衷的同情。綠竹翁暗中指點令狐沖向盈盈學琴，似乎僅是表達他也對令狐沖滿懷同情，實際上老翁從姑娘的琴韻中已聽出芳心開始萌動，他指點令狐沖走近、走進盈盈少女之心的最佳途徑。令狐沖介紹《笑傲江湖》曲的作者劉正風師叔和曲洋長老時，她「啊」的一聲，「原來是他二人，」既表驚異，又感親近。因曲洋既是魔教人物，即是她的屬下，令狐沖與他交好，不以魔教為忤，她必覺芳心大慰。故而能應允令狐沖跟她學琴。令狐沖學琴時一點便通，聰慧過人，進一步贏得了她的芳心。他第一天學琴，試奏《碧霄吟》竟已「洋洋然頗有青天一碧、萬里無雲的空闊氣象。」綠竹翁聽盈盈輕聲一嘆，感慨：「令狐少君，你學琴如此聰明，多半不久便能學《清心普善咒》了。」馬上評論說：「姑姑，令狐兄弟今日初學，但彈奏這曲《碧霄吟》，琴中意象已比侄兒為高。琴為心聲，想是因他胸襟豁達之故。」

誰知令狐沖於謙謝中伸述大志：「前輩過獎了，不知要到何年何月，弟子才能如前輩這般彈奏那《笑傲江湖》之曲。」無意中竟回答了盈盈初見時的疑問。難怪盈盈失聲道：「你……你也想彈奏那《笑傲江湖》之曲嗎？」面對令狐沖求愛式的「謙謝」，盈盈只能默默不語，過了半晌，低聲道：「倘若你能彈琴，自是大佳……」語音漸低，隨後是輕輕的一聲嘆息。這聲嘆息，意味深長。

盈盈聽完令狐沖自述失戀經過後，輕聲道：「『緣』之一事，不能強求。古人說得好：『各有因緣莫羨人。』令狐少君，你今日雖然失意，他日未始不能另有佳偶。」令狐沖的一往情深和心地單純，得到盈盈由衷的同情。

離開洛陽臨別時，令狐沖深情地表達依戀之情：「今日一別，不知何日得能再聆聽前輩雅奏。令狐沖但教不死，定當再到洛陽，拜訪婆婆和竹翁。」語音哽咽。盈盈說：「臨別之際，有一言相勸」，卻始終不說話，過了良久，才輕聲說道：「江湖風波險惡，多多保重。」並奏曾令令狐沖心痛於失戀的《有所思》古曲相送。盈盈對他忠厚老實地步入險惡江湖，極不放心，她的依戀之情也自然地流露出來。

於是她贈琴，讓她的愛物陪伴令狐沖，又指派平一指爲他治病，祖千秋陪他喝藥酒，連藍鳳凰也給他補血，皆未能奏效，盈盈又設計在五霸岡重逢。

如果說在令狐沖學琴的過程中，盈盈發現他的智慧之高，不在己下，因而深感滿意，那麼在五霸岡上，眼看他以重傷之身，力克多個強敵，後來曾至連殺三敵，殺敗方生，對令狐沖高強出衆的劍術和赤心保護自己的無限忠誠也有了徹底瞭解。盈盈此時芳心已許，但她竟犧牲自己，背昏迷中的情郎來到少林寺，願以自己的生命換來方證治癒令狐沖內傷的承諾。

金庸細膩而又不露痕跡地描寫心地忠厚、單純的令狐沖無意中闖入任盈盈「衆裡尋他千百度，那人卻在燈火欄珊處」的覓偶視野，盈盈的芳心一步步被他無意中巧妙打動，心弦於琴弦中自然地流露的微妙過程，和盈盈無限嬌貴、無限聰慧、無限美妙的少女的心化爲無限柔情，又化爲義無反顧、破釜沉舟的愛的行動的過程，非大手筆莫爲。再回過去重看這段描寫，我們細味盈盈蕩氣迴腸的綿綿情意，才能領會其中的發展過程乃自然流暢且又節奏分明。

令狐沖與任盈盈喜結良緣的媒介是琴。當年令狐沖在洛陽小巷初訪時，即未見其人，先聞其琴。任盈盈的琴聲征服了令狐沖的心。他又向她學琴，通過琴聲，兩人互相走近了對方的心。臨別時，盈盈贈琴，實即贈心。《西廂記》中的張生、鶯鶯和《玉簪記》中的潘必正、陳妙常，都透過《琴挑》而互訴心曲。《雪山飛狐》中的胡斐與苗若蘭也藉琴聲而結爲知音。琴爲「四藝」（琴棋書畫）之首，就是這位彈奏《廣陵散》的晉人嵇康，其《琴賦》贊曰：「衆器之中，琴德最優。」唐代詩人孟郊《聽琴》詩曾感言：「閒彈一夜中，繪盡天地情。」所以琴聲不僅令人心曠神怡，文樂先生認為「琴韻悠揚，思古之情翩然而起」，「琴韻，乃溝通古今人士心靈的小天使。」此言固大佳，但還可進而言之，琴韻又能溝通文化素養極高的男女青年的愛慕之心和款款深情。

令狐沖與任盈盈確定戀愛、婚姻關係後，在江湖歷險中，令狐沖得到她的很大幫助。令狐沖對岳靈珊的昔日情意難以拂去，時時流露對她的關心、愛護甚至懷念，盈盈總是表示同情、理解和安慰，她的器量和胸襟贏得令狐沖的感激和敬愛。岳靈珊臨終請求令狐沖不殺林平之，還要盡力照顧他，令狐沖答應了，任盈盈雖不以為然，後來也幫助他做成此事。岳靈珊死時，令狐沖抱著她的屍身，痛苦得昏倒在地。盈盈替靈珊掘墳埋葬。令狐沖感到歉疚：「盈盈，我對小師妹始終不能忘情，盼你不要見怪。」盈盈道：「我自然不會怪你。如果你當真是個浮滑男子，負心薄倖，我也不會這樣看重你了。」識見迥異常人。後來令狐沖拒入魔教，只能丟下盈盈，回恆山等任我行來攻殺，盈盈也充分理解令狐沖的苦心，毫無責怪、怨恨的表示，她淚流滿面地與令狐沖道別：「反正你已命不久長，我也絕不會比你多活一天。」比山盟海誓還有力。當初盈盈冒死上少林山要救他一命，他不領情，拒絕學功自救，盈盈也無絲毫責怪之意，照舊鐵心與他相愛。在少林寺比武時，她又不肯接受父親的暗示，不肯站到令狐沖的對面去暗示他擊敗岳不群，她堅信令狐沖對待自己愛情的忠誠。盈盈的性格剛正堅強，人所難及。

盈盈心細如髮，足智多謀，在危急中多次幫助令狐沖擺脫困境。最後她心甘情願地伴隨令狐沖離開江湖，隱居終老。又悉心教會令狐沖奏樂，兩人合奏《笑傲江湖》，琴簫諧和，白頭偕老。

閻大衛《班門弄斧——給金庸小說挑點毛病》批評金庸描寫盈盈與令狐沖同行時，不許任何人看見她和令狐沖在一起，否則就要殺掉，目擊者只好刺瞎自己的眼睛，後因令狐沖的求情，將他們流放到荒島，永遠不許回中原，以示懲罰。閻大衛認爲：「這是一個非常不合理的情節。」，「任盈盈這樣做，用刁蠻、霸道、殘忍這六個字來形容，也許差不多。這個情節的插入，太使盈盈可愛的形象受損了，也使這本書的主要主角之一的性格產生了內部矛盾。在這裡任盈盈成了追求奇特情節的犧牲品。」這個批評值得商榷。盈盈出身魔教，生父又不知去向，在極壞的心理環境中成長，像阿紫一樣，心靈遭到扭曲，性格乖戾。她與令狐沖的愛，幫助她戰勝性格弱點，《笑傲江湖》曲又淨化了她的心靈，從此以後充分發展自己的善良天性，改正了過去的不足之處，是真實可信的。

吳靄儀女士的批評則很中肯：「金庸在後記裡感嘆，任盈盈雖然如願與令狐沖結合，但令狐沖的自由卻從此被『鎖住』了，我覺得很不公平。任盈盈知道令狐沖討厭日月神教的諂媚奉承，明知有可能與他分開也不開口勸他入教，這樣尊重他的自由的女子，還說『鎖住』令狐沖，實在太過分了。」又指出她處處尊重令狐沖，「敬重他的情操，不以自己能否占有他的角度出發。」她對盈盈此人性格、人品的把握是正確的。

北京中央電視台《笑傲江湖》電視連續劇的任盈盈扮演者許晴評論這位行為方式亦正亦邪而心智如水晶乾淨的女子說：「那種消逝於江湖的嫣然一笑，劍光一閃、溫情如縷，都足以讓人怦然心動。」那種身前的虛名與身後的寂寞，反差極大。在小說中，「她是倒著活過來的，從姑婆婆到喜怒無常的小姐。在多少女人哀嘆紅顏漸老，一副衰敗心態打發人生的寂寞中，任盈盈卻反其道而行之，收獲的是一脈天眞、歸於自然的愛情碩果。」（《新聞午報》二〇〇一年三月二十七

日）

盈盈有著萬人尊寵，她放棄了。有著正邪一身快意恩仇的性格，她改變了。也有著一顆至眞的愛人之心，她保持了。這一切都是爲著令狐沖，或者說因爲有了令狐沖。

她與令狐沖的歸隱，實現了喬峰和阿朱、郭靖與黃蓉的人生理想，在爲正義鬥爭獲得勝利之後，度過平靜安謐的劫後餘生。令狐沖與任盈盈、喬峰與阿紫、郭靖與黃蓉、楊過與小龍女、張無忌與趙敏、胡斐與苗若蘭是金庸小說中英雄俠女十分適配的幾對。其中令狐沖與任盈盈的琴瑟之好極具特色，氣度不凡、智慧高超的任盈盈，可說是最佳的紅粉知己和知音，是金庸作品中最令人難忘的可愛女性。

特殊的親情——師娘和恩師

令狐沖不知自己的出身來歷、父母是誰，可以說是一個孤兒。他由師父、師娘撫育成人。因此，令狐沖並無一般的親情可言，他只有特殊的親情，慈母般關心愛護他的師娘，和嚴父般教誨指導他的恩師。

他原來的師父岳不群，後來逐漸暴露出虛僞寡恩的面目，陷害直至妄圖殺害令狐沖，不僅將他踢出華山派，不承認他是自己的徒弟，而且也並未傳授他高明武功，反倒將他引入武學歧途，所以恩斷義絕，對他已無師恩可言。令狐沖眞正的恩師是教他劍術的風清揚、教他琴藝的任盈盈和授他神功的方證；任盈盈是令狐沖的情人和愛妻，方證的情況更特殊，雙方並不確認師徒關係，方證還以風清揚的名義傳授他內功，因而令狐沖的嚴格意義上的恩師，僅風清揚一人。

1. 師娘寧中則及其慘痛的人生教訓

華山女俠寧中則是華山派掌門人岳不群的妻子。他倆本是同門師兄妹，寧中則的劍術之精，不在岳不群之下。她與岳不群共同撐起華山派的大旗，主張收弟子猶如「兵貴精不貴多」。她爲人正直剛烈、爽朗豪邁，兼之武藝高強，門下弟子對她由衷敬愛，尤以大弟子令狐沖爲最。

令狐沖自幼是她撫養長大，她深知他的性格、爲人和本領，對他尤加鍾愛。令狐沖長大後，闖蕩江湖，顛沛流離，依舊受到她慈母般的照應，令狐沖對此永遠感激在心。

《笑傲江湖》中的令狐沖，正進入青年時代，照理應享受青春年華的美好時光，他卻厄運當頭：受懲罰，受重傷；被冤枉，被追殺。作爲師娘的岳夫人，對陷入厄運的令狐沖，一是關心體貼，二是信任同情，在心靈上給令狐沖以極大的溫暖，對令狐沖度過重重難關，產生了不小幫助作用。

岳夫人給令狐沖以關心體貼，是師娘兼慈母的身分。令狐沖受岳不群處罰，孑然一身在玉女峰思過崖面壁，她允許女兒靈珊獨自上山送酒飯，還曾費心裹了一天的粽子，讓女兒拎一籃給沖兒去吃，令狐沖喉頭一酸，心想：「師娘待我眞好。」岳夫人與丈夫遠涉關外剛回，聽說他生了一場大病，即上崖探視，伸手將令狐沖扶起，見他容色憔悴，大非往時神采飛揚的情狀，不禁心生憐惜，柔聲慰問，又取出爲他熬煎的野山參湯，見令狐沖手在微顫，還準備喂他。這樣的體貼關心，與岳夫人在令狐沖幼時的關愛一脈相承，所以當令狐沖聆聽盈盈彈奏《清心普善咒》而被催入睡時，睡夢之中，仍隱隱約約聽到柔和的琴聲，似有一隻溫柔的手在撫摸自己頭髮，像是回到了童年，在師娘的懷抱之中，受她親熱憐惜一般。令狐沖二十餘年中感受到的師娘的關愛，猶如母愛一般。岳夫人直到臨終，還最後一次盡慈母之職之後才自盡而死；岳夫人哽咽道：「你轉過身來，我看看你的傷口。」她撕破他背上衣衫，點了傷口四周的穴道，擦拭傷口血跡，敷上傷藥，從懷中取出一條潔白的手巾，按在傷口上，又在自己裙子上撕下布條，替他包紮好了。令狐沖向來當岳夫人是母親，見她如此對待自己，心下大慰，竟忘了創口疼痛。

她臨死之前還給令狐沖最後一次慈愛，再回憶當初令狐沖重傷欲死，名醫束手，岳夫人想到江湖上第一名醫平一指也治不了令狐沖的傷，說他只有百日之命，心下難過，禁不住掉下淚來。令狐沖將她當成母親，良有以也。

令狐沖受誣陷、被冤枉，有時已到百口莫辯，掉進黃河也洗不清的地步，最後連岳靈珊也堅信不疑，怒斥令狐沖，還向他索討《辟邪劍譜》。只有岳夫人寧中則不隨聲附和，她始終持懷疑態度，在旁冷眼觀察事態的發展，一找到反駁的根據就出面為令狐沖辯護。少林寺「三戰」之後，岳不群夫婦在雪地上爭執時，岳不群又咬住：「平之那家傳的《辟邪劍譜》，偏偏又給令狐沖這小賊吞沒了，倘若他肯還給平之，我華山群弟子大家學上一學，又何懼於左冷禪的欺壓？我華山派又怎致如此朝不保夕，難以自存？」岳夫人立即反駁：「你怎麼仍在疑心沖兒劍術大進，是由於吞沒了平兒家傳的《辟邪劍譜》？少林寺這一戰，方證大師、沖虛道長這等高人，都說他的精妙劍法是得自風師叔的真傳。……無論如何，咱們再不能冤枉他吞沒《辟邪劍譜》。倘若方證大師與沖虛道長的話你仍然信不過，天下還有誰的話可信？」她又曾對岳不群說：「沖兒任性胡鬧，不聽你我教訓，那是有的，但他自小光明磊落，絕不做偷偷摸摸的事。自從珊兒跟平兒要好，將他撇下之後，他這等傲性之人，便是平兒雙手將劍譜奉送給他，他也決計不收。」

在福州福威鏢局，岳不群懷疑令狐沖殺了嵩山派高手，引來禍水，岳夫人說：「他們又沒親眼見到是沖兒殺的？單憑幾行血跡，也不能認定是咱們鏢局中人殺的。」岳不群怒極揮掌，要當場擊斃令狐沖。儘管剛才岳夫人還因令狐沖結交魔教，痛苦地宣布：「在五霸岡下，你又與魔教的任小姐聯手，殺害了好幾個少林派和崑崙派子弟。沖兒，我從前視你有如我的親兒，但事到如今，你……你師娘無能，我再沒法子庇護你了。」說到這裡，兩行淚水從面頰上直流下來。此時見丈夫要殺令狐沖，她一面高呼「使不得！」一面攻岳不群於不得不守，又閃身擋在令狐沖身前，急叫：「沖兒，快走！快走！」，「有我在這裡，他殺不了你的，快走，走得遠遠的，永遠別再回來。」救出令狐沖，又要他遠走高飛，不要遭了岳不群的毒手。

林平之在殺害岳靈珊之前向她講出一切眞相，岳靈珊才知令狐沖的冤枉，她不禁嘆息一聲，說道：「你和大師哥相識未久，如此疑心，也是人情之常。可是爹爹和我，卻不該疑他。世上眞正信得過他的，只有媽媽一人。」

但即使如此，岳夫人在女兒的婚姻一事上卻傾向於林平之而反對令狐沖。起初，靈珊鍾情於令狐沖，岳夫人也是暗自贊許的；後來靈珊移情林平之，岳夫人尊重女兒的重新選擇。嵩山奪五派掌門之戰，形勢險惡，岳不群欲利用令狐沖的劍法威力，以重新收他入門和以女兒相許為餌，引誘令狐沖，她卻激烈反對，認為「平之勤勤懇懇、規規矩矩，有什麼不好了？」而令狐沖呢，「他胡鬧任性，輕浮好酒，珊兒倘若嫁了他，勢必給他誤了終身。」像大多數母親一樣，岳夫人也希望女婿規矩穩重、勤懇樸實，而不喜歡胡鬧任性、輕浮好酒之徒，儘管她既看錯了林平之，也沒抓住令狐沖的實質。

於是岳夫人和岳靈珊，母女兩人都嫁錯了人。

明白這一點時，一切皆已無法挽回。欺騙自己一生一世的惡毒丈夫、僞君子岳不群已醜態畢露凶態畢現地死了；喜愛了半生半世的女兒被女婿殺害了，岳夫人萬念俱灰，唯死一途。

她在最後一刻，將岳不群最後的醜惡表現都清清楚楚地瞧在眼裡，她深知令狐沖的爲人，深知令狐沖對岳靈珊自來敬愛有加，當她猶似天上神仙一般，絕不敢有絲毫得罪，連一句重話也不會對她說，若說爲她捨命，倒是毫不稀奇，而岳不群誣指他逼姦不遂，將之殺害，簡直荒謬絕倫。何況眼見他和盈盈如此情義深重，可知他對女性一以貫之的尊重和愛護。

寧女俠經過最後的血腥事實，終於恢復了對令狐沖的全部信任，宣布：「他（岳不群）不當你是弟子，我卻仍舊當你是弟子。只要你喜歡，我仍然是你師娘。」

又道：「將來殺林平之為珊兒報仇，這件事，自然是你去辦了。」最後一句話是：「沖兒，你以後對人，不可心地太好了！」

一個女人，嫁錯了人，在封建時代往往要付出生命的代價，或毀掉一生的幸福；在現代社會，雖大多還不至於如此，但也要大受一番煎熬，不減幾年壽命也要損害不少健康。善良女子，能不慎乎！

要認識一個人不容易，即如親如生母的寧女俠於愛徒令狐沖，「真正信得過」，結果還是只對他認識不足，造成愛女婚姻的失足。

2.恩師風清揚及其高明的人生哲理

令狐沖被師父岳不群罰至玉女峰面壁一年，住在玉女峰絕頂的一個危崖之上的山洞中。山洞中，地下有塊光溜溜的大石，他坐上大石，雙眼離開石壁不過尺許，只見石壁左側刻著「風清揚」三個大字，是以利劍所刻，筆劃蒼勁，深有半寸，尋思：「這位風清揚是誰？多半是本派的一位前輩，曾被罰在這裡面壁的。啊，是了，我祖師爺是『風』之輩，這位風前輩是我的太師伯或是太師叔。這三字刻得這麼勁力非凡，他武功一定十分了得，師父、師娘怎麼從來沒提到過？想必這位前輩早已不在人世了。」

令狐沖剛進山洞，才坐下面壁，便面對「風清揚」的大名；石洞窄小，僅可容身兩人，他夜間睡在此處，日間面壁，朝夕與「風清揚」的大名共處。

如此過了兩個多月，冬天降臨，大雪飛揚，隆冬過後，令狐沖與送酒飯上山的師妹岳靈珊比劍，靈珊將剛學來的「玉女劍十九式」使出，令狐沖伸指將她的碧水劍彈出，飛下深谷，突然之間，只見山崖邊青影一閃，似乎是一片衣角，令狐沖定神看時，再也看不見什麼。此爲風清揚首次現身。這天半夜，令狐沖心痛師妹丟失的珍貴之劍，無法入睡，更無法練功，盤膝坐在大石上，月光照在他面對的石壁上，見到「風清揚」三個大字，正伸出手指順看石壁凹入的字跡，一筆一劃寫著，突然之間，眼前微暗，一個影子遮住了石壁，大驚之下轉身卻見洞口丈許之外站著一個男子，身形瘦長，穿一襲青袍。此人臉蒙青布，只露雙眼，伸出右手，以掌作劍，演示「玉女十九劍」數十招後隱退不見。令狐沖便這樣初次見識風清揚其人而不知其姓名。

後來田伯光上山邀令狐沖去見儀琳，兩人在山崖比武，令狐沖靠山洞內石壁上的武功勉強支撐，田伯光渺視洞中的前輩的高手，談到風清揚，聽說華山派前輩，當年在一夕之間盡數暴斃，只有風清揚一人其時不在山上，逃過了這場劫難，即使尚在人世，也該有七八十歲了，精力已衰，所以大言：「雖然你風太師叔不斷指點，終歸無用。」風清揚被激怒而現身：「倘若我當眞指點幾招，難道還收拾不了你這小子？」

風清揚便正式指導令狐沖。他對令狐沖的指導分兩個階段。第一階段是臨場指點，幫助令狐沖打敗田伯光。

風清揚白鬚青袍，神氣抑鬱，臉如金紙。旁觀令狐與田氏劍刀相鬥，出語指點令狐時嗓音低沉，神情蕭條，似是含有無限傷心，但語氣之中自有一股威嚴。他起先不斷斥罵令狐沖爲「蠢才，蠢才！無怪你是岳不群的弟子，拘泥不化，不知變通。」經過一番調教，他即改口只批「岳不群那小子，當眞是狗屁不通。你本是塊大好的材料，卻給他教得變成了蠢牛木馬。」再後便表揚令狐沖：「你資質不錯，果然悟性極高。」他雖作臨場指導，卻能見縫插針地揭示武學原理，治標又兼顧治本：「劍術之道，講究如行雲流水，任意所至。劍招中沒有的姿式，難道你不會別出心裁，隨手配合嗎？」招數雖妙，一招招的分開來使，終究能給旁人破了，「要是各招渾成，敵人便無法可破。」接著又不斷講解武學的至理：

世上最厲害的招數，不在武功之中，而是陰謀詭計，機關陷阱。倘若落入了別人巧妙安排的陷阱，憑你多高明的武功招數，那是全然用不著了。

此爲指點智取爲上，智勝於勇的人生至理。

招數是死的，發招的人卻是活的。死招數再妙，遇上了活招數，免不了縛手縛腳，只有任人屠戮。這個「活」字，你要牢牢記住了。學招時要活學，使時要活使。倘若拘泥不化，便練熟了幾千萬手絕招，遇上真正高手，終究還是給人家破得乾乾淨淨。

此為指點須得活學活使，靈活多變。

五嶽劍派中各有無數蠢才，以為將師父傳下來的劍招學得精熟，自然而然便成高手，哼哼，熟讀唐詩三百首，不會作詩也會吟！熟讀了人家詩句，做幾首打油詩是可以的，但若不能自出機杼，能成大詩人嗎？

指出只有自出機杼，即能自己發揮，甚至獨創才能成為武林高手或武學大家。

活學活使，只是第一步。要做到出手無招，那才真是踏入了高手的境界。你說「各招渾成，敵人便無法可破」，這句話還只說對了一小半。不是「渾成」，而是根本無招。你的劍招使得再渾成，只要有跡可尋，敵人便有隙可乘。但如你根本並無招式，敵人如何來破你的招式？

指出以無招破有招，以無招爲最高。

你將這華山派的三四十招融會貫通，設想如何一氣呵成，然後全部將它忘了，忘得乾乾淨淨，一招也不可留在心中。待會便以什麼招數也沒有的華山劍法，去跟田伯光打。

指出「無招」的方法：將妙招記得、練得爛熟，融會貫通，能使得一氣呵成，再忘得精光，才是「無招」。

一切須當順其自然。行乎其不得不行，止乎其不得不止，倘若串不成一起，也就罷了，總之不可有半點勉強。

指出貴乎自然，便成「無招」。又補充：

要比他快，唯一的法子便是比他先出招。你料到他要出什麼招，卻搶在他先。敵人還沒提起，你長劍已指向他的要害，他再快也沒你快。

此爲料敵機先，先發制人的方法。

令狐沖得風清揚這番指點後，劍法中有招如無招，存招式之意，而無招式之形，華山派的絕招本已變化莫測，似鬼似魅，這一來更無絲毫跡象可尋。田伯光被令狐沖打敗後灰溜溜的下崖而去。令狐沖請求風清揚將獨孤九劍的劍法盡數傳授。在與田伯光角鬥時，風清揚已教過令狐沖幾招獨孤九劍的劍法，此時便正式傳授：「這獨孤九劍我若不傳你，過得幾年，世上便永遠沒這套劍法了。」因此，第二階段，風清揚傳授全套獨孤九劍，讓他從頭學起，紮好根基，傳授和解釋全部劍式的口訣並具體指導他練習第一劍至第九劍。

風清揚介紹獨孤九劍的特點是：

獨孤九劍，有進無退！招招都是進攻，攻敵之不得不守，自己當然不用守了。創制這套劍法的獨孤求敗前輩，名字叫做「求敗」，他老人家畢生想求一敗而不可得，這劍法施展出來，天下無敵，又何必守？如果有人攻得他老人家回劍自守，他老人家真要心花怒放，喜不自勝了。

獨孤老前輩所取的名字竟爲「求敗」，眞是想落天外。獨孤九劍無往而不勝，於此可見。風清揚又強調：

獨孤大俠是絕頂聰明之人，學他的劍法，要旨是在一個「悟」字，絕不在死記硬記。等到通曉了這九劍的劍意，則無所施而不可，便是將全部變化盡數忘記，也不相干，臨敵之際，更是忘記得越乾淨徹底，越不受原來劍法的拘束。

強調以「悟」爲要旨之同時，再次強調變有招爲無招，將所學之招和全部變化忘記得越乾淨徹底，越能得心應手，變化無窮。

經過風清揚十幾日的教誨，令狐沖成長爲天下無敵的使劍高手。風清揚立即與令狐沖訣別，不僅永不相見，也不准他向任何人提起自己。臨別時相告：「我本在這後山居住，已住了數十年，日前一時心喜，出洞來授了你這套劍法，只是盼望獨孤前輩的絕世武功不遭滅絕而已。」又說：「沖兒，我跟你既有緣，亦復投機。我暮年得有你這樣一個佳子弟傳我劍法，實是大暢老懷。你如心中有我這樣一個太師叔，今後別來見我，以至令我爲難。」說罷而走，令狐沖眼望他瘦削的背影飄飄下崖，在後山隱沒，不由得悲從中來。

風清揚便這樣神龍一現之後，重歸深山。

儘管令狐沖和風清揚只有相處十餘日，儘管聽他談論指教的只是劍法，令狐沖對他的議論風範，不但欽仰敬佩，更是覺得親近之極，說不出的投機、知機，有相見恨晚的平等交誼之感。因此兩人性格相近、心靈相通之故。「人使劍法，不是劍法使人」，「人是活的，劍法是死的，活人不可給死劍法所拘」，「根本無招，如何可破？」這些教導，使令狐沖突然之間，進入一個生平從所未見，連做夢也想不到的新天地。

風清揚不僅帶領令狐沖進入劍術和武學的最高境界，也向他開示了思維領域的最高境界。風清揚是令狐沖的第一恩師。

風清揚所談論的武學原理，金庸可能是從中國古代的詩學、文學理論中引進的。金庸一貫認為「中國的藝術大約都是互通的。有很多國畫大師喜歡去看平劇（京劇），他們能從舞蹈之美中捉摸作畫的靈感，那也許是一根線條，或者一個籠統的輪廓，但是美的印象是鮮明而且流通的。在我創作的過程中有時也有類似的體悟，就拿武功來說吧，當它臻於化境，便自然成為一種藝術了，所以我會用書畫之道去解釋一些招式，也是不足為奇的事。」（張大春《金庸談藝錄》，《金庸茶館》第五冊）

中國古代文論家認為優秀的詩人作家「善用法而不為法所困」，「法在心頭，泥古（拘泥古法而被束縛）則失」，「文成法立，未覺有定格」，「先從法入，後從法出」，「出新意於法度之中」，乃至「至法無法」（最高級的法是無法）。又區分「死法」、「活法」；強調「禪道惟在妙悟，詩道亦在妙悟」……等，都是中國古代文論的著名觀點。

蘇軾（東坡）在《答謝民師書》中又論及詩文創作的重要法則爲：

大略如行雲流水，初無定則，但當行於所當行，常止於所不可不止。文理自然姿態橫生。

清代王士禛（漁洋）等著《師友詩傳錄》也指出：

按長短句（指詞），本無定法，惟從浩落感慨之致，卷舒其間，行乎不得不行，止乎不得不止；因自然之波瀾，以為波瀾。《易》所云：「風行水上，渙。」乃天下之大文也。要在熟讀古人詩，吟詠而自得之。

此與風清揚教誨令狐沖時所說：「一切須當順其自然。行乎其不得不行，止乎其不得不止。」完全相同。可見風清揚之言論，出處在此。

金大俠藉用文學理論來建設他的武學理論，當然是極爲高明的。

金大俠又曾說：「喜歡把一切事物圓融渾化，這是中國的民族性罷？甚至將人生哲學也納入藝術或武技之中，這是非常獨特的解釋。」

金庸對中國傳統文化的精髓能學懂學通悟透，而且融會貫通。風清揚談的是劍理，與《飛狐外傳》中趙豐山教誨胡斐太極功的功理一樣，實際上滲透著極爲高明的人生哲理。

金庸描寫趙豐山談太極功理和風清揚談獨孤劍理的兩篇文字，是藉武學闡發人生哲學的典範篇章。這便是金庸力透紙背的非凡寫作功力。而善於讀書的讀者善於透過表面文章掌握豐富的內涵和實質，從字裡行間悟出人生法則和至理，深入寶山便能滿載而歸。

江湖眾友，恩義薄雲天

俗諺說：「一個籬笆三個樁，一個好漢三個幫。」

令狐沖是一位英雄好漢，更且他常處逆境，更需友人的幫助和照應。

《伊索寓言》說：災難能證明友人的眞實。

英國作家柯林斯說：在歡樂時，朋友們會認識我們；在患難時，我們認識朋友。

巴爾扎克在《賽查．皮羅多盛衰記》中指出：一個人倒霉至少有這麼一點好處，可以認清誰是眞正的朋友。

羅曼．羅蘭在《約翰．克利斯朵夫》中認爲：有了朋友，生命才顯出它全部的價値。

讀文學經典，能讓我們明白人生的至理，譬如說上述關於「朋友」的觀點，《笑傲江湖》也是如此。

1.方證和方生大師，令狐沖的大救星

令狐沖所受的重傷，因多道眞氣加入，雪上加霜，連最傑出的名醫平一指也治不好，他還宣布令狐沖的死期不遠。又加上吸星大法的後遺症，更成絕症。

天無絕人之路，只有少林寺的《易筋經》內功，令狐沖如能練成，便可得

救。

任盈盈爲救令狐沖，捨命少林寺，請方證大師傳他《易筋經》。令狐沖不知此情，以爲任盈盈被少林寺關押，特去相救；同時去救盈盈的有江湖朋友五、六千人。他們擊鼓吶喊，將少林寺團團包圍，竟發現少林寺的僧衆全部失蹤。只留下一個空空的少林寺。

方證大師爲的是避免雙方殺戮，徒傷性命。故而率衆撤退，以避鋒芒。這眞是一個大手筆。

實際上方證留下任盈盈，在少室山幽居，讓她靜養，並不要她抵命，但已答應她傳授令狐沖《易筋經》。

任我行橫行江湖幾十年，可謂目中無人，但於當世高人之中，心中佩服的只有三個半，方證便是其中一個，任我行對他的評價是：「大和尚，你精研《易筋經》，內功已臻化境，但心地慈祥，爲人謙退，不像老夫這樣囂張，那是我向來佩服的。」

以任我行的閱歷和識人眼光，月旦人物絲毫不差，他對方證的佩服之言，的是確評。他不顧聲譽，率衆撤出少林寺，眞是「謙退」之至。不殺盈盈，將前來救盈盈的一百多人擒住後，也在說法講經後釋放下山，確實「心地慈祥」之至。

令狐沖脾氣倔強，不領方證的情，拒學《易筋經》，下山而走，方證作爲武林前輩，他既已答應過任盈盈，最重言諾，他後來假稱是風清揚託他轉授內功，將少林派的《易筋經》內功傳給令狐沖，又耐心解說指導。令狐沖修習三年半，終於將體內的異種眞氣化除淨盡。若非盈盈於婚後點穿，令狐沖將永遠不知這個秘密的眞相。方證用少林神功，救出令狐沖的性命。

令狐沖拒絕當日月教副教主，任我行宣布他要親自率衆剿滅令狐沖及恆山派。令狐沖自知逃不掉覆滅的命運，只能喝酒消磨以「度死日」。正在消極等死之時，方證突然上山，對令狐沖說：「任教主既說一個月之內，要將恆山之上殺得雞犬不留。他言出如山，絕無更改。現下少林、武當、崑崙、峨嵋、崆峒各派的好手，都已聚集在恆山腳下了。」這使令狐沖和恆山派衆人大受鼓舞，有絕處逢生之感。

更何況方證大師本人的武功極爲了得。當初在少林寺「三戰」時，任我行首先向方證挑戰，令狐沖親見方證大師掌法變幻莫測，每一掌擊出，甫到中途，已變爲好幾個方位，掌法如此奇幻，直是生平所未睹。起先他與任我行功力悉敵，旗鼓相當。後來因任我行見方證內力渾厚無比，自己使出「吸星大法」，竟吸不到他絲毫內力，情勢漸居不利，難逃失敗命運，他孤注一擲突襲左冷禪，方證爲救左性命，被他點倒，方證硬是收回掌力，留下任我行性命，即使如此，任我行已感後腦劇痛欲裂，一口丹田之氣竟然轉不上來。方證還說：「阿彌陀佛，任施主心思機敏，鬥智不鬥力，老夫原是輸了的。」心胸之闊大，令人驚嘆。而方證的武功超過任我行，已不容置疑。因此即使任我行攻來，有方證帶領衆人在，恆山派已能逃過此劫。

方證在恆山只用「別吵」二字帶動少林派至高無上內功「金剛禪獅子吼」，即令功力強大的桃谷六仙同時昏倒，連帶沖虛道長也險些暈倒，可見其無窮之威力。

方證的定力比其內力更強，在局面緊急之時，他因修爲既深，胸懷亦極通達，只覺生死榮辱，禍福成敗，其實也並不是什麼了不起的大事，謀事在人，成事在天，到頭來結局如何，皆是各人善業、惡業所造，非能強求。即使屍骨成灰，那也是捨卻這皮囊之一法，何懼之有？

這便是滲透一切，心存大無畏的得道高僧的內心世界。

方證的師弟方生，也是誠心要救助令狐沖的俠義人物。魔教衆好漢在河南五霸岡相聚時，少林派辛國樑、易國梓和崑崙派譚迪人來搜索躲在草叢中的任盈盈和令狐沖，上前阻擋，被易國梓擊重掌倒地，見他又要出重掌，便出劍擊敗三人。譚迪人又用重掌擊中令狐沖前胸，令狐沖噴血，濺入此人口中，竟毒死此人。辛、易帶方生與覺月、黃更柏追蹤而來，搜索任盈盈並惡鬥，盈盈以一敵五連殺四人，卻敗於方生之手。令狐沖出劍，以獨孤九劍殺傷方生，刺入胸口一寸，方生認出獨孤劍法，雖已掌擊令狐沖胸口，含勁不吐，掌下留情。他按住胸膛傷口，微笑道：「好劍法！少俠如不是劍下留情，老衲的性命早已不在了。」，「沒想到華山風清揚前輩的劍法，居然世上尚有傳人，老衲當年曾受過風前輩的大恩……」他也不追究任盈盈了，反而拿出兩顆藥丸，給令狐沖和盈盈治傷。瞧著四具屍體，神色淒然，誦念經文，說道：「四具臭皮囊，葬也罷，不葬也罷，離此塵世，一了百了。」轉身緩緩邁步而去。如此灑脫，眞不愧是佛門高僧，少林大師。但他在行前勸令狐沖「不可和妖邪一流爲伍」，因爲易國梓第一個被盈盈擊斃時，從其傷勢和死法，已看出盈盈「是黑木崖那一位道兄」，即魔教中的高手。方生又建議令狐沖「隨我去少林寺，由老衲懇求掌門師兄，將少林派至高無上的內功心法相授，當療你內傷」，他已看出令狐沖之傷十分怪異，非藥石可治，須當修習高深內功，方能保命。儘管方生自己卻於此無緣，他認爲令狐沖或能有緣，受此心法。盈盈受方生的這個指點，背令狐沖上少林求治，拉開令狐沖與少林因緣的序幕。

2.沖虛道長，足智多謀的救助者

令狐沖與群豪大張旗鼓地直奔少林山，去救任盈盈。路過武當山時，故意避道而行，怕得罪武當派，旁生枝節，多樹強敵。誰知改道之後還是路遇一位老者騎驢，帶看兩名鄉農，一個挑菜，一個挑柴，直衝過來。雙方爭執起來，兩農五十來歲年紀，面黃肌瘦，與令狐沖相隔七八尺，比劍後，騎驢老者上場，用圈轉法向令狐沖逼攻，令狐沖無法招架，危急中冒險地伸劍從老者的劍光圈中刺了進去，才戰而勝之。老者看出他的劍法學自風清揚，與他交談。令狐沖自表：「聲名狼藉，不容於師門。」那老者道：「我輩武人，行事當求光明磊落，無愧於心。你的所作作爲，雖然有時狂放大膽，不拘習俗，卻不失爲大丈夫的行徑。我暗中派人打聽，並沒查到你什麼眞正的劣跡。江湖上的流言蜚語，未足爲憑。」，「少年人鋒芒太露，也在所難免。岳先生外貌謙和，度量卻嫌不廣。」老者在比劍中已感到令狐沖習吸星大法，勸他不要去救任盈盈，老者請方證傳他《易筋經》，再與方證一同擔保他重回華山派。令狐沖不允，繼續率隊前進，後在少林寺「三戰」時重逢，才知這位老者即是沖虛道長。

沖虛機智過人，因而派人調查令狐沖的行徑，比劍時摸清他的全部武功底細；在少林寺雙方鬧僵時，倡議「三戰」，用三戰兩勝制，點到爲止，既決勝負，又不傷性命。任我行聲稱佩服三個半，實際上是兩個半，這半個便是沖虛：「你武當派太極劍頗有獨到之妙，你老道卻潔身自愛，不去多管江湖上的閒事。」只不過沖虛不會教徒弟，門下沒有高手，所以只佩服他一半。任我行也只講對一半，沖虛「閒事」不管，正事卻管，他調查、規勸令狐沖，又上少林寺幫助方證禦敵並出謀劃策，還親自出場比武。後來五派聯合，沖虛又與方證一起定計，敦勸令狐沖奪五派掌門，並上山觀戰，主持正義。沖虛分析形勢和月旦人物，都顯高遠識見，如對定閒師太重傷垂死之際傳掌門於令狐沖一事的評價極高，對岳不群的虛僞本質認識甚透，對《葵花寶典》的蠱惑人心的力量以及林氏父子手持劍譜的險情和岳不群的陰謀都能分析得鞭辟入裡，又能說會辯，終於說服令狐沖激流勇進，願去奪取五派掌門之職。

最後，任我行要率魔教剿滅恆山派，沖虛與方證一起率領各派上恆山救助。他又定下妙計，用炸藥炸死任我行，令狐沖感到：「事已至此，日月教逼得咱無路可走，沖虛道長這條計策，恐怕是傷人最少的了。」

沖虛道：「令狐兄弟說得不錯。『傷人最少』四字，正是我輩所求。」不僅傷人最少，且能必勝。連方證也稱妙計：「殺一獨夫而救千人萬人，正是大慈大悲的行徑。」

沖虛足智多謀，加上他心懷仁慈，武功高強，門派響亮，因此是江湖上舉足輕重的人物。他在關鍵時出面救助令狐沖，與方證一樣，有很大的號召力。沖虛和方證一樣，在精神上和武力上都給令狐沖以極大的幫助。他還向令狐沖回憶自己的昔日見聞，與方證一起告訴令狐沖《葵花寶典》的來歷、風清揚與華山派兩宗之爭的詳情與岳不群的陰謀，終於擦亮了令狐沖的眼睛。

3.綠竹翁，深藏不露的武林奇俠

綠竹翁隱居於洛陽東城。令狐沖藏在懷中的《笑傲江湖》曲譜被王家駿、王家駒兄弟搜出，他倆以爲是《辟邪劍譜》，報告祖父王元霸，令狐沖咬定是琴譜，衆皆不識，無法辨明，王家駒建議讓帳房裡的易師爺來瞧瞧，因爲他會吹簫。易師爺看到曲譜太高深，認爲只有東城綠竹翁既會撫琴，又會吹簫，比自己高明得多，也許能演奏此譜。王元霸說：

> 那綠竹翁是個篾匠，只會編竹籃，打篾席，哪裡是武林中人了？只是他彈得好琴，吹得好簫，又會畫竹，很多人出錢來買他的畫兒，算是個附庸風

雅的老匠人，因此地方上對他倒也有幾分看重。

易師爺對他更爲敬重，介紹說：

這老人家脾氣古怪得緊，別人有事求他，倘若他不願過問的，便是上門磕頭，也休想他理睬，但如他要插手，便推也推不開。

因岳夫人之堅請，王元霸只得帶同兒孫、岳不群夫婦、令狐沖、林平之、岳靈珊等人同赴東城，請綠竹翁鑑定此譜。

易師爺在前領路，經過幾條小街，來到一條窄窄的巷子之中。巷子盡頭，好大一片綠竹叢，迎風搖曳，雅致天然。

眾人剛踏進巷子，便聽得琴韻丁東，有人正在撫琴，小巷中一片清涼寧靜，和外面的洛陽城宛然是兩個世界。岳夫人低聲道：「這位綠竹翁好會享清福啊！」

便在此時，錚的一聲，一根琴弦忽爾斷絕，琴聲也便止歇。一個蒼老的聲音說道：「貴客枉顧蝸居，不知有何見教。」易師爺道：「竹翁，有一本奇怪的琴譜簫譜，要請你老人家的法眼鑑定鑑定。」

王家駒抬爺爺招牌說：「金刀王家王老爺過訪。」對洛陽城乃至全國也大名鼎鼎的武林高手，綠竹翁竟冷笑道：「哼，金刀銀刀，不如我老篾匠的爛鐵刀有用。老篾匠不去拜訪王老爺，王老爺也不用來拜訪老篾匠。」對他嗤之以鼻，冷言拒絕，還先斷了一根琴弦。斷弦是因為門外來了一群濁物，粗濁的腳步聲和呼吸聲與清雅的琴聲之聲波不諧，因此震斷。

眾人在曲譜鑑定後離去，令狐沖則獨自留下，怔怔地回憶劉正叔、曲長老兩位作曲的生死友誼，不禁哽咽落淚，綠竹翁聞聲相向，又邀他入內長談。知道曲譜來歷和令狐沖受誣、重傷之原委後，綠竹翁在紙上寫：「懇請傳授此曲，終身受益。」令狐沖依言相求任盈盈教曲，學了近三十日後，岳不群率眾離開，令狐沖只得告辭：「令狐沖但教不死，定當再到洛陽，拜訪婆婆和竹翁。」臨開船前，綠竹翁送來一個包裹給令狐沖，王家駿、家駒兄弟欺侮老翁，要撞他出跳板，摔下洛水，以大大地削一下令狐沖的面子。兩兄弟的肩頭撞上綠竹翁時，被反彈飛起，撲通撲通兩響，王氏兄弟分從左右摔入洛水之中，綠竹翁渾若無事，仍是顫巍巍的一步步從跳板走到岸上。王仲強要爲二子報仇，攔在面前，他雙手手指猛抓其背脊，手指剛要碰到背脊，他那高大的身軀已被震飛，騰空而起，飛出數丈，在半空中翻了半個筋斗，穩穩落地。綠竹翁用勁恰到好處，給王氏全家面子，未讓他摔在地上，跌個半死；又妙在將王氏兄弟震落下水的同時，令他們四條胳膊全部脫臼，便如當日二人折斷令狐沖的胳膊一模一樣，爲令狐沖報了受羞辱之仇。

綠竹翁的武功和手法之高，超過在場諸人。久居洛陽的王元霸問岳不群：「岳先生，這人是什麼來歷？老朽老眼昏花，可認不出這位高人。」兩人目睹全部過程，都看不出此翁的手段，王元霸尋思：「只因孫兒折斷了令狐沖兩條胳膊，他便來震斷他二人的胳膊還賬。我在洛陽稱雄一世，難道到得老來，反要摔個大筋斗嗎？」岳不群也爲王元霸擔憂：「但願此事就此了結，否則王老爺子一生英名，只怕未必有好結果呢。」

綠竹翁雖爲篾匠，以此謀生，卻能彈琴吹簫畫竹，武功又極高。他在任盈盈手下，可見也是魔教的一員，魔教中有曲洋和綠竹翁，還有江南四傑，眞是人才濟濟，超過正教遠甚。令狐沖得到綠竹翁奇妙的幫助，尤其是在他的幫助下與盈盈關係密切起來，成就了金玉良緣。

4.衡山派莫大的神龍三現

瀟湘夜雨莫大先生是衡山派掌門。他行爲古怪，又深藏不露，無人能知他的行蹤。他以賣唱者模樣出現在茶館時，別人見他是一個身材瘦長的老者，臉色枯槁，披著一件青布長衫，洗得青巾泛白，形狀甚是落破，顯是個唱戲討錢的。有人在茶館貶低他，說他與劉正風有門戶之爭，武藝又不及劉正風，他搖頭叱聲：「你胡說八道！」見對方動手，他突伸長劍將七只茶杯於剎那間削去半寸來高的一圈，杯子一只不倒，神乎其技，又將長劍緩緩從胡琴底部插入，劍身盡沒。

莫大與令狐沖有關的出場一共只有三次。

劉正風、曲洋被費彬追殺，危急中傳來幾下幽幽的胡琴聲，琴聲淒涼，似是嘆息，又似哭泣，跟著琴聲顫抖，發出瑟瑟瑟斷續之音，如是一滴滴小雨落在樹葉。令狐沖在月光下只見他骨瘦如柴，雙肩拱起，眞如一個時時刻刻便會倒斃的癆病鬼，形容猥瑣。他突然出手反刺，用「百變千幻衡山雲霧十三式」的絕招立斃費彬，將長劍插入胡琴，轉身就走，在瀟湘夜雨之曲響起之後，漸漸遠去。令狐沖與劉正風等見他劍招變幻，猶如鬼魅，無不心驚神眩。

令狐沖救出並帶領恆山派衆尼乘舟北上，在湖北漢水邊的小鎮雞鳴渡的冷酒鋪中見到莫大先生，莫大已接連五夜觀察令狐沖與衆尼同船共行時的端嚴情景，察知令狐沖光明磊落，是一位了不起的少年英雄。而令狐沖見他形貌落破、衣飾寒酸，那裡像一位威震江湖的一派掌門？偶爾眼光一掃，鋒銳如刀，但這霸悍之色一露即隱，又成爲一個久困風塵的潦倒漢子。莫大眼光明銳，爲令狐沖分析左冷禪併吞五派的陰謀，又告訴他任盈盈爲救他而上少林寺的經過，更熱情相勸：「魔教雖毒，卻也未必毒得過左冷禪。令狐兄弟，你現下已不在華山派門下，閒雲野鶴，無拘無束，也不必管他什麼正教魔教。我勸你和尚倒也不必做，也不用為此傷心，儘管去將那位任大小姐救了出來，娶她為妻便是。別人不來喝你的喜酒，我莫大偏來喝你三杯。他媽的，怕他個鳥？」令狐沖從莫大先生口中聽到盈盈為救自己而主動捨命，不由得手足發抖，渾身冷汗，熱淚長流。莫大又鼓勵他去少林寺見盈盈，自己代他照應恆山派的一眾弟子。令狐沖熱血沸騰，立即起身，獨闖少林，救她出寺，報答她的厚意。

莫大先生和綠竹翁一樣，是相助令狐沖與盈盈相戀並圓滿結合的莫大功臣。最後，也即三年後，在杭州西湖孤山梅莊，令狐沖與任盈盈結婚酒宴過後鬧新房結束，新娘剛送走客人掩上房門，突然之間，牆外響起了悠悠的幾下胡琴之聲。令狐沖喜道：「莫大師伯……」盈盈低聲道：「別作聲。」

只聽胡琴聲纏綿婉轉，卻是一曲《鳳求凰》，但淒清蒼涼之意終究不改。令狐沖心下喜悅無限：「莫大伯果然沒死，他今日來奏此曲，是賀我和盈盈的新婚。」琴聲漸漸遠去，到後來曲未終而琴聲已不可聞。

莫大用這樣的方式來祝賀令狐沖和任盈盈的新婚，方式別緻，詩情濃郁，意誼深重。音樂的表現力可達無窮。與他同掌衡山派的師弟劉正風也是一位音樂家，也癡迷於音樂，還因此而爲音樂獻身。衡山派由兩位音樂家兼武林高手做掌門，本富情趣，惜因武林的殘酷爭鬥而悲劇叢生。與師弟不同，莫大能自藏行跡，淡泊度日，遠離江湖紛爭之禍，又能在必要時現身，行俠仗義，眞是一位武林中的高人。

5.《笑傲江湖》作曲者劉正風和曲洋及曲非煙

人在江湖，身不由己。劉正風是衡山派掌門，他武功高強，曾在金盆洗手、退出江湖那天，在天下群雄一千餘人面前露了一手：「劉某人金盆洗手，專心仕宦，……至於江湖上的恩怨是非，門派爭執，絕不過問。若違誓言，有如此劍。」右手一翻，從袍底抽出長劍，雙手一扳，拍的一聲，將劍鋒扳得斷成兩截，他折斷長劍，順手讓兩截斷劍墮下，嗤嗤兩聲輕響，斷劍插入了青磚之中。如此舉重若輕，毫不費力的斷劍動作，手指上功夫之純，實是武林中一流高手的造詣。左冷禪暗令嵩山派高手數十人前來圍攻，威逼他與魔教長老曲洋斷交，不准他金盆洗手，包圍劉府，要殺光他全家。劉正風誓死不背叛友誼。在強敵環伺之下，他舉杯慢飲，以示決心。群雄見他綢衫衣袖筆直下垂，不起半分波動，足見他定力奇高，在這緊急關頭居然仍然絲毫不動聲色，那是膽色與武功兩者俱臻上乘，方克如此，兩者缺一不可，各人無不暗暗佩服。嵩山派丁勉先射銀針，向大年護師而死，劉正風被迫自衛，用衡山派絕技「百變千幻衡山雲霧十三式」，以迅雷不及掩耳之勢，擒住對方領頭惡徒費彬，奪過五嶽令旗。嵩山派群惡殺光劉正風弟子、劉正風夫人、長子和女兒，他們皆堅貞不屈，從容就死。最後，其十五歲的愛子劉芹見狀喪膽，懇求兇手不殺，在長劍威逼下承認「爹爹勾結魔教中的惡人」而「該殺」，劉正風羞慚萬分，踢開費彬，揮劍自刎，被曲洋當眾救走。

曲洋救出劉正風後，在衡山僻靜處邊行邊用音樂交談，被令狐沖和儀琳無意中聽到：

> 忽聽得遠處傳來錚錚幾聲，似乎有人彈琴。……琴聲不斷傳來，甚是優雅，過得片刻，有幾下柔和的簫聲夾入琴韻之中。七弦琴的琴音和平中正，

夾著清幽的洞簫，更是動人，琴韻簫聲似在一問一答，同時漸漸移近。……

只聽琴音漸漸高亢，簫聲卻慢慢低沉下去，但簫聲低而不斷，有如游絲隨風飄盪，卻連綿不絕，更增迴腸蕩氣之意。

其時月亮被一片浮雲遮住了，在一片夜色朦朧之中，他倆緩步走到一塊大岩石旁坐下，一個撫琴，一個吹簫……

只聽琴簫悠揚，甚是和諧。令狐沖心道：「瀑布便在旁邊，但流水轟轟，竟然掩不住柔和的琴簫之音，看來撫琴吹簫的二人內功著實不淺。嗯，是了，他們所以到這裡吹奏，正是為了這裡有瀑布聲響……」

他倆在荒山野嶺之上，瀑布流水之旁，琴簫合奏，問答交談。小說以高山流水為兩人奏樂的背景，又以高山流水借喻知音難得和曲樂高妙——此為傳統文學和今日成語「高山流水」的本意。「高山流水」的典故，出自《列子．湯問》：

伯牙善鼓琴，鍾子期善聽。伯牙鼓琴，志在高山。鍾子期曰：「善哉，峨嵋兮若泰山！」志在流水，鍾子期曰：「善哉，洋洋兮若江河！」伯牙所念，鍾子期必得之。

金庸這裡靈活運用這段典故，創造高山流水的意境，以襯托《笑傲江湖》之曲的難得與高妙。

「高山流水」的寧謐、高雅、幽深、詩意之境，又與隱逸有密切關係，是隱逸者嚮往之境，所以元曲四大家中常被名列第一的馬致遠在《任風子》第二首的名曲云：「高山流水知音許，古木蒼煙入畫圖。學列子乘風，子房歸道，陶令休官，范蠡歸湖。」小說在這裡的環境描寫，非常切合劉、曲二人的歸隱志向。

令狐沖和儀琳兩人——

忽聽瑤琴中突然發出鏘鏘之音，似有殺伐之意，但簫聲仍是溫雅婉轉。過了一會，琴聲也轉柔和，兩音忽高忽低，驀地裡琴韻簫聲陡變，便如有七八具瑤琴、七八支洞簫同時在奏樂一般。琴簫之聲雖然極盡繁複變幻，每個聲音卻又抑揚頓挫，悅耳動心。令狐沖只聽得血脈噴張，忍不住要站起身來，又聽了一會，琴簫之聲又是一變，簫聲變了主調，那七弦琴只是叮叮噹噹的伴奏，但簫聲卻愈來愈高。令狐沖心中莫名其妙的感到一陣酸楚，側頭看儀琳時，只見她淚水正涔涔而下。突然間錚的一聲急響，琴意立止，簫聲也即住了。霎時間四下裡一片寂靜，唯見明月當空，樹影在地。

劉、曲兩人本擬畢命於此，但深感「人生莫不有死，得一知己，死亦無憾。」可是劉正風說：「從今而後，世上再也無此琴簫之音了。」此言引出曲洋一聲長嘆，他感慨：「昔日嵇康臨刑，撫琴一曲，嘆息《廣陵散》從此絕響。嘿嘿，《廣陵散》縱情精妙，又怎及得上咱們這一曲《笑傲江湖》？只是當年嵇康的心情，卻也和你我一般。」

劉正風笑他說：「曲大哥剛才還甚達觀，卻又如何執著起來？你我今晚合奏，將一曲《笑傲江湖》發揮得淋漓盡致。世上已有過了這一曲，你我已奏過了這一曲，人生於世，夫復何恨？」

剛才令狐沖和儀琳聽到的原來即《笑傲江湖》，作者藉令狐沖、儀琳的感受來寫此曲的優美和動人，寫出音樂的力量。

中國自古即重視音樂的無窮魅力。孔子聽了《韶》樂，感到好聽極了，實在是「盡善盡美」（《論語．八佾》），好聽到使他「三月不知肉味」，感嘆：「沒想到音樂竟能美好到這種程度啊！」（《論語．述而》）。

西方對音樂的評價也極高。蘇珊．朗格《情感與形式》認為：「音樂是『有意味的形式』，它的意味就是符號的意味，是高度結合的感覺對象的意味。音樂能夠透過自己動態結構的特長，來表現生命經驗的形式，而這點是極難用語言來表達的。情感、生命、運動和情緒，組成了音樂的意義。」她認為音樂所能表現的生命經驗的形式，是極難用語言來傳達的。音樂所表現的美，也無法用語言來正面描寫。所以杜甫聽到極美的曲子，也只能說：「此曲應是天上有，人生難得幾回聞。」無法寫出此曲的如何美法。音樂的表現力有時要大於文字。金庸無法正面寫《笑傲江湖》好到什麼樣子，只好以令狐沖和儀琳的感受來反射，又以劉、曲兩人深感「你我已奏過了這一曲，人生於世，夫復何恨？」，大有「生命誠可貴，音樂價更高」的意味。

劉、曲兩人又以貶視嵇康的《廣陵散》來反襯、襯托《笑傲江湖》之絕頂之美，美到前無古人，後無來者。這當然是金庸爲刻劃人物而作的藝術誇張手法。

曲洋雖是魔教長老，爲尋找《廣陵散》竟掘過二十九座晉代以前的古墓，透出一些邪氣。在江湖上他卻是錚錚鐵漢，曾經救過重傷中的令狐沖，在強敵包圍之中救出劉正風，與劉正風奏曲，臨死之前，兩人還叨念不要多殺無辜，可見他和劉正風一樣，也是善惡分明以仁義爲重的俠義之士。劉正風自曲洋的琴音之中，深知他性行高潔，大有光風霽月的襟懷。劉正風對他欽佩、仰慕，不肯加害這位君子，也的確慧眼識人。曲洋目睹莫大在自己臨危之際，出手相救，自然心存感激，但對他的琴聲照樣批評：「他劍法如此之精，但所奏胡琴一味淒苦，引人下淚，未免太俗氣，脫不了市井的味兒。」引出劉正風的批評：「是啊，師哥奏琴往而不復，曲調又儘量往哀傷的路上走。好詩好詞講究樂而不淫，哀而不傷，好曲子何嘗不是如此？我一聽到他的胡琴，就想避而遠之。」兩人死到臨頭，還對救命恩人的琴聲評頭論足，愛音樂已癡迷入魔到了這種地步。兩人最後將《笑傲江湖》託付給令狐沖，無意中真的找到了合適的傳人。

曲洋豪氣過人，死前也有放不下的，便是孫女曲非煙怎麼辦？沒想到臨死前他親眼目睹孫女被殺，幸得莫大現身殺了兇手，爲他們祖孫報了大仇。

曲非煙十三四歲年紀，穿一身翠綠衣衫，皮膚雪白，一張臉蛋清秀可愛。她的父母被人害死，與她爺爺曲洋相依爲命，闖蕩江湖。在衡山劉府，大庭廣衆之下，她用機智俏皮幽默犀利的語言與衆譏諷余滄海和青城派的惡行，使余滄海無法招架，老羞成怒，醜態畢露。此前她已幫助爺爺救出重傷中的令狐沖，將他藏匿於群玉院中，在口誅余滄海一夥之後又帶儀琳去群玉院用恆山派傷藥救治令狐沖。曲非煙已看出儀琳對令狐沖的情意，熱心地勸她還俗，嫁給令狐沖爲妻。曲非煙性格剛強，在荒山上劉曲合奏《笑傲江湖》後，費彬追來，正好聽到她說：「爺爺，你和劉公公慢慢養好了傷，咱們去將嵩山派的惡徒一個個斬盡殺絕，爲劉婆婆他們報仇！」費彬要先殺她，劉正風幾次要她走開，她堅決不走，「我陪爺爺和劉公公死在一塊，絕不獨生。」又斥罵費彬：「先前劉公公饒你不殺，你反而來恩將仇報，你要不要臉？」危急中又開導令狐沖：「傻子，到現在還不明白人家的心意，她（指儀琳）要陪你一塊兒死……」話沒說完，被費彬刺死！這個聰明伶俐、善良熱情、心懷俠義的可愛女孩死於非命，讀者無不為之遺憾惋惜。

6. 恆山派定靜、定閒、定逸三位師太

金庸小說中，經常寫到少林高僧和武當道長，而且寫得生動精采。尼姑寫得較少，重要的角色有中年尼姑九難（《鹿鼎記》）和圓性，即袁紫衣（《飛狐外傳》）。本書則寫了一群尼姑，很為難得。其中最重要的是儀琳，其次是她的母親啞婆。恆山派為首的三位老尼姑定靜、定閒、定逸，也是書中重要人物。

定靜師太遵左冷禪之命：五嶽劍派都去福州，阻止魔教入閩劫奪《辟邪劍譜》，她率領三四十個徒兒南下，在浙閩交界處的陡峭狹窄山道上，嵩山派卻假扮成魔教人眾埋伏在險處，打算全殲這批恆山派主力。定靜年近六旬，赤手空拳抵住四名好手的合力圍攻，令狐沖假扮中年軍官，裝瘋賣傻，殺傷對手多人，助恆山派轉敗為勝。眾尼都感到他好笑，只有定靜在惡鬥時已看出他是武藝高強的少

俠。但定靜此人有勇無謀，她率衆人進入廿八鋪這個小鎮後，徒衆全被對方施詭計、用迷藥捕去，她兩次孤身遭七個高手圍攻，最後雖被令狐沖重創強敵後救出，她卻傷重力竭而死。死前她不受嵩山派鍾鎭等人的威逼，堅決不同意五派合併、受左冷禪指揮。臨死前她又慧眼識人，拜託眼前這位武藝莫測高深的少俠將恆山衆徒帶到福州無相庵中安頓。

到達福州後，白雲庵信鴿送來急信，告知定閒、定逸在龍泉鑄劍谷被困。令狐沖與恆山衆徒急行，趕到鑄劍谷，冒充魔教的嵩山派惡徒正要燒死兩位師太。令狐沖與恆山衆徒和嵩山派大批高手惡戰，恆山派戰死三十七人，令狐沖死傷對方三十餘名，終於救出兩位師太。

定逸師太性格剛猛，平日連大師姊定靜、掌門師姊定閒也容讓她三分。在衡山派掌門劉正風金盆洗手那天衆派聚會時，她保護曲非煙不受余滄海欺凌，嵩山派衆人圍攻、殺害劉正風全家和衆徒時，她始則仗義爲劉正風執言，認爲劉正風全家歸隱，從此不與所有人相見的要求合理，繼則出手相救，因心地善良未施全力，反被對方丁勉出全力擊傷，只好率衆徒退走。定逸師太外剛內柔，脾氣雖然暴躁，心地卻極慈祥的本性，使她吃了歹徒的大虧。定逸師太也有勇而無謀的弱點，所以令狐沖在鑄劍谷救出她後，她不但不出言相謝，反而指責他投入魔教。定閒卻識見非凡，她一面堅拒左冷禪併教的逼迫，一面當衆宣稱：岳不群一時誤會，以後必會重收令狐沖爲徒，倚仗她抵禦嵩山派的逼迫；「即使他不回華山，以他這樣的胸襟武功，就是自行創門立派，也非難事。」途中獲知魔教和江湖諸幫要在下月十五日圍攻少林寺，搭救任盈盈，定閒即與定逸搶先趕到少林寺求情，請求放出盈盈。她們以此作爲報答令狐沖相救之恩德，同時消弭一場惡戰，避免殺戮。沒想到她們在少林寺遭岳不群暗算而畢命於此。定閒在令狐沖趕到後還有最後一口氣，她竟請令狐沖接掌恆山派門戶，將數百名弟子託付給他。

此舉無疑是大手筆，充分展現定閒識見的高超。令狐沖是青年男子，照理多有不便，但定閒看準他爲人善良誠懇，武功超凡入聖，只有他才能保護全派女尼的安全，能戰勝江湖衆多強敵，抵制嵩山派併呑各派、橫行江湖的霸道和陰謀。令狐沖被岳不群逐出門派並傳令江湖，弄得聲名狼藉，定閒傳他爲掌門，不僅爲他作了最有力的平反，而且使他揚眉吐氣，在江湖上占有舉足輕重並與岳不群可以平起平坐的重要地位，還使岳不群陷入非常狼狽尷尬的境地。更妙在一下子改變了五嶽派的戰略形勢，使左、岳的前景灰暗，正義的一邊力量強大起來，改變了正邪力量的對比。

7.華山派和恆山派同門師弟

華山派衆徒弟，除大師兄令狐沖、二師兄勞諾德外，依次爲：三師兄梁發，四師兄施戴子，五師兄高根明，六師兄陸大有，第七爲陶鈞，第八爲英白羅，岳靈珊是他們的小師妹。華山派另有二十多名弟子，年紀大的已過三旬，年幼的不過十五六歲，其中有六名女弟子。最後入門的是林平之。

其中陸大有與令狐沖的關係最深。在衡山城外廟華山派會聚時，陸大有一見令狐沖，也不及先叫師父，衝上去就一把抱住，大叫大嚷，喜悅無限。敬愛之情，溢於言表。令狐沖在思過崖面壁時，是陸大有正式承擔送飯的任務。他讓岳靈珊代送，岳靈珊與林平之一起練劍直到關係日深時，陸大有公開向岳靈珊表示不滿，代令狐沖抱不平：「那姓林的是什麼東西，他安分守己，那就罷了，否則我姓陸的第一個便容他不得。」他又藉故在師父師母處告狀，不讓林平之與岳靈珊一起練劍。他對大師哥素來敬重佩服，他眞心實意地希望大師哥和小師妹能終身要好。

岳不群帶領華山派避敵遠遁，出發去林平之家鄉福建時，令狐沖傷重無法行動，岳不群留下令狐沖，又派陸大有照顧他，孤守華山。陸大有眼看偌大一個華山絕頂，此刻只剩下一個昏昏沉沉的大師哥，孤零零的一個自己，眼見暮色漸深，儘管不由得心生恐懼，仍赤膽忠心地守衛著大師兄。岳靈珊偷出《紫霞秘笈》，要令狐沖學習本派這個至高無上的內功心法來化解內傷，令狐沖不肯背師偷習，陸大有勸他不聽，只好讀給他聽，要他「大丈夫事急之際，須當從權，豈可拘泥小節？」令狐沖不准他讀制止不成，竟用計點了他的膻中穴，自己爬開去，以防他解開穴道後再讀。不久岳不群帶著岳靈珊來尋回《紫霞秘笈》，卻發現陸大有直挺挺地躺在地上死了。他已被勞諾德暗害，令狐沖從此少了一個貼心的好師弟。

令狐沖因岳不群的厭惡和遺棄，除陸大有外，其他師弟都與他劃清界線，無人與他親熱，給他幫助，在他倒楣時，大家也視同陌路。可是他在恆山派中則得到全體尼衆的關懷和勸慰，在他出任掌門後，更給予由衷的愛戴，在任何艱難場合，大家都一心一意地站在他的周圍，儘管武功不強，卻始終與他併肩戰鬥。即使任我行以無窮的威力，宣布要一月之內剿滅恆山派全衆，也無人脫逃，誓與令狐沖共生死。在朝陽峰上，任我行曾揚言「一個也不放你們活著下山！」令狐沖堅不入教，儀清帶領衆弟子站在令狐沖身後，朗聲宣布：「我恆山派弟子唯掌門之命是從，無所畏懼。」衆弟子齊呼：「無所畏懼！」年紀最輕、只有十五六歲的鄭萼說：「敵衆我寡，我們又入了圈套，日後江湖上好漢終究知道，我恆山派如何力戰不屈。」

她們果然無所畏懼，在回恆山後「等死」的日子裡，她們料想日月教旦夕間便來攻山，一戰之後，恆山派必定覆滅，勝負之數，早已預知，衆人反而放寬胸懷，無所擔心。心理素質極好。

恆山派女尼篤信佛教，心地善良慈悲，遵守戒律，行止端莊，言語彬彬有禮，從來無人會講粗話，但俠義的心腸與男俠無異。她們言行一致，待人誠懇，是江湖上最正派的一支隊伍。令狐沖身處於她們之中。不必有任何防範之心。金庸將女尼、女性、女俠的優點薈萃於她們身上。她們的武功在五派中最低，她們的品質卻最高尚。令狐沖依靠她們團結一致的力量，成爲五嶽派中唯一可與左、岳這些陰謀家、野心家抗爭的中流砥柱，從而維護江湖天地的純潔。

8. 盈盈屬下和諸友：平一指、祖千秋、藍鳳凰等人

盈盈手下無弱兵。前已言及綠竹翁的高超武功，曾給令狐沖以極大幫助，還替他報了受辱受傷之仇。現在爲了給令狐沖治傷，盈盈調動手下和朋友中的多位強將，竭盡全力，各逞優勢。

平一指是「殺人名醫」，醫術之高，不僅表現在疑難雜症，手到病除，救活桃實仙，更表現在治不好令狐沖之傷，他自認爲愧對醫學，只好自殺殉職。他的性格古怪，心理也古怪：似乎認爲這個世界必須保持生態平衡，所以治好一人，必殺一人。想想道理也對，如果有病者都治好了，這個世界的人只生不死，人越來越多，地球豈非要超載？地球上如果人滿爲患，這個世界豈非要維持不下去。所

以平一指憂患、預防在先。他的想法與西方後世的馬爾塞斯竟有點不謀而合。而且他死了，良醫少而庸醫多，於是應該死的人死了，人類的災難少了。

祖千秋和老朋友「老爺」、「老頭子」者合稱「黃河老祖」。盈盈命祖千秋為令狐沖治傷，他竟不顧多年友誼，偷了老頭子花十二年心血製成的「續命人丸」和在酒中騙令狐沖服下，可惜仍治不了令狐沖的傷。老頭子此藥是給女兒「老不死」姑娘治病用的。老頭子抓住令狐沖要刺出他的心頭之血，因為血中已有靈藥，讓女兒服下救命。祖千秋告訴他，令狐沖是大恩人的未婚夫，老頭子前倨後恭，立即道歉，自稱「該死，就算我有一百個女兒，個個都要死，也不敢讓令狐公子流半點鮮血救她們的狗命。」令狐沖只好自斬腕脈，放血逼老姑娘喝下。祖千秋偷了老頭子的寶藥自己也損失慘重。他用一生心血蒐集來的二十幾只珍貴酒杯盡數毀損。這些異人異事物的展示，是金庸藝術想像力的產物，讓讀者大開眼界。

平一指、祖千秋與老頭子的失敗，給藍鳳凰提供了一抒才華的機會。她是五仙教的教主，善於施毒，故江湖上稱五仙教為五毒教。她是苗家女子，所以身穿藍布印白花衫褲，自胸至膝圍一條繡花圍裙，色彩燦爛，金碧輝煌，耳上垂一對極大的黃金耳環，足有酒杯口大小，腰中繫一根彩色腰帶，雙腳卻是赤足，完全是苗族的裝束打扮。她廿七八歲年紀，肌膚微黃，雙眼極大，黑如點漆，風韻甚佳，聲音尤其嬌美。她與手下四女，用二百多隻水蛭吸了自己的血，再用藥粉，讓這些水蛭將已吸之血，刺入令狐沖的遍體血管中。用這種方法讓失血過多的令狐沖補血。又用毒蛇、蠍子、蜈蚣等五樣毒物浸泡的「五寶花蜜酒」讓令狐沖吞服。不要說這些毒物，即使那些水蛭（俗稱螞蝗，在水稻田裡游動的吸血昆蟲），看了也讓人頭皮發麻。可是習俗風土不同，對同一事物的看法便截然不同，對藍鳳凰她們來說，這些毒蛇、毒蟲之類是並不可怕甚至可愛的。有一首曾經在六〇年代風行大陸的印度尼西亞民歌《哎喲，媽媽》，旋律優美動人，歌詞的一開頭卻是以螞蝗起點：

河裡的水蛭，是從哪裡來？
是從那稻田，向河裡游來。

甜蜜的愛情，是從哪裡來？
是從那眼睛到胸懷。
哎喲，媽媽，請妳不要生氣，
哎喲，媽媽，請妳不要生氣，
年輕人便是這樣相愛的。

竟用那可怕的水蛭來比喻可人的愛情。近年有人將此曲的第一、二句的歌詞改了，但韻味卻不及原來的譯文，歌詞的特色更喪失殆盡。

還有人批評輸血這段描寫違背醫學常識，如果血型不對，輸血後病人反要致命。金庸這裡是遊戲文字，不能用科學原理去審查，如事事按科學道理寫，文學創作有時就沒法進行了。

9.舉足輕重的可笑怪人——桃谷六仙

在科學發達的今天，四胞胎的存活也很不容易，桃谷六仙是六胞胎，本是稀世罕物，更何況他們武功高強，輕功極好，膂力無窮，打鬥時六人配合默契；四人齊攻強敵，兩人在旁阻擋對方增援。六人的缺點是：相貌奇醜，腦子奇笨，又妄自尊大，喜歡自吹自擂，更喜歡聽別人奉承，特別喜歡爭論，一片天眞爛漫。儘管天眞愚笨，桃谷六仙是非善惡分明，從未爲非作歹，總是站在正義、俠義的一邊。他們誠實眞摯的性格，熱情助人的胸懷，令狐沖受惠不少，也吃苦不小。眞是桃谷六仙爭著向他輸氣，要救他性命，又互相不買賬，自以爲是，所以六道眞氣在令狐沖體內亂竄，加上他們功力特大，無人能驅除這六道眞氣，使令狐沖的重傷轉爲不治之症。

桃谷六仙的互相爭論，增添許多笑料，他們似拙實巧的言論，不僅如西諺所說：「瘋癲之中自有邏輯」，而且強辭奪理之中有時也確有妙理。尤其是桃谷六仙雖然妄自尊大，卻也能從善如流，他們在併派比劍的盛大場合，聽從盈盈的調度、導演，充當她的傳聲筒，六人此起彼伏，用怪話操縱現場的氣氛、激化各方的矛盾，喧賓奪主，搶奪話頭，拆穿左冷禪和岳不群的陰謀、揪住他們話中的漏洞，扭轉不利的形勢，一步一步引向推薦令狐沖爲五派的掌門的目的，連珠炮般的妙語連成完整的戰略意圖，嘻笑怒嗔竟也皆成文章，贏得在場數千英豪的由衷欽佩和支持，群情竟為他們而沸騰，群奸竟被他們駁斥、怒罵、譏諷得體無完膚。他們可謂威力無窮，只有盈盈一人能夠駕馭他們，他們也只有在盈盈的指揮下，才眞正出了風頭。

桃谷六仙看似插科打諢、製造笑料的穿插人物，實際上他們在令狐沖的人生道路上起了關鍵性的作用。首先是他們輸給令狐沖的六道眞氣不僅給他帶來不治之症，而正是這個不治之症給令狐沖今後的人生道路帶來種種重大的或決定性的影響，尤其是盈盈不惜犧牲自己背他去少林寺醫治此症的壯烈舉動，使令狐沖徹底改變了自己的愛情航向。其次，只有桃谷六仙這樣瘋傻的人物，才能在盈盈的指揮調度下，攪亂五派合併的大局，在實際上推動了方證、沖虛關於令狐沖爭奪五嶽併派的掌門的設想之實現，可惜因為令狐沖故意輸給岳靈珊，令狐沖囿於情孽，成為扶不起的阿斗，才使大好的形勢逆轉，破壞了正義力量占據江湖要津的大局，從而又風波疊起，險象環生，令狐沖拖帶盈盈進入新的漫長艱難歷程。

10.冤家夫妻不戒和啞婆

不戒和尚也是一位天眞可愛的人物。他本是一個屠夫，看中了一位美麗的尼姑，爲了愛情而改行當和尚，他一廂情願地認爲：「尼姑不愛屠夫，多半會愛和尙。」他果然如願地與尼姑結爲夫妻，還生下可愛美麗的女兒儀琳。不戒當了和尙，竟娶妻生女，更愛喝酒，所以索性自稱「不戒」。聽說女兒愛上了令狐沖，他興致十足地要做丈人，又急女兒所急，將令狐沖從危急中救出，又替他治病，硬將自己的眞氣打入他的體內，結果使令狐沖的傷情雪上加霜。他鍥而不捨地使用各種手段逼令狐沖娶儀琳爲妻，急迫性、堅韌性遠比女兒爲足，眞是一個好父親。後來確知令狐沖與任盈盈喜結秦晉之好，不戒竟然設想讓女兒做他的偏房——因爲他知道女兒對令狐沖的情意比天高，比海深，女兒失去令狐沖，終生將陷於無法解脫的痛苦之中。不戒的這種設想確是一個敢作敢爲的大丈夫的行徑。

不戒的妻子醋勁實足，因爲不戒的戲言引起她的誤會，她一怒之下竟拂袖而走，杳無音訊。不戒和尚做事從不喪失信心，他到處奔波，尋找愛妻，歷十餘年而癡情不改，終於與她破鏡重圓。

儀琳的母親扮作啞婆，在暗中保護親生女兒。這位武功高強，有勇無謀，性格偏激的女尼，也用武功逼迫令狐沖就範。她的圖謀不成功，竟也要令狐沖做和尚並娶盈盈和儀琳兩女爲妻，否則居然要讓他做太監，一個也娶不成。她的計畫終於失敗，令狐沖倒用妙計讓不戒和尚將她重新拖回自己的懷抱，再做恩愛夫妻。儀琳雖未得到心想的丈夫，卻重新得到母愛，這倒是令狐沖立下之功。

特殊的親友

1.亦師亦友亦仇敵的泰山任我行

泰山者，岳父也。任我行作爲任盈盈的父親，他是令狐沖的岳父。

作爲盈盈的父親，任我行並不稱職。盈盈很小的時候，他就被東方不敗關在地牢裡了，盈盈沒有得到過父愛，也不是任我行培養出來的人才。任我行被令狐沖救出後，他兩次恩將仇報。第一次他將令狐沖做替身關在地牢裡，又不設法去及時去救出令狐沖。第二次，令狐沖冒死幫助他誅滅東方不敗，他逼令狐沖入教，不入教竟要消滅他和他率領的恆山派。他根本不顧盈盈與令狐沖是一對同生共死的戀人，不替盈盈的婚姻和前途負一點責任。任我行在這一點上，更不是一個稱職的父親。這一切都是他迷溺於權力慾而造成的。

任我行受野心之支配，被權力所腐蝕，變得自私、剛愎、短視，從而愚蠢起來。

任我行本來不是這樣的。他原本是一個「談吐豪邁，識見非凡」，連令狐沖也感到「確是一位生平罕見的大英雄、大豪傑。」

評論家公認：他並不只是一個武藝高強的邪教教主，而實在是個不平凡的人。在西湖底一困十二年而保持理智雄心，顯見耐力之強；一脫困便著手恢復教主地位，短短時間內取得優勢，顯見手段謀略高明，他對少林寺方證大師說出他「佩服的三個半人物」，頭一個便是奪他位、囚禁他於黑牢中的東方不敗，又以武功高而「心地慈祥，為人謙虛」之故佩服方證大師，顯見他胸襟識見不凡。這人雖然叫做「任我行」，名副其實的自大狂妄，專橫驕傲，卻不是只一味的目中無人。任我行城府之深，罕有倫比。其他人都爲搜尋武林秘笈《辟邪劍譜》而絞盡腦汁、辛苦奔走、拚死廝殺，他卻恭手相讓，故意將《葵花寶典》贈送給東方不敗，引他沉迷其中，自尋末路。

在地牢中，他初遇令狐沖就給予指點：

> 不對，不對！對付敵人有什麼客氣？你心地仁善，將來必吃大虧。禿頭老三善使判官筆，他這一手字寫得好像三歲小孩子一般，偏生要附庸風雅，武功之中居然自稱包含了書法名家的筆意。嘿嘿，小朋友，要知臨敵過招，那是生死繫於一線的大事，全力相搏，尚恐不勝，哪裡還有閒情逸致，講究什麼鍾王碑帖？除非對方武功跟你差得太遠，你才能將他玩弄戲耍。

曾經給令狐沖以指點教益的共有三人：風清揚、任盈盈和任我行。至於令狐沖的所謂師父師娘並沒有什麼高明的見解指導過這位徒弟，更沒有什麼高明的武功傳授給他。反倒是任我行在地牢中留下吸星大法，讓令狐沖又學到了一種高明的武功，成爲他日後制服強敵的法寶之一。

這個吸星大法，據任我行介紹，即是《天龍八部》中段譽學到過的奇妙武功。任我行說：

> 這「吸星大法」，創自北宋年間的逍遙派，分為「北冥神功」與「化功大法」兩路（作者金庸按：請參閱《天龍八部》）。後來從大理段氏及星宿派分別傳落，合而為一，稱為「吸星大法」，那主要還是繼承了「化功大法」一路。

所以任我行倒是令狐沖繼風清揚之後傳他高明武功的師父之一。但令狐沖並未得到他的直接傳授，只可說是私淑弟子。此外，這「吸星大法」神功，威力固大，其中也有幾個重大缺陷，任我行在地牢的幾年中，已研究出克服的辦法，他願意幫助令狐沖克服弊病，幫他治傷，可是令狐沖不肯加入魔教，他就不肯幫他教他。

任我行思路敏捷，見識超群，言語機警犀利，在少林寺比武時表現得最充分。首先，他發表「老夫於當世高人之中，心中佩服的沒有幾個，數來數去只有三個半」，「還有三個半，是老夫不佩服的。」這套言論氣勢逼人，識見高遠，令在場群豪不由自主地深表佩服。他第一佩服的是「篡了我日月神教教主之位的東方不敗。」眾人極感驚訝，待他說出理由，大家無不感到確有其理：「老夫武功既高，心思又機敏無比，只道普天下已無抗手，不料竟會著了東方不敗的道兒，險些葬身湖底，永世不得翻身。東方不敗如此厲害的人物，老夫對他敢不佩服？」第二位佩服的是方證大師：「大和尚，你精研《易筋經》，內功已臻化境，但心地慈祥，為人謙退，不像老夫這樣囂張，那是我向來佩服的。」第三位佩服的是「當今華山派的絕頂高手」，「劍術神通的風清揚老先生。風老先生劍術比我高明得多，非老夫所及，我是衷心佩服，並無虛假。」剩下半個是沖虛道長。他所不佩服的三個半高人之中，左冷禪則居其首。他當場分析佩服、佩服一半和不佩服的理由，皆能一針見血，切中要害，連在場的被評者本人也深感有理或無力辯駁，任我行的識人慧眼和月旦人物的能力，罕有倫比。更妙在當衆揭穿岳不群的兩張畫皮：第一張畫皮是武學高手。任我行故意只講佩服的是當今華山派的絕頂高手而不講姓名，引出岳不群夫婦自作多情地以爲他在捧岳不群時，他才講出風清揚的姓名，又接連搶白岳不群的幾次搭訕，最後竟直言訓斥：「就算知道，也絕不跟你說。明槍易躲，暗箭難防。眞小人容易對付，僞君子可叫人頭痛得很。」幾次搶白都嗆得岳不群無法回答，只能一言不發。

在言辭相鬥中大獲全勝之後，面對敵方人多勢衆，要倚強凌弱，鎮不住任我行，左冷禪威脅要殺任盈盈。任我行針鋒相對，馬上揭出對方的家底秘情，並宣布對方敢殺盈盈，他就「要將左大掌門的兒子、余觀主那幾個妾和兒子一併殺了。岳先生的令愛，更加不容他活在世上。」沖虛出來打圓場，提議打個賭，任我行立即堵住此議：「老夫賭運不佳，打賭沒有把握，殺人卻有把握。殺高手沒有把握，殺高手的父母子女、大老婆小老婆卻挺有把握。」針對敵手殺盈盈的威脅，他以毒攻毒，以攻爲守，果然鎮住了氣勢洶洶的對方。最後他以智勇雙全的能耐，在武功比賽上勝了對方，又讓令狐沖在江湖高手面前顯露神奇劍術，讓僞君子岳不群出乖露醜，鎩羽而走。

任我行在魔教中做了大量的策反工作後，又定計：假扮成已將令狐沖抓獲的魔教的一般部屬，然後假裝押送令狐沖在上官雲的掩護下，回黑木崖魔教大營，向教主邀功，順利地混過所有險要和關卡，終於進入成德堂和東方不敗隱居之地，成功地發動了一場宮庭式的「軍事政變」，殺死東方不敗，奪回了教主的地位和權力。

任我行當上教主之後，原本厭惡的諂媚之詞，馬上就不反感、順應、受用起來，很快就全盤接受了本來獻給東方不敗現在改獻給他的歌功頌德、讚美諂媚的言辭、口號和套話，心安理得地咀嚼這些陳詞爛調的滋味，直到麻木地應付，聽了贊詞也沒什麼特別的愉快，但誰要是不這樣畢恭畢敬地獻媚，則要惱怒責怪，此時有人披逆鱗，不執行他的旨意便要全幫共討之，致他的死命。即使女兒的意中人，自己中意的未來女婿也不行。令狐沖不肯入教當副教主，他便宣布一個月內消滅他和他率領的恆山派，根本不管女兒的死活。幸虧他及時死了，未及最終鑄成這個大錯。專制體制中的權力對人的腐蝕和傷害，實在厲害。一代豪傑就這樣異化成野獸式無情無義無恥的卑劣小人。他在生前也就沒做成令狐沖的丈人。

還好，他的豪邁、膽量、敏捷、聰慧、善於辭令、精於識人、觀察和處事精細周到等優點，都遺傳給了女兒盈盈，令狐沖受盈盈的有力指點和幫助，平心而論，也是間接受惠於這個丈人的。

2.智勇過人的忠義之士向問天

向問天在魔教中的武功和地位排在第三，僅次於東方不敗和任我行之後。他與曲洋併列爲光明左、右使，外號「天王老子」，姓名又是向問天，問天即「問鼎」，有奪取追高權力之意，狂傲之極！

令狐沖在少林寺不肯入門修習《易筋經》，下山之後路遇向問天被六七百人圍攻。令狐沖見向問天是一個白衣老者，容貌清癯，頦下疏疏朗朗一叢花白長鬚，坐在涼亭中，手持酒杯，眼望遙遠的地平線，兵刃也不帶，對圍攻他的衆人正眼也不瞧一下。令狐沖感到此人旁若無人的豪氣，正合他自己重傷不治、視死如歸的心境，竟上前與他同飲，又幫他擊敗圍攻諸敵。危急中向問天又用手上縛著的鐵鍊將刀劍下的令狐沖捲出，逃到絕崖險地，在數場惡戰中殺了圍攻他的魔教、泰山派、青城派等正、邪兩派的衆多子弟，逃入人跡罕至的險境中，才擺脫圍攻。向問天和令狐沖均是放蕩不羈、豪邁灑脫之人，經此一戰，都覺意氣相投，肝膽相照，竟結義為兄弟。向問天告訴令狐沖在實戰中從不喜搞騙人的伎倆，但「從不騙人，卻也未必。」，「要騙人，就得揀件大事，騙得驚天動人，天下皆知。」他帶令狐沖去杭州梅莊，一方面是帶去那裡，治好令狐沖的內傷，另一方面果然設計了一個精巧無比、天衣無縫的騙局，騙過令狐沖和江南四友，救出囚在湖底黑牢中的任我行。向問天的智謀，深不可測。他辦事精明強悍，曾暗中查明余滄海和丐幫幫主私生活的底細，抓住他們的把柄，在少林寺決鬥時抖落出來，令余、左兩人不敢殺害任盈盈。他又與令狐沖一起，幫任我行奪回教主，與東方不敗作拚死搏殺。

向問天胸懷大志，極明事理。自梅莊脫險後，任我行要與令狐沖也結為兄弟，並封他為光明右使，令狐沖對魔教心存顧忌，婉轉謝絕，向問天開導他說：

「兄弟，那日東方不敗派出多人追我，手段之辣，你是親眼見到的了。若不是你仗義出手，我早已在那涼亭中給他們砍爲肉醬。你心中尙有正派魔教之分，可是那日他們數百人聯手，圍殺你我二人，哪裡還分什麼正派，什麼魔教？其實事在人爲，正派中固有好人，何嘗沒有卑鄙奸惡之徒？魔教中壞人確是不少，但等咱們三人掌了大權，好好整頓一番，將那些作惡多端的敗類給清除了，豈不教江湖上豪傑之士揚眉吐氣？」向問天在令狐沖第二次拒絕入教併派，出任副教主，與任我行鬧翻分手之時，向問天與他飲酒告別，又用妙語堵住任我行，以免他殺害與令狐沖共飲訣別的其他英豪。他之前曾再次開導令狐沖：「你若入了本教，他日教主的繼承人非你莫屬。就算你嫌日月神教的聲名不好，難道不能在你手中力加整頓，爲天下人造福嗎？」向問天的這兩番開導，極有政治頭腦，既富遠見，又切實際，如給方證、沖虛聽到，肯定會極受贊賞，並勸令狐沖照辦，支持他既當五派聯盟掌權，又當魔教教主，以仁義和正氣統率武林，消除無謂的爭霸爭鬥，造福武林。可惜令狐沖雖經方證、沖虛和向問天的再三教育，仍不明此理，坐失良機，無所作爲。

任我行突然去世後，盈盈繼承教主之職。她與令狐沖結婚後，與他同歸江湖，將教主之位讓給了向問天。以向問天的智仁勇皆具，令狐沖和任盈盈對魔教的美好明天無疑是堅信的。

3.文質彬彬的江南四友

黃鍾公、黑白子、禿筆翁和丹青生四人情意篤重又愛好琴棋書畫，趣味高雅，結爲江南四友。

黃鍾公在自盡前說道：「我四兄弟身入日月神教，本意是在江湖上行俠仗義，好好作一番事業。但任教主性子暴燥，威福自用，我四兄弟早萌退志。東方教主接任之後，寵信奸佞，鋤除教中老兄弟。我四人更是心灰意冷，討此差使，一來得遠離黑木崖，不必與人勾心鬥角，二來閒居西湖，琴書謿懷。十二年來，清福已享得夠了。人生於世，憂多樂少，本就如此……」他們四人本意行善，發覺誤上賊船，後悔莫及，激流勇退。本想遠離是非之地，可是樹欲靜而風欲動，災難還是找上門來，欲避不能。

江南四友各有其癡，分別迷戀琴棋書畫。

丹青生掛在客廳的畫上，題款爲「丹青生大醉後潑墨」八字，筆法森嚴，一筆筆便如長劍的刺劃。令狐沖看這字畫中，蘊藏著一套極高明的劍術，搔到了丹青生的癢處。但他看出那幅仙人圖，筆法固然凌厲，然而似乎有點管不住自己，所以比劍時，令狐沖輕易勝之。禿筆翁的兵器是判官筆，是名家筆帖中變化出來，即從顏眞卿所書《裴將軍詩》帖中二十三字變化出來，被令狐沖的淋漓劍法封住後，先後改張飛所書《八濛山銘》和大書《懷素自敘帖》，又被逼得每一招只能使出半招，結果氣得不打了，在白牆上寫起字來：滿肚筆意，無法施展，逼到指尖，寫到牆上，完成自己生平中最好的一帖字。

黑白子以棋枰作兵器，以黑白子作暗器，更不是令狐沖對手，只有招架之功，毫無還手之力，最後連招架也難。

黃鍾公以琴聲發出的無形劍器，勝不了令狐沖。四人竟都敗在令狐沖手裡。

江南四友癡迷琴棋書畫，向問天以琴棋書畫的傳世至寶引誘其動心，四人終於中計，被向問天將任我行騙走救出。

江南四友都是藝術家，都是知識分子，未免書生氣十足，在計謀百出的向問天面前自然遠不是對手。本來他們從俠義出發，現身江湖，也屬不自量力，在風波險惡的江湖中，他們心地善良單純，很難成功。如果爲首者智勇仁義，他們尙可有所作爲，可是他們先後成爲任我行、東方不敗的屬下，未免明珠投暗，黃鍾公最後寧願玉碎，不肯受人驅使，風骨凜然，令人欽敬。

4.改邪歸正的江湖知交田伯光

田伯光沉溺女色，本是採花大盜，爲武林所不齒。

令狐沖與他不打不成相識，打後才識田伯光尙可救藥，他在品性上有不少優點，故可浪子回頭。

令狐沖與田伯光大打兩場，大打兩場之後，逐漸產生了友誼。

第一次令狐沖路遇田伯光劫持美麗尼姑儀琳，令狐沖自知武功遠不及田伯光，還是自不量力地出手相救，在衡山酒樓上連打兩場，荒山洞內外又惡鬥，令狐沖慘敗，數次受傷，終於使儀琳完璧退走。在這次惡鬥中，田伯光言而有信，被令狐沖坐鬥的規定束縛後，武功勝而承認忘了坐規，坦然認輸。

第二次在華山思過崖之戰，田伯光先禮後兵，挑了兩桶珍奇佳釀，禮請令狐沖下山，令狐沖不肯，田伯光只好以武力逼他。可是田伯光這次更具君子風度，他每次打贏令狐沖總是讓他進山洞去向前輩高手討教後再戰。田伯光武功高超，記性驚人，能像圍棋高手「復盤」一樣，將惡鬥的經過仔細翔實地回憶出來，令狐沖想信口胡吹，他能精確指出各招名稱、次序。他自己則言而有信，每次都耐心等待令狐沖在洞內學招。他終於被令狐沖打敗，臨走時講清自己受毒所逼，以後仍要來纏鬥。

兩人不久又在山中重逢，令狐沖說：「你曾數次饒我不殺」，今知他被人點了死穴，下了劇毒，「令狐沖卻也不能眼睜睜地瞧著你爲我毒發而死。」正要隨他下山，兩人都傷重無力而寸步難行，跌在地上，掙扎不起。田伯光豁達地表示：「田某縱橫江湖，生平無一知己，與令狐兄一起死在這裡，倒也開心。」又說：「令狐兄，田伯光交上你這朋友。你倘若傷重先死，田某絕不獨活。」令狐沖當時，除陸大有之外，已無知交，不得不承認：「這人倒很夠朋友。」笑道：「田兄，你我二人相伴，死得倒不寂寞。」

此後兩人未死，令狐沖在規勸田伯光痛改前非之後眞的與他交爲朋友。令狐沖在衡山與田伯光爲儀琳而惡鬥時，以打賭的方式造成田伯光以儀琳爲師的既成事實，改邪歸正又講信用的田伯光後來果眞承認儀琳是他的師父，所以他後來自然也成爲令狐沖充當掌門師兄的恆山派的一員，在任我行要全殲恆山派時，他們堅持與令狐沖、儀琳同生死。

小說對田伯光過去奸淫婦女的惡行用虛寫手法，對他受到嚴懲，其淫根被動手術一事卻實寫，進一步肯定了他改邪歸正的結局。

在令狐沖的一生中，田伯光是最早對他的命運變化起重要影響的人物。他逼淫儀琳一事，給令狐沖的俠義嘉行傳遍江湖提供了條件，爲令狐沖與儀琳結成深厚友情、令狐沖數次重傷後受到儀琳救助並引出不戒等人的糾葛，創造了前提。因爲儀琳暗戀令狐沖，田伯光被逼尋上華山，兩人比武時田伯光點了風清揚的名，激出風清揚現身，眞的指點令狐沖劍法，從而給令狐沖學到風清揚的獨孤九劍創造了條件。所以田伯光在令狐沖人生道路的成長起了很大的促進作用。令狐沖與田伯光，從敵人轉化爲朋友，是以生性善良——不隨便致人於死地和講究信義爲基礎的。

最兇惡之敵——被權力腐蝕而異化爲野獸的衆幫主

在封建專制社會中，封建統治的專制體系必會產生獨裁統治者。獨裁者常用陰謀手段上台而奪得統治權，又用陰謀手段控制和維護攫據於自己手中的權力，並因此而用陰謀手段翦去異己。莎士比亞歷史劇《亨利四世》下篇第四幕第五場，亨利四世在臨終前對繼承王位的亨利五世說：

上帝知道，我兒，我是用怎樣詭詐的手段取得這一頂王冠；我自己也十分明白，它戴在我的頭上，給了我多大的煩惱。……

那些擁護我的人們，也就是你所必須認為朋友的，他們的銳牙利齒還不過新近拔去；他們用奸險的手段把我扶上高位，我不能不對他們懷著疑慮，怕他們會用同樣的手段把我推翻；為了避免這一種危機，我才多方翦除他們的勢力，並且正在準備把許多人帶領到聖地作戰，免得他們在國內閒居無事，又要發生覬覦王座的圖謀。所以，我的哈利，你的政策應該是多多利用對外的戰爭，使那些心性輕浮的人們有了向外活動的機會，不致於在國內為非作亂，……（朱生豪譯本）

「他們用奸險的手段把我扶上高位」這幾句，梁實秋評爲：「靠了他們的暴力我才得登基，所以我不得不恐懼被他們的暴力把我再推翻。」，「我才多方翦除他們的勢力」，原文是"I cut them off"，梁實秋的譯本乾脆譯爲「我把他們砍了」。總之，奸險的陰謀和暴力的手段，是專制帝王上台和維護統治權力的常用手段，莎士比亞歷史劇揭示了這個規律性的現象。

金庸描寫的江湖世界，也與此類似。令狐沖所面對的五個野心勃勃幫主：岳不群、余滄海、左冷禪、東方不敗和任我行，都是這類被權力腐蝕而異化爲野獸般的奸險兇惡的人物。

1.亦師亦父的偽君子岳不群

僞君子岳不群以君子的面目立身於江湖，連他使用的劍法也稱「君子劍」，欺騙了幾乎所有的人，其中受騙最深而且受害也最深的是他的大徒弟令狐沖、他的夫人寧中則和他的女兒岳靈珊。令狐沖爲此而歷艱險，岳夫人和岳靈珊不僅命喪黃泉，而且在感情上也受到致命的打擊；岳夫人自悲嫁錯人，嫁給一個欺騙自己一世的僞君子；岳靈珊也失去理想的情人而嫁錯人，嫁給無情無義無性的林平之。

岳不群，是華山派的掌門，善於使劍，人稱「君子劍」。其姓，「巍巍山岳」，「五嶽」之「岳」；其名，「卓爾不群」之「不群」，皆「崇高」的意思。其相貌與風度，從木高峰的眼光和感受來說，「多年不見，丰采如昔」，笑聲朗朗之中，「一個青衫書生踱了出來，輕袍緩帶，右手搖著摺扇，神情甚是瀟灑。」年齡「快六十歲了」，卻駐顏有術。而在林平之這個初見者的眼中，「這書生頦下五柳長鬚，面如冠玉，一臉正氣」，是一位「神仙般的人物」，心中景仰之情，油然而生。

以上其姓名、外號和外貌都只是外表。其舉止神情也瀟灑有風度，更兼與人交往接待，語氣甚是謙和，所以在江湖上贏得普遍的好感和敬重。

有道是「人不可貌相，海水不可斗量。」岳不群的內心卻陰險、兇惡，野心勃勃。只有木高峰、余滄海等少數人看穿他的本質，因爲他們與岳不群都暗中爲攫取《辟邪劍譜》而較勁，認識到這位勁敵的厲害；詭計多端，且深藏不露；出手狠毒，卻不動聲色。另有風清揚，鄙視其武功的低劣，任盈盈識破其思慮的周密。這些人皆是智勇超群的絕世高手，不能以常人論。

岳不群攫取《辟邪劍譜》的計畫很周密：

第一步，派勞諾德去福州偵察福威鏢局和林震南的情況。

第二步，乘余滄海、木高峰先後致林震南夫婦、林平之於死地之機，將淪爲孤兒、淪落江湖、陷入絕境的林平之收爲徒弟。

第三步，暗中鼓勵和支持女兒岳靈珊與林平之相戀，徹底將林平之捏在掌中。

第四步，確證林平之手中並無《辟邪劍譜》，據林震南臨終之囑估計，劍譜確在福州林宅之內，便藉機率領華山派全體人馬南下福州尋找。

第五步，到達福州後，在林宅遍尋不著，卻被嵩山派白頭仙翁卜沉、禿鷹沙天江盜走。令狐沖恰巧看見，追蹤並殺敗二人，抱回《辟邪劍譜》，回來時因傷重昏倒在門口。岳不群從令狐沖手中盜走《辟邪劍譜》。

第六步，暗殺林平之。這劍譜是林家之物，岳不群馬上回頭去殺林平之，一則林平之是劍譜的唯一合法繼承人，殺了他，便可穩妥地呑沒此譜，二則林平之若活在世上，自己怎能神不知鬼不覺地暗練辟邪劍法？可惜這次殺人不順利，他在林平之背後砍了一劍，林平之受傷極重，倒地裝死。林平之雖不知誰人暗算自己，可是昏迷之中，聽到八師哥英白羅叫了一聲「師父」，隨即一聲慘呼。林平之此時也暈了過去，人事不知。岳不群還想在林平之身上再補一劍，沒想到勞德諾在暗中窺視，他輕輕咳嗽一聲，岳不群知道有人在旁窺視，不敢逗留，立即回屋。林平之由此得救，留下性命。

第七步，岳不群知道勞德諾受左冷禪指派潛伏於此的目的。所以他抄錄一份假劍譜，故意讓勞德諾盜走，使左冷禪所習劍法不全。

岳不群從此暗中苦練，終於練成天下無敵的辟邪劍法。

在這個過程中，他故意陷害令狐沖，讓他背上殺害師弟、私藏秘笈的黑鍋。這也可分爲兩個階段。第一階段，勞德諾暗中竊走《紫霞秘笈》殺害陸大有，將罪名移到令狐沖身上，岳不群雖承認令狐沖不可能偷盜秘笈，但暗派勞德諾等監視他。第二階段，在福州林宅盜走劍譜後，他縱容女兒反誣令狐沖私藏劍譜，殺害八師弟，殺傷林平之。令狐沖在冤案和身受重傷的兩重打擊下，幾次陷入絕境，岳不群又因令狐沖學習劍宗前輩的劍法，一再怒斥並將他趕出師門，欲置他於死地。

岳不群得到辟邪劍法後，他的第二個目標是呑併四派，將五嶽派連成一大派，由他來當掌門。岳不群實現這個目標的步驟爲：

第一步，殺死在少林寺調解令狐沖、任盈盈重傷求救一事的定閒、定逸師太，要使恆山派喪失掌門人，任人宰割，以後尋機併呑此派。

第二步，用計謀騙令狐沖回華山派，因爲令狐沖劍法高強之極，岳不群想靠他抵擋、戰勝武功高強的左冷禪，破壞左冷禪呑併華山派的企圖。爲了這個目的，他又不惜破壞岳靈珊與林平之的感情，想以女兒爲誘餌，吸引令狐沖歸隊。

同時，他苦練辟邪劍法，以自己的高超武功，稱霸武林。他的第一、第二個計畫都失敗了，武功倒是練成了，只是心理已徹底扭曲和變態，揮刀自宮後成爲不男不女的人間怪物。

他的一個關鍵性的陰謀是：在竊取《辟邪劍譜》之後，他又故意讓勞德諾爲左冷禪盜走假劍譜，誘使左冷禪練錯武功。埋下這個伏筆，他便可在關鍵時刻出其不意地戰勝左冷禪。

他的這個陰謀果然得逞。在併派、比劍、奪帥的嵩山大戰中，他果然用《辟邪劍譜》戰勝練錯《辟邪劍譜》的左冷禪，左冷禪被他刺瞎雙眼，當衆認輸，他奪得五派的掌門寶座。在此之前，他又有兩個計謀：一是先讓左冷禪去壓服其他各派，他再戰勝左冷禪，有坐享其成之優勢；二是岳靈珊學得思過崖洞上石壁上的各派武功秘法，讓她打頭陣鎮服各派高手，他又有第二個坐享其成的優勢。可是他卻喪失了戰勝令狐沖的難得機會。

在少林寺一戰，他遠不是令狐沖的對手，令狐沖故意相讓，他本可丟臉地慘勝，可是他要面子，不肯當衆拾這個便宜，就打出女兒這張王牌，擾亂令狐沖的心智，企圖乘對方心慌意亂而混水摸魚地取勝。所以他竟屈尊施出女兒與令狐沖兩情繾綣時對練的劍法，令狐沖果然心智迷亂，劍法進入綿綿情意的軌道。岳不群沒想到弄巧成拙，令狐沖因看出對方重行收己入門與小師妹成婚的意圖而忽然想到盈盈怎麼辦？心智迷亂之間，無意中使出獨孤劍法，岳不群被他一劍刺中右腕而慘敗。這次他派女兒上陣，令狐沖故意相讓而受傷。如不用女兒上場，令狐沖勢必要與岳不群對陣，岳不群此時已練成辟邪劍法，令狐沖很可能敗在他的繡花針下。岳不群失去一次獲勝機會，也是弄巧成拙的結果。

接著岳不群乘令狐沖不在恆山，竟用迷藥迷倒恆山衆尼，將她們全體捉去。又用計將嵩山、泰山、衡山諸徒騙入華山思過崖洞中，堵住洞口，誘使三派在洞內互相殘殺，同歸於盡。果然除令狐沖帶盈盈、林平之從秘密窄道逃出外，其餘諸人多慘死洞中。岳不群又於出口處暗置漁網，果然將僥倖逃生的令狐沖、盈盈兩人罩入網中。他正要刺死令狐沖，被儀琳趕來一劍刺死。岳不群的計謀嚴密無漏洞，可惜「謀事在人，成事在天」，「人算不如天算」，終因想不到的偶然因素而功虧一簣——這中間也有必然，因爲他將恆山尼衆擒到華山，正好儀琳被父母救出，在分頭尋救衆姐妹時，聞聲趕來，偷襲到與令狐沖拼殺的岳不群毫無防衛的後背，她見令狐沖大哥生命危險，勇敢出劍，一劍致命。如果岳不群不將她們擒來，就沒有這種結果。他俘虜恆山全衆，自以爲得計，結果再一次弄巧成拙。《紅樓夢》的《紅樓十二曲》中有一曲《聰明累》專詠王熙鳳，此曲開首即是警句：「機關算盡太聰明，反算了卿卿性命！」這已成爲一切擅耍陰謀者的眞實寫照。

岳不群大耍陰謀，自以爲得計，他不知有兩個規律性的結果是逃不過的：其一，他自以爲計謀隱密，無人知曉，實際上「司馬昭之心，路人皆知。」他的每一個陰謀行動，都被人識破；其二，陰謀害人的結果必然是害人害己。被害之人既包括他的對手，也連累了自己的徒衆和家人。他的妻、女受盡其害，悲慘而死，華山派也從此消亡。可惜江山代有陰謀出。後世的陰謀家自以爲智力高強，必不失敗，於是這樣的悲劇代代相傳，層出不窮。

2.野心勃勃的陰謀家左冷禪

左冷禪不僅本人的武功遠高於岳不群，而且他派出的徒衆，武功也遠高於岳不群。岳不群在華山，被左冷禪派來的人殺得待不住，只好率衆出逃，南下福州。

左冷禪消滅華山派的手法還包括先派勞德諾投身華山派，作爲臥底的間諜，又扶植劍宗中流落江湖的傳人，回華山向氣宗掌門岳不群奪權，如成功，劍宗傳人成爲華山掌門，同時也是自己可以操縱的傀儡。華山派便名存實亡，他即可逐步併吞。

對衡山派，他派大批人馬包圍掌門人劉正風全家，不准他金盆洗手，藉口他勾結魔教人物，血洗他全家，逼他聽從自己的號令。

對恆山派，他騙她們南下福州，在浙閩交界處布下重兵，又分兵兩路：一路假扮魔教，伏擊恆山派，另一路作爲嵩山派子弟假裝解救恆山派，條件是恆山派必須同意併派。

他的陰謀也未得逞，得到的結果僅是衡山派掌門劉正風和恆山派師太定閒不屈而死。

左冷禪又令勞德諾偷來《辟邪劍譜》，可惜偷來的是假譜，他幸而未自宮練功，同時也未練出眞功。

左冷禪處心積慮地召開五派大會，企圖在自己的大本營嵩山，逼另外四派就範，五派合併，他當掌門。他成功地挑動泰山派的內訌，又讓老友白板煞星的徒弟青海一梟偷襲反對併派的天門道人，使之當場喪命，泰山派餘衆贊成併派的占了上風。後來桃谷六仙由混入恆山派的盈盈指揮下，巧妙地搗蛋，岳不群又公然挑戰，以眞傳的辟邪劍法戰勝他學錯的假辟邪劍法。左冷禪不僅失去五派掌門地位，更且付出雙目失明的慘重代價。

左冷禪派高手圍剿劉正風，派徒衆冒充魔教攻打恆山派，派蒙面高手攻打華山派，自以爲得計，實早已被人看破。在少林寺比武時，任我行當衆嘲笑他：「在我不佩服的三個半高人之中，閣下卻居其首。」，「你武功了得，心計也深，很合老夫的脾胃。你想合併五嶽劍派，要與少林、武當鼎足而三，才高志大，也算了不起。可是你鬼鬼祟祟，安排種種陰謀詭計，不是英雄豪傑的行徑，可教人十分的不佩服。」

左冷禪雖不在任我行佩服的名單中，卻也被承認是「高人」。更且他的武藝確也高強，任我行的吸星大法居然無力可吸，後來竟吸來「寒冰眞氣」，不僅落敗，而且還差點被活活凍死。

左冷禪在嵩山併派比武時被岳不群刺瞎雙目，他起先驚怒交集，破口大罵，又手刃兩個好心來攙扶他的心腹徒弟，有一點要神經錯亂的樣子。可是他很快鎭定下來，恢復了武學大宗師的身分氣派，朗聲向騷動的徒衆和在場衆人宣布：「大丈夫言而有信！既說是比劍奪帥，各憑本身武功爭勝，岳先生武功遠勝左某，大伙兒自當奉他爲掌門，豈可更有異言？」

以上兩件事不得不讓武林群豪佩服。

左冷禪派勞德諾來引誘林平之改換門派，聯合向岳不群報仇。在山洞中命令林平之殺掉令狐沖，令狐沖忍無可忍。刺死了左冷禪。

左冷禪在陰謀家中氣度算是最好的，因爲他做壞事都派手下人執行，他手下的人才最多，不必如余滄海、岳不群之流，只好自己赤膊上陣，其計謀之毒辣則可與岳不群難分上下，所以他的滅亡也是理所當然，沒有人會再同情他。

3.處心積慮覬覦劍譜的余滄海

遠在四川的川西松風觀觀主、青城派掌門余滄海是一個非常矮小的道人。穿青色道袍，約莫五十來歲年紀，臉孔十分瘦削，體重最多不過七八十斤。此人奸詐成性，福威鏢局林震南派人送他禮物，他假裝派四人回拜，暗中卻帶領大批人馬，包圍鏢局，要殺光鏢師，劫奪《辟邪劍譜》。他的兒子一到福州城郊，就欺凌醜女，被林平之殺死。余滄海用恐怖手段，消滅鏢局，追蹤林震南夫婦。來到衡山後，他的惡徒羅人杰等與令狐沖為難被殺，余滄海在妓院搜尋到令狐沖，正想施殺手，被林平之喊住。

余滄海追補林震南、林平之父子，遇到木高峰、岳不群兩個強手，皆未得逞。他的智謀與實力比岳、木和左冷禪差得遠，他要劫奪《辟邪劍譜》只能枉費心機。

余滄海在五派合併、比劍大會上，只能作一個旁觀者。他沒想到已經練成辟邪劍法的林平之正好抓住他要報仇。會後，林平之跟蹤青城派，雙方相遇時，林平之用迅雷不及掩耳的速度，連斃青城派四人，余滄海被嚇得呆立不動，僵死一般。林平之在江邊又遇到他們，直斥：「余矮子，你逃到那裡去？」他不管岳靈珊被圍攻的死活，單身獨鬥余滄海，像貓兒捉到老鼠那樣戲弄余滄海，要慢慢折磨死這個惡人。他要殺光余滄海的全部徒衆，最後再送他上西天。

後來林平之路遇木高峰，他要殺木高峰報仇，余滄海連忙幫木高峰鬥林平之，要趁此機會殺敗林平之。惡鬥中，林平之刺瞎余滄海的雙眼，砍斷他的雙臂。木高峰抱住林平之雙腿，被他刺死，余滄海撲上去咬住他的右頰。木高峰背上的毒汁飛濺，毒瞎了林平之的眼睛，他也算沒有白死。余滄海只咬到林平之臉上的一塊肉而已，終於死在林平之的手中。

余滄海本是一派宗師，在武林中的名聲地位也不錯。可是他貪婪成性，覬覦別人祖傳的寶物，費盡心機，落得個兒子慘死，自己也身敗名裂，臨死前被仇人追捕、戲弄，淪落成小丑式的人物。他身爲名山大觀的主持，道士中的道長而不知「道」，被名利所束縛，下場可悲又可笑。武當山的沖虛道長主持正義，余滄海則心邪而充滿惡念，同是出家人，身繫於名門正教，結局完全不同。「人必自辱，然後人才辱之。」，「自作孽，不可活。」這都是余滄海給人的深刻教訓。

4.最終失敗的東方不敗

東方不敗年幼時家境貧寒，十一歲時認識魔教童百熊，得到他的多年救濟，父母世故後無以爲葬，喪事也由童百熊代爲料理。當年在太行山，他練功未成之時，被潞東七虎偷襲、圍攻，右手受了重傷，童百熊捨命將他救出。他在日月神教做到風雷堂長老座下的一名副香主後，任我行不斷破格提拔他，連年給他升職，將本教至寶《葵花寶典》也傳給他，指定他將接替自己爲本教教主。野心膨脹的東方不敗想提早搶班奪權，於是處心積慮要謀奪任我行的教主之位，翦除任我行的羽翼。他的這番計謀只有任我行、向天行心知肚明。他又用計謀將任我行擒至西湖底下關押。他接掌日月神教大權時，朱雀堂羅長老心中不服，口出怨言，童百熊殺了此人，教內就無人再敢反對。東方不敗做穩了教主，倒也能善待任盈盈。他專心練習《葵花寶典》揮刀自宮，練成神功，卻已無心於權力，喜聽屬下諛辭，又不理教務，一切由男寵楊蓮亭代掌大權。

東方不敗的駐地有多重險要，外人插翅難入；本教衆徒迫於淫威都表忠誠，他本人又有絕世神功，故而自以爲立於不敗之地。其最終落敗的原因，一是拋棄忠良，聽信楊蓮亭一人讒言，連有大恩於己又忠貞不二的童百熊也隨意處死；二是對手智力超群，對方用智謀通過一道道險要關口，又用智謀消解他武功的威力，終於置他於死地。這再一次證明了一條眞理：世界上最厲害的是智取，而非力敵。

東方不敗用一根寸長細針，與任我行、令狐沖、向問天、上官雲四大高手決戰，令對手連連受傷，自己卻毫髮不損。任盈盈劍刺楊蓮亭，東方不敗心疼情人，轉身去救，才給敵手殺死，臨死前還刺瞎任我行右目。如無盈盈此計，東方不敗必勝強敵，如單打獨鬥，更是所向無敵，戰無不勝。

令狐沖的獨孤九劍威力無窮，東方不敗用針即可撥開刺來之劍而且遠遠盪開去，令狐沖只能用兩敗俱傷的無賴手法抵擋，被他刺中二針，還差點瞎了左目，後來自臉上被刺的針孔，多得難以計數。連盈盈左頰也劃開一道，以後要留下疤痕，盈盈為此鬱鬱不樂，令狐沖開導她小小破相，不要介意，才覺釋然。

以東方不敗說明掌權者腐敗（包括要人拍馬奉承，也是一種腐敗），那麼力量再強大，最後也難逃必敗。東方不敗練神功最道地，武功也最強，可是走入邪路，所以落敗。

防不勝防的江湖凶惡諸敵

令狐沖與金庸所塑造的衆多大俠、名俠一樣，除上述衆人外，另有衆多凶惡陰險的強敵或明或暗地分布在周圍，眞是衆敵環視，總無寧日，稍不留心，即被吞噬。其中最危險的敵人，除了岳不群，便是林平之。

1. 先正後邪的變態殺手林平之

林平之作為令狐沖的對手，有兩重意義。其一，他是情場上的對手，也稱情敵，他奪走了令狐沖初戀的情人岳靈珊，令狐沖為之痛苦多時；其二，他是令狐沖武林中凶險的勁敵。

林平之是福州福威鏢局的少鏢頭，是總鏢頭林震南的獨生子。母親是洛陽金刀王家王元霸的女兒。他出生於武學世家，又是分局遍布東南、聲名卓著的大鏢局的未來繼承人，有著錦繡前程。他的相貌像他母親，眉清目秀，甚是俊美。總之，他極得造化青睞，享受著相當完美的人生。

但「天有不測風雲，人有旦夕禍福。」林家藏有祖傳的《辟邪劍譜》，妙在震南、平之父子不知家有巨寶，而天下巨豪卻無人不知，他們的羨慕、貪婪的目光，從遙遠的各處早就環視著東南寶地福州，將福威鏢局籠罩在刀槍棍劍組成的天羅地網之中。遠在四川的青城派掌門余滄海先下手爲強，他派出以兒子余人彥爲首的一小隊人馬探路，他又用暗殺手段，將約有二百來人的鏢局殺得心寒膽顫，如鳥獸散。林家終遭滅頂之災，林震南夫婦受盡驚嚇凌辱後慘死，林平之孤身淪落江湖，四處逃逸。

林平之雖有紈袴習氣，卻有剛烈正直的性格，這使他在家破人亡之前，先已得到一個復仇的資本；在郊外小酒店中，余人彥欺凌酒家少女時他挺身指責，角鬥中刺死了這個惡少。余滄海落得一個出師未捷，未奪得《辟邪劍譜》子先死，林平之已預先報得部分之仇。青城派以血線爲界，圍殺鏢局時，林平之又挺身而出，越過血線，斥罵敵方殺害無辜，又不敢現身，宣告「大丈夫一人做事一人當」，要索命的儘管來殺我林平之，頗有骨氣。

林平之戰不過強敵，只能逃亡。爲了活命報仇，他穿上死人的衣服；飢不擇食時看到路旁的龍眼，伸手可取，卻想到「我怎能做賊盜的勾當」，「寧做乞兒，不作盜賊。」討食時被農婦臭罵，他只好將罵語與討來的玉米棒子一起吞下：「今後須得百忍千忍，再艱難恥辱的事，也當咬緊牙關，狠狠忍住。給這鄉下女人羞辱一番，又算得什麼？」逃亡途中，被青城派的洗腳臭水淋了一頭一身，也仍是忍氣吞聲。在衡山被余滄海扣住手腕，他痛入骨髓，大顆汗珠從額頭上紛紛滲出，他還下不了手，但絕不吭聲，以沉默相對抗。他向木高峰當衆跪下叩頭，連叫「爺爺」，支撐他這樣做的觀念是：「小不忍則亂大謀，只須我日後眞能揚眉吐氣，今日受些折辱又何妨？」眞正做到了「大丈夫能屈能伸」，「龍門能跳，狗洞能鑽」的忍勁和狠勁。

他還曾救過一次令狐沖，用的是聲音，而不是武功。

投入岳不群的門下後，他刻苦練習武功。他善於討好岳靈珊，抓住岳不群暗中拋給他的機會，成功地在短時間內從令狐沖手中奪到岳靈珊的綿綿情意。當一群黑道高手擊敗華山派師徒，向他強索《辟邪劍譜》時，他寧願自戕也不肯連累師門。可是當他識破岳不群的陰謀詭計後，產生以邪惡對抗邪惡的心理；在發現、得到《辟邪劍譜》後，自宮練武，心理徹底變態，正氣、仁義全失，所以向青城派挑戰復仇時，凶惡狠毒，被木高峰的毒汁弄瞎眼睛後又投入嵩山派，他以殺害岳靈珊來表白自己徹底背叛華山派，向左冷禪表忠心，又妄圖殺滅被岳不群騙入華山思過崖山洞的五嶽高手，結果被智勇雙全的令狐沖生擒。令狐沖遵從岳靈珊不殺林平之的懇求，將他關在當年任我行蹲過的杭州梅莊的地牢中，不讓他危害江湖，希望他能在孤獨中反省自己一錯再錯、陷入罪惡的一生。

對於後期的林平之，著名香港學者楊興安先生作了全面準確的評價：

自從在絕崖偷回劍譜，苦心孤詣，練就辟邪劍法，林平之便得勢不饒人。人在江湖，豈無恩怨。我們對他似乎不能苛責。但大丈夫行事首重光明磊落，恩怨分明。林平之作踐妻子岳靈珊，對大師兄令狐沖的嫉妒，便是不該。這不是大丈夫行為。既然知道罪首原魁是岳不群，與女兒無關，所以對岳靈珊無情亦應有義。與岳靈珊日夕相伴，而不明她的心意，則是不智。投靠左冷禪後將全眾困在華山石洞內，濫殺無辜，則是不仁。林平之藝成之前是大忍、大勇的一個人物，但藝成之後，卻是一個不智、不仁的卑鄙小人。因一己之不幸，而欲令天下之人皆不如意。心胸狹窄，怨氣沖天。他的不幸，與他的怨毒狹隘，不無關係。但人品之高下，總以器量、行為依歸。

（楊興安《金庸筆下世界》，香港大同出版社）

蘇嶝基先生評林平之的狠心殺妻和結局說：

岳靈珊對他一往情深，他自宮不能人道時仍然嫁給他，僅有夫妻之名而無其實，在那種情況下，他性情變得怪異陰邪，她依舊對他百般呵護，委屈萬狀。但林平之，他恨岳不群的陰險，連她也恨上了，為了托庇於左冷禪，表明心跡，他居然一劍連這個舉世間唯一對他最好的人也殺了。人性可以卑污到這樣程度，令人掩書三嘆。

林平之堅百忍而狠絕，終於證明他林家的《辟邪劍譜》非浪得虛名，證明福威鏢局歷代總鏢頭非欺世盜名之輩，如此而已。後來他被關在西湖梅莊地底，在旁人看來，是悲慘收場，但就他自己而言，恐怕不會有什麼悲切或後悔，因為他報了父母大仇，雪去鏢局被剿滅的恥辱，能達成此長久努力的目標，他可能再不覺得有什麼遺憾了。

他的不顧恩義，無所不為，與岳不群相近，而陰狠堅忍則有過之，這師徒二人，比《笑傲江湖》書中其他邪派魔頭還叫人驚慄。（蘇嶝基《金庸的武俠世界》，中國友誼出版公司）

令狐沖不幸遇到這兩個極端狠毒陰險之徒，而且還長年與他們共同相處，吃足了苦頭，但艱難玉成，他因此而成就了大器。

2.金刀王家的父子祖孫

岳不群怕強敵攻山，率眾南下福建，想避過劫難。途經河南，林平之的外公外婆家即在洛陽，他很想拜見外公外婆，並建議岳不群師徒在外祖家盤桓數日。其外公即「金刀門」的掌門、金刀無敵威震中原的王元霸。王元霸既然能在洛陽名城稱王稱霸，自然氣勢不凡。岳不群會面時見那王元霸已有七十來歲，滿面紅光，顎下一叢長長的白鬚飄在胸前，精神矍鑠，左手嗆啷啷的玩著兩枚鵝蛋大小的金膽。武林中人手玩鐵膽，甚是尋常，但均是鑌鐵或純鋼所鑄，王元霸手中所握的卻是兩枚黃澄澄的金膽，比之鐵膽固重了一倍有餘，而且大顯華貴之氣。其子王伯奮、王仲強，即林平之的兩個舅父，在鄂豫一帶武林中也名頭甚響。兄弟倆都身材甚高，只王仲強要肥胖得多。兩人太陽穴高高鼓起，手上筋骨突出，顯然內外功造詣都甚了得。岳不群與林平之一到洛陽，父子三人到客店拜會，並悉數接回家中宴請、留宿、熱情招待。

令狐沖在宴席上喝得酩酊大醉，次日帶著王元霸所贈四十兩銀子到小巷酒店中輸得精光，又於發生爭執後被幾個無賴打得眼青鼻腫，幸虧林平之攜岳靈珊與表兄妹出遊而歸，路過此地將他救回。王家兄妹對華山派首徒如此狼狽，竟連流氓地痞也打不過，深感詫異。

第五日，王仲強的小兒子王家駒來告訴令狐沖，那日打他的七個無賴都被他找來，鞭打一頓，令狐沖自認為那日酒醉失態，並不怪罪對方。王家駒見他不領情，還語帶諷刺，正在生氣時，其長兄王家駿奉命前來盤問《辟邪劍譜》，接著又動手在他身上抄搜，又打得他手臂脫臼骨折。令狐沖因內傷極重，內力全失，毫無招架之功，被他們從懷中搜出《笑傲江湖》曲譜。兩人以為搜到劍譜，喜報，一掌打得他滿口是血，拎起來，提到花廳中，請王元霸發落。王元霸等不識此譜，於是大家押著令狐沖，到綠竹翁處，經鑑定，確是樂譜，王元霸祖孫五人與岳不群等才面目無光地掃興而歸。

林平之建議岳不群率眾去洛陽外祖家，表面上僅是順路過訪，實際上同時想讓岳不群父女與王元霸會面，有利於自己與岳靈珊之戀的發展，更想藉王元霸的力量，向令狐沖要回《辟邪劍譜》，用心良深。

王元霸父子作爲令狐沖的前輩，在場面上頗能保持禮節，對令狐沖以禮相待。對令狐沖的初見失禮和酒醉後的失態，也都能忍讓。王伯奮、仲強兄弟命王家駿盤問令狐沖，也先曾叮囑他善意套問，不可得罪了客人。後因令狐沖神情傲慢，不將自己放在眼裡，才衝動起來。王家駿、家駒兄弟自認爲盤問的理由充足：令狐沖受林氏夫婦所託，要轉告林平之的便是劍譜秘藏之地；正因令狐沖將劍譜竊爲己有，暗自偷練，數月之內才能劍術大進，連敗多個高手。後來驗明搜出之物是樂譜，王家父子祖孫五人無可奈何，此事便不了了之。他們不敢過分得罪華山派，所以放過了令狐沖，在送別等場面上，令狐沖白眼相對，漠然渺視，王氏衆人裝作不見，繼續採取是忍耐、謹慎的態度。金刀王家的霸道並未顯示出來。

綠竹翁爲令狐沖送行，奉命恭呈「姑姑」的臨別「薄禮」。王家駿、家駒兄弟將一口惡氣出在這糟老頭兒身上，二人挺肩要將這個衰翁撞下洛水，大大地削一下令狐沖的面子。

王元霸自感是有家有業之人，孫兒如撞死老翁，官府查究起來那可後患無窮。他尚穩重，而兒孫則年少氣盛，不顧後果。兄弟倆四臂脫臼，飛落水中後，其父王仲強伸出雙手，往綠竹翁背上猛力抓落，結果也被震飛，騰空數丈而落。目睹此狀，王元霸心下盤算，憑著自己本事，未必對付得了這個老人，若要岳不群出手相助，勝了也不光彩，索性不提此事，含糊過去，反正那老人手下留情，沒將兒子震倒震傷，已然給了自己面子。

王元霸已七十高齡，卻並不是越老越糊塗，也不衝動行事，能冷靜地估量情勢，正確估算雙方力量，有自知之明，知道與岳不群聯手也並不穩操勝算，即使勝了猶敗，也無光彩，更能正確領會對方手下留情、給自己面子的好意，並能正確地以退讓了事。王元霸與別的武林掌門或避居江湖，或占山爲王不同，他竟身居名城鬧市，還結幫拉派，又竟能數十年屹立不敗，此因他具有上述思維與處置能力。

他的兒孫卻不知忍讓，不懂妥協，有時便露霸道。更無識人能力，令狐沖因內傷在身，他們才能逞一時之能，如非王元霸壓著他們，息事寧人，令狐沖日後來報仇，豈非後患無窮？綠竹翁則讓他們當場出彩，父子三人打輸卻仍懵懵懂懂，而不知乃祖卻心有餘悸，心懷憂慮；王元霸眼見綠竹翁緩緩遠去，心頭實是一股說不出的滋味，尋思：「這老兒自是令狐沖的朋友，只因孫兒折斷了令狐沖兩條胳臂，他便來震斷他二人的胳臂還賬。我在洛陽稱雄一世，難道到得老來，反要摔個大筋斗嗎？」憂慮得有理。憂慮之餘，趕忙又問：「岳先生，這人是什麼來歷？老朽老眼昏花，可認不出這位高人。」問得也有理。他如知曉綠竹翁是任盈盈手下的魔教中人物，他還大大的要長久憂慮，甚至舉家逃走呢。

事後華山派衆人議論此事並感嘆綠竹翁的武功了得，岳不群嘆了口氣，說道：「但願此事就此了結，否則王老爺子一生英名，只怕未必有好結果呢。」

綠竹翁是個穩重有仁義的識途老馬，王元霸堅持冷靜謹慎處事，綠竹翁無疑已適可而止，而王元霸懂得認輸妥協之必要，災禍也便消弭於無形了。

3. 隱蔽深藏的奸險勞德諾

勞德諾在全書開首的化裝成講北方話姓薩的白髮老人，與化裝成青衣少女的岳靈珊在福州郊區向老蔡買下一家酒肆。他奉師父岳不群之命，去福建去實地旁觀青城派報復福威鏢局的惡鬥戰況，事後又帶著岳靈珊到衡山與華山派衆人會合。

待林平之逃到湖南衡山，在茶館又見他倆時，勞德諾看上去是一個「老者」；在劉正風大廳上，大家看到他的面目是一個乾癟老頭子，鬍子一大把。

勞德諾帶藝投師，此時令狐沖已在岳不群門下十二年，他在師兄弟中排在大師兄令狐沖之後，名列第二，武藝也僅次於令狐沖之後，他帶藝投師時，已在江湖闖蕩多年，所以年齡已很老了。岳不群沒想到他是嵩山派左冷禪派到華山派內臥底的奸細。岳不群竟派他去偷窺余滄海率衆與林震南惡鬥，伺機盜回《辟邪劍譜》。

勞德諾在華山派中發揮很大的破壞作用，尤其給令狐沖以極大的傷害。第一次，他暗殺陸大有，竊走《紫霞秘笈》，使令狐沖失去一個赤膽忠心地幫助自己的好師弟，令狐沖在華山派徹底處於孤立無援的艱難地位，令狐沖又背上失手誤殺師弟的冤案和私吞秘笈的極大嫌疑。第二次，在福威鏢局內，嵩山派白頭仙翁卜沉和禿鷹沙天江搶到《辟邪劍譜》，被令狐沖守候在外瞧見，令狐沖帶著沉重內傷與兩人惡戰，殺了他們，奪回劍譜，掙扎著回到林宅門口昏倒，勞德諾從岳不群處偷走劍譜，令狐沖本已背上私吞劍譜的極大嫌疑，此非雪上加霜？勞德諾所做的一切，都幫了岳不群的大忙。

接著嵩山派鍾鎮等人來問罪，令狐沖又戰勝他們。此時，恆山派女尼也來到此地，助令狐對敵。鍾鎮等戰敗退走後，岳不群反而指責令狐沖學習任我行的吸星妖法，儀和怒斥岳不群「全無義氣，浪得虛名」，勞德諾向衡山派挑戰，被對方刺中六劍。勞德諾大驚，急向後躍，拍的一聲，懷中掉下一本冊子——日光照耀下，人人瞧得一清二楚，只見封面上寫著「紫霞秘笈」四字。勞德諾當場逃走，他殺死陸大有，竊走秘笈的秘密終於水落石出。令狐沖殺死師弟、吞沒秘笈的冤案雖已洗清，但他私吞劍譜的冤案卻被勞德諾幫助鑄成，依舊處於極度的困境中。岳靈珊爲此視令狐沖爲第一號大敵。

勞德諾的一切，實際上未逃過岳不群的眼睛。岳不群爲實現做五嶽派掌門的目的，故意收勞德諾在門下達十餘年之久，不揭穿他的來歷，末了讓他盜了一本假劍譜去，害左冷禪練錯功夫，被岳不群刺瞎雙眼。岳不群奪到劍譜之時，本要殺死林平之，他一劍砍在林平之背上，因爲受重傷倒在地下的勞德諾輕輕咳嗽了一聲，岳不群不敢逼留，立即回入屋中，未及致林平之於死命。勞德諾此舉實際上救了林平之一命，從而爲令狐沖留下一個勁敵。

勞德諾另外殺了一個老人，將他面目剁得稀爛，將自己的衣服套在死人身上，使人們以爲他是給人害死了，更使令狐沖在被冤指偷盜私藏《辟邪劍譜》的同時又背上殺死勞德諾的黑鍋。

在五嶽掌門比武之後，林平之與岳靈珊乘大車而行，青城派衆徒替余滄海報仇，包圍、火攻大車，勞德諾也暗藏在此車中，用辟邪劍法殺退敵手，救下雙眼已瞎的林平之，又告訴他，自己是左冷禪的三弟子，潛入華山派門下和岳不群在福州林宅門前砍傷自己和林平之，殺八師弟英白羅，搶走劍譜的經過，又引誘林平之殺妻岳靈珊，然後隨他投奔雙目已瞎的左冷禪，一起向岳不群報仇。

左冷禪設計引誘五嶽派群豪進思過崖山洞觀看壁上的石刻，令狐沖和任盈盈也被困洞中，兩人賴智勇殺死左冷禪及其部衆，出洞後被岳不群罩入漁網，在儀琳的幫助下又智殺岳不群。此時勞德諾趕來，儀琳不敵，令狐沖用漁網長繩拖倒他，儀琳將他砍成重傷，但又被他逃走。此後他又投奔任我行，奉承諂媚，想當日月教長老，卻因自練辟邪劍法不得法而自廢武功。任我行死後，盈盈將他與兩個大馬猴鎖在一起，放在華山上，隨猴亂蹦亂跳。因爲陸大有生前愛猴，盈盈用此法懲罰這個惡徒，讓他生不如死，多吃些苦頭再死。

勞德諾已是一個老人，一大把年紀卻猶如活在狗身上，他愚忠凶惡的左冷禪，成爲他的忠實走狗。他在華山派臥底，耍了不少陰謀手段，看上去很會動腦子，卻是一個沒有腦子的人。殺死善良忠厚的陸大有，陷害同樣善良忠厚的令狐沖，陰險殘忍，無情無義。他又不自量力，竟然也去練《辟邪劍譜》，結果不像東方不敗、左冷禪、岳不群、林平之那樣，雖然喪失人性，倒也練成驚世武功，還可縱橫江湖，一時稱雄。他呢，練錯了，反而廢了武功。正是竹籃打水一場空。勞德諾這樣的人，糊塗了一世，白活了一世，也作惡了一世。最後的下場，與慕容復發瘋，在荒山野嶺過野狗一般的生活也同樣悲慘。這可給現代陷入黑社會組織，充當匪類的人物敲起警鐘，在黑道中鬼混，沒有好下場。

4.青城派和嵩山派諸惡徒

令狐沖闖蕩江湖，有好多人要取他性命。他第一個遇到的是青城派余滄海的徒弟羅人杰。在衡山酒樓上，令狐沖從田伯光手中救出儀琳，在與田伯光的惡鬥中受了重傷。田伯光在「坐鬥」中認輸而走，羅人杰拳打令狐沖，儀琳上去抵擋，他一面取笑說：「小尼姑見小賊生得瀟灑，動了凡心啦！」一面在儀琳左頰上捏了一把，還哈哈大笑。令狐沖大怒，羅人杰再去打他，被他擊敗，竟下樓拿了劍來，侮辱身受重傷的令狐沖，一劍刺入他的胸膛。令狐沖中劍後，笑了笑，假裝低聲告訴儀琳關於《辟邪劍譜》藏處的秘密，引羅人杰走近俯身偷聽，令狐沖一劍刺死了他。

第二個遇到的是嵩山派第四師弟費彬。此人四十來歲，中等身材，瘦削異常，上唇留了兩撇鼠鬚。武功甚高，一套大嵩陽手武林中赫赫有名。他阻擋劉正風金盆洗手，誣陷劉正風與魔教教主東方不敗勾結，要危害江湖，帶領眾師弟殺害劉正風全家和衆徒。劉正風制服他後，饒了他性命，他恩將仇報，又緊追不捨，在荒山野嶺人跡全無之處，不僅要殺死劉正風和曲洋祖孫，還要殺令狐沖和儀琳滅口。費彬心腸狠毒，殺死曲非煙後，挺劍刺向令狐沖，莫大現身相救，殺了這個惡徒。

這兩個惡徒的共同特點是乘人之危，一出手便置人於死地，又都口吐穢言，譏笑儀琳思凡，看中了令狐沖。令狐沖技不如人，全靠僥倖保命。第三次也是如此。他與田伯光在華山上相遇，兩人都已受重傷，嵩山派惡徒狄修來華山搜尋，要剝光兩人衣服拿到江湖上去示衆，正好不戒和尚陪女兒來尋令狐沖，他將狄修丟下山去，令狐沖才脫了此難。

在令狐沖與岳不群及華山派全體人馬離開華山前夕，有十五個蒙面客來搜尋劍譜，他們殺死梁發，威逼岳不群。接著華山劍宗封不平、叢不棄和嵩山派第二太保托塔手丁勉、第三太保仙鶴手陸柏、第七太保湯英鶚也闖來，封不平要奪岳不群的掌門，令狐沖與他鬥劍，用獨孤九劍破了他，衆人退走。十五個蒙面客卻不走，爲首的蒙面老者起先曾揭穿岳不群收林平之爲徒的陰謀，此時竟與令狐沖爲敵：「今晚見識了閣下的精妙劍法，原當知難而退，只是我們得罪了貴派，日後禍患無窮，今日須得斬草除根，欺侮你身上有傷，只好以多爲勝了。」說著一聲呼嘯，其餘十四名蒙面人團團圍了上來。令狐沖被迫應戰，用獨孤九劍「破箭式」一瞬之間刺瞎了十五人的三十隻眼睛。

這十五個蒙面客是左冷禪派來的武林高手，岳不群和寧中則夫婦遠不是他們的對手。他們戰勝和擒住華山派師徒顯得游刃有餘。這些人品格卑下，出語和舉止粗魯、傲慢，對寧中則、岳靈珊母女的態度輕浮中帶著淫邪，終使令狐沖忍無可忍，以重創之軀，勉力一搏，展示獨孤九劍的無窮威力。最後這十五個人左手各牽同伴的腰帶，連成一串，七高八低，在大雨中踐踏泥濘狼狽而去。後來這十五個瞎子在華山思過崖一片漆黑的山洞中受左冷禪指派要殺盡其他諸派群豪，更想殺死令狐沖，結果反被令狐沖藉死人骨頭發射的微弱磷光全部刺死。

左冷禪派到福州搜尋《辟邪劍譜》的「白頭仙翁」卜沉、「禿鷹」沙天江，比岳不群、林平之機警，果眞識破機關奪得劍譜。令狐沖要奪回劍譜，兩人見令狐沖發現自己盜譜要殺人滅口，雙方惡鬥，白髮老者卜沉先攻，被令狐沖一劍刺死。禿頭老者來救，被削斷手腕，不肯投降，用匕首自殺，死前表示：「一生橫行江湖，罕逢敵手，今日死在尊架劍下，佩服佩服……」此人寧死不屈，又公然服輸，倒是一條漢子，得到令狐沖的敬重。

令狐沖路遇恆山派被化裝成魔教的嵩山派襲擊，出手相助，與他們多人格鬥；路遇向問天，又與泰山派多人格鬥，救出向問天；在魔教內部的奪權鬥爭中，又與前來暗殺盈盈和自己的多個教徒惡鬥。以上有名有姓的對手約有二十人之多，其中以「滑不溜手」的游迅最奸滑無恥，他們七人圍殺令狐沖、盈盈，結果都被令狐沖用智計消滅，只有周孤桐和吳柏英夫婦，盈盈念他們夫妻情重，都願以自己的死來換取對方的活命，赦了他們的性命。

令狐沖除恆山派和衡山派之外，強敵遍布各派。其中青城派、嵩山派，幾乎都是他的敵手。魔教中有部分敵手。泰山派，他在救向問天和思過崖洞中混鬥時，也與多人成爲敵手。華山派則有岳不群、林平之兩個勁敵，岳靈珊也多次與他爲難。又與少林寺方證、方生和武當派沖虛交過手，這是另一性質的爭鬥。

縱觀諸派與令狐沖惡鬥的徒衆，都是只有軀殼，沒有靈魂的人。他們甘受左冷禪之流的驅使，不分是非善惡，有的本性原惡，與令狐沖搏殺，雖自恃武藝高強或人多勢衆，總想以強凌弱，最後大多死於非命。這是金庸給當今社會中淪爲黑社會勢力的惡徒、打手、殺手的一面鏡子，一個警告，頗有現實意義。

令狐沖的人生哲學

處事篇

光明磊落，以誠待人

令狐沖為人光明磊落，待人處世以眞誠為原則。他在去衡山途中救助儀琳，在黑暗的山洞中與田伯光交手時，本可用偷襲手段，廢掉對方的一條手臂，但他刺中之後，馬上縮回，事後他對田伯光說：「我是華山弟子，豈能暗箭傷人？你先在我肩頭砍一刀，我便在你肩頭還了一劍，大家扯個直，再來交手，堂堂正正，誰也不占誰的便宜。」令狐沖的武藝遠不及田伯光，正式交手，必敗無疑，他明知如此，卻不肯在偷襲得手之時，令其斷臂，從而徹底喪失武功優勢，讓田伯光感激而且感動。後來田伯光扛美酒、上絕崖，前來看望，令狐沖也感激而且感動；他坦然飲酒，又使田伯光也深為感動：「大丈夫，好漢子！」「田某是個無惡不作的淫賊，曾將你砍得重傷，又在華山腳邊犯案累累，華山派上下無不想殺之而後快。今日擔得酒來，令狐兄卻坦然而飲，竟不怕酒中下了毒，也只有如此胸襟的大丈夫，才配喝這天下名酒。」令狐沖卻又淺嘗輒止，不肯痛飲美酒，將酒壇踢下懸崖，雖自知武功遠不及對方，仍大義凜然地聲討說：「你我道不同不相爲謀，田伯光，你作惡多端，濫傷無辜，武林之中，人人切齒。」，「別說兩大壇美酒，便是將普天下的珍寶都堆在我面前，難道便能買得令狐沖做你朋友嗎？」後來田伯光身受重傷，又有改邪歸正之意向，岳不群嚴命令狐沖殺死他，令狐沖平時敬畏師父，不敢半點不順從，這次竟違背師命，情願以自傷作爲推諉，也不肯乘人之危，順水推舟地藉師命戕害無辜。他堅持光明磊落的態度，得罪師父也在所不惜。

與江南四友比武時，儘管他已看出向問天「知我沒半分內力，卻用這些言語擠兌人家。」他還是坦承：「小弟的內力使將出來，教三位莊主和丁施二兄笑掉了牙齒，自然是半分也不敢使。」因爲先已講明雙方只是印證劍法，點到爲止，他刺中丁堅手掌時，嚴守承諾，轉劍相讓，丹青生感激地說：「你宅心仁厚，保全了丁堅的手掌，我再敬你一杯。」黑白子出手時，以書法之理攻人，令狐沖又感謝對方理讓並坦承：「多感盛情。晚輩識字不多，三莊子的筆法，晚輩定然不識。」在盛行霸道，以面子爲重的武林中，公然示弱。

令狐沖在洛陽東城拜訪綠竹翁時，綠竹翁向盈盈請教琴譜，他既不能直呼芳名，又不能按教內規矩稱她為「聖姑」，就變通一下含糊地稱為「姑姑」，十分得體。令狐沖因欽佩他錯以為是婆婆的任盈盈琴藝高明通神，能治人內傷和心病，能觸動和接通人的心靈，他便坦然地將苦戀岳靈珊，又被岳靈珊拋棄的經過和心中的痛苦，原原本本地向她傾訴。他對岳靈珊的愛，光明磊落，他對失去愛所感受的痛苦，也光明磊落。一個人最隱密的是愛戀之感情。令狐沖如此光明正大地對待愛，使任盈盈感動之極，同情之極，不僅激發了盈盈的愛心，也激發了盈盈的母性，盈盈忍不住要開導他：「緣」之一事，不能強求。古人道得好：「各有因緣莫羨人。」又忍不住安慰、鼓勵他：「令狐少君，你今日雖然失意，他日未始不能另有佳偶。」盈盈此言雖非自薦，也非自許，但在潛意識中，盈盈的心扉已被令狐沖的誠意打開。「誠之所至，金石為開。」千古格言，信非虛言！令狐沖從未向盈盈求愛，他甚至還不知盈盈是個美麗聰慧、柔中有剛、妙不可言的妙齡少女，這位又怕羞、又嬌貴、自尊心極強的魔教少女竟會主動地愛上這個異教徒，這個內傷極重又狼狽地淪落江湖的青年，於是與君同行，闖蕩江湖，又調動屬下朋友為他治傷，最後背他上少林，用自己的一命去換令狐沖的一命。這究竟為了什麼？盈盈為什麼會愛上令狐沖？

原因就是令狐沖對岳靈珊赤誠的愛，感動了盈盈。盈盈認為令狐沖的光明磊落與至誠之愛，以後會轉移到自己的身上，岳靈珊已代她任盈盈考驗過了令狐沖，令狐沖這個至誠君子是她可遇不可求的理想佳偶。令狐沖對岳靈珊的全部愛意，被任盈盈所接受，好比武功中的乾坤大挪移或吸星大法用在了情場上，盈盈照單全收。盈盈的無比聰慧和當機立斷的魄力，令我們欽佩，同時也使人們堅信光明磊落，以誠待人，好心人也往往會得到應有的好報。

令狐沖知道盈盈捨身救他並被囚少林後，他要報答盈盈無比深厚的情意，帶領群豪大張旗鼓地上少林寺去搭救盈盈，要讓天下好漢都知道他對盈盈的愛，儘管她是武林正派所鄙視的魔教「惡」女。他以這樣光明磊落的態度堂堂正正地宣布他對盈盈的愛。

少林寺方證長老要收他為徒，傳他秘經，治他內傷。他不領受方證的此番美意：「晚輩既不容於師門，亦無顏改投別派。兩位大師慈悲，晚輩感激不盡，就此拜別。」不講半句假話，拒絕高僧天大的恩德，也老老實實地拒絕。

任我行兩次宣稱，要令狐沖入教，以後必將掌門之位傳給他，他也兩次坦誠地拒絕，儘管早已明白這要大大地得罪這個殺人不眨眼的魔頭，而且也眞的換取了殺身之禍，後來因意外原因才得倖免。

令狐沖光明磊落，以誠待人的處世哲學，獲得定閒師太的讚賞和信任，她不知這位曾經假扮軍官的令狐沖是何許人，即以恆山派的掌門之重任相授。令狐沖在江湖上背著「無行浪子」的惡名，恆山派女尼已是迷途羔羊般的可憐，面對這群善良、弱小的女性群體，令狐沖以光明磊落，以誠待人的自信，以青年男子之身，擔此重任。正是在恆山派先師中道崩殂之時，令狐沖受任於危難之際，成爲恆山派衆尼的掌門師兄。他那尊重、保護女性的美德，終於代爲美名而名揚天下。

對待不戒、啞婆的逼婚，甚至他們願將儀琳許他爲妾的美意，在封建時代三妻四妾盛行的社會中，令狐沖堅辭不受。顯示了他對不戒、啞婆的誠實不欺，對善良至誠少女儀琳的尊重與摯誠，對盈盈愛情的無比忠誠。

令狐沖心地光明到極點，無事不可與人坦承。

令狐沖以誠待人，不僅在公開場合如此，他在個人自處時也能做到慎獨和自律。令狐沖在思過崖後山洞發現石壁上鑄刻著魔教高手以驚世高招破除五嶽派傳世武功和比傳世武功高明的失傳武功，他在驚駭之餘，對本派武功的信心全失，感到自己從師父身上學到再多本事也無濟於事，本門前輩中的最強高手也如石壁上刻著的那樣，只能跪地投降，他氣惱得要削平這些圖形，正要舉劍及壁，突然想到：「大丈夫光明磊落，輸便是輸，贏便是贏，我華山派技不如人，有什麼話可說？」後來想到五嶽派在江湖上揚威立萬，實屬欺世盜名，如果這些圖形洩露出去，後果不堪設想，又想消去這些圖形，沉吟良久，終於作罷：「這等卑鄙無恥的行徑，豈是令狐沖所爲？」他明人不做暗事，以光明磊落誠待天下古今武林。

慷慨大度，屈己讓人

令狐沖不僅在平時，而且在處境不利的情況下依舊慷慨大度，事事屈己讓人。

在衡山城內酒樓上，令狐沖再次要救儀琳，此時他已受傷，與田伯光搏鬥更處下風。而就在此時。泰山派遲百城撥劍攻殺田伯光，反被他一刀刺死，天松道長續攻二、三十劍，田伯光坐在椅中隨手招架，無動於表。他指斥令狐沖與田伯光同流合污，田伯光隨手一刀，即致其重傷。令狐沖見他衝下樓去。想追下去相救，田伯光拉住他：「這牛鼻子不死，今後你的麻煩可就多了。剛才我存心要殺了他，免你後患，可惜這一刀砍他不死。」令狐沖笑道：「我一生之中，麻煩天天都有，管他娘的，喝酒、喝酒。」他引住田伯光，不讓他下去追殺天松，儘管剛才此人無理斥罵自己，明知此人不死還要危害自己，他還是要救他一命。

華山派全眾下山後在藥王廟宿夜，劍宗封不平、叢不棄在嵩山派支持下，來奪岳不群掌門之職，岳不群夫婦比劍不敵，叢不棄竟出言輕薄，要凌辱寧中則，身患重傷、站立不穩的令狐沖被迫出劍相救，刺傷叢不棄，又擊敗劍術高明的封不平。封不平認輸，又叫道：「那位少年，你劍法好生了得，在下拜服。但這等劍法，諒岳不群也不如你。請教閣下尊姓大名……」令狐沖道：「在下令狐沖，是恩師岳先生座下大弟子。承蒙前輩相讓，僥倖勝得一招半式，何足道哉！」對手下敗將言辭謙恭，又強調對岳不群的敬重，技震全場，卻能在言對中屈己讓人，採取得理讓人，得勝讓人，息事寧人的低調，值得所有一切血氣方剛的青少年學習。

祖千秋偷老頭子的續命八丸，溶入酒內，騙令狐沖喝下，想治好他的內傷。老頭子告訴令狐沖，他練此藥之艱辛和救女兒的苦心。令狐沖極表歉意，又刀斬腕脈，將自己的鮮血盛在碗中，逼病女喝下。他失血過多，昏了過去，醒後對老頭子笑言：「在下的內傷非靈丹妙藥所能醫治，祖前輩一番好意，取了老前輩的『續命心丸』，來給在下服食，實在是糟蹋了……但願這位姑娘的病得能痊癒……」說到這裡，又昏了過去。令狐沖毫不責怪祖千秋的冒失與壞事，對他想救治自己的美意則心存感激，又不惜自己失血，要彌補過錯，璧還珍貴藥材，企求少女病癒，一點也不爲自己打算，而且損己利人，再次顯示屈己讓人的高尚風度。

令狐沖在福州林宅老屋看到兩個老者偷襲正在尋找《辟邪劍譜》的林平之和岳靈珊得手後，他們找到了劍譜，越牆而出。令狐沖在後跟蹤，他們突然轉身，砍傷令狐沖，令狐沖仍緊盯不捨，並識破他們偷盜劍譜的行徑。兩個老者要追殺他滅口。令狐沖一劍刺死一人，另一劍砍下另一人的右臂，令狐沖不計剛才兩人砍傷、追殺之仇，言辭謙恭地表達歉意：「在下被迫自保，其實和兩位素不相識，失手傷人，可對不住了。那件袈裟，閣下交了給我，咱們就此別過。」採取息事寧人態度。對方不肯投降，當場自殺。此人雖不領情，令狐沖屈己讓人的大丈夫風度，則給人留下深刻的印象。

當然，令狐沖的屈己讓人並非不講原則地一味委屈自己。大丈夫是非恩怨分明，他對待強敵，在大是大非問題上則立場分明，絕不隨便退讓。兩個老者死後，嵩山派九曲劍鍾鎮、神鞭祁八公、錦毛獅高克新來興師問罪，令狐沖見他們即是在廿八鋪暗算恆山派的惡徒，冷冷的道：「你們三個，到這裡幹什麼來了？」

高克新鄙視他，喝道：「你是什麼東西？」令狐沖笑道：「你們三個，是什麼南北？」用諺語倜侃，接著又譏刺他們：「嵩山派有三個無聊傢伙，一個叫爛鐵劍鍾鎮，一個叫小鬼祁八公，還有一個癩皮貓高克新」，要跟他們算帳。又指斥：「你們嵩山派想將五嶽劍派合而爲一，由你嵩山呑併其餘四派。你們三個南北來到福建，一來是要搶奪林家的《辟邪劍譜》，二來要戕害華山、恆山各派的重要人物。種種陰謀，可全給我知道了。嘿嘿，好笑啊好笑！揭露對方險惡用心，針對敵方賤視自己斥爲「什麼東西」的罵語，反譏他們是「什麼南北」、「三個南北」，辭令極妙。

令狐沖與岳不群最後一次生死搏殺時，令狐沖爲救盈盈而與他決鬥，他有兩次殺死令狐沖的機會。一次是決鬥開始前，岳不群舉劍便往盈盈頸中斬落。倘若岳不群這一劍是刺向令狐沖，令狐沖便束手就戮，並不招架；但岳不群此劍要致盈盈死命，令狐沖不能不救，只好與他惡鬥。第二次，令狐沖要解盈盈穴道，岳不群長劍刺到，他不及避讓，長劍反刺岳之小腹。岳不群讓開，罵他「好狠的小賊！」其實岳倘若不理令狐沖的反擊，一劍直刺到底，已取了他的性命。因爲令狐沖此時無法避讓，使得雖是兩敗俱傷、同歸於盡的反擊法，但他絕不會眞的一劍刺入師父的小腹，情願自己被對方殺死。令狐沖在生死關頭，對岳不群再次顯示屈己讓人，慷慨就死的風度。

令狐沖慷慨大度，多次屈己讓人，固然風格高尙，可是所讓之人，也有小人，他有時不免要吃眼前虧，甚至還有生命危險。如他在初見和救助向問天時，嵩山派大陰陽手樂厚偷襲令狐沖，令狐沖一劍刺穿他雙掌，卻凝劍不動，饒他性命，還心下歉然地大叫：「得罪了！」如此禮讓，樂厚仍乘令狐沖注意他處時，發掌偷襲，令狐沖身子飛落，長劍脫手，被七八人圍殺，向問天用鐵鏈將他捲走，他才逃出性命。

人心難測。一味地屈己讓人，遇到沒有信義的歹徒，反要慘遭毒手，面對此類小人，即使「翻戹撥雷」（fair play，公平競賽）亦屬迂腐。世上恩將仇報的人也有，遑論器量狹小，蠻橫無理者也多。所以屈己讓人，慷慨大度，既要量力而行，更要分析情勢，見機而行。令狐沖量大福大，可是每逢忍讓不當之時，還需吉星高照、貴人相助，才能逢凶化吉，遇難呈祥。

靈慧機變，以智勝人

令狐沖是個聰明絕頂的人物，遇到複雜艱險的環境、事物，都能用靈慧機變的手段坦然處置。

令狐沖在荒山野嶺撞見田伯光欺凌儀琳，山手相救。田伯光武藝高強，令狐沖自知遠遠不敵，就用智計。田伯光將儀琳抱進山洞，欲行非禮。他將田伯光騙出山洞，自己溜進山洞，將儀琳抱起，溜出山洞，躲在草叢中；田伯光搜尋時，他又索性冒險，再進山洞躲避。儀琳向定逸師太介紹這段經歷時，旁聽的聞先生、何三七、劉正風三人不約而同的都擊出了一下手掌。聞先生道：「好，有膽，有識！」

儀琳因令狐沖解開她被封的穴道而感到劇痛，忍不住低呼一聲，又被田伯光發現。田伯光追問姓名，令狐沖一面催儀琳逃走，一面自稱：「我姓勞，名叫勞德諾！」聞先生聽了儀琳的這段追敘點頭道：「這令狐沖爲善而不居其名，原是咱們俠義道的本色。」劉正風已知令狐沖的眞意：「令狐沖冒他師弟勞德諾之名，是有道理的。這位勞賢侄帶藝投師，輩分雖低，年紀卻已不少，鬚子也這麼大把了，他是可做得儀琳師侄的祖父。儀琳的師父定逸這才知令狐沖是爲了顧全儀琳。其時山洞中一團漆黑，互不見面。儀琳脫身之後，說起救她的是華山派勞德諾，此人是這麼一個乾癟老頭子，旁人自無閒言閒語，這不但保全了儀琳的清白聲名，也保全了恆山派的威名。」

令狐沖最後用坐著比武的建議，靠機謀從田伯光魔掌中救出儀琳。

令狐沖爲救儀琳，與田伯光搏鬥，身受不輕的傷勢，好不容易拾得性命，回到華山。大家問起他如何拆解田伯光的刀法，他承認「拚命抵擋也不成，那裡還說得上拆解？」岳夫人馬上拆穿他說：「你這小子既然抵擋不了，那必定是要無賴，使詭計，混蒙了過去。」令狐沖第二次與田伯光搏鬥是他在華山玉女峰受罰面壁，田伯光邀他下山，兩人在峰上苦戰，令狐沖幸賴新發現的山洞中石壁上現學來的武功應對，又裝得好似洞中藏有高手，這位高手在指點他的武藝一般，果然被他應付了很長的時間。風清揚現身指點他武功之後，他假作暈死之狀，要休息一日一夜才能再鬥，實際上他要利用這一日一夜時間向風清揚學幾招獨孤九劍的劍法，以此戰勝田伯光。田伯光見他假裝暈死之狀相當逼眞，信以爲眞，果然同意息一日一夜再戰。風清揚微笑道：「你用這法子取得了一日一夜，竟不費半點力氣，只不過有點兒卑鄙無恥。」令狐沖笑道：「對付卑鄙無恥之徒，說不得，只好用點卑鄙無恥的手段。」風清揚雙目炯炯，瞪著令狐沖，一再追問：「要是對付正人君子，那便怎樣？」令狐沖道：「就算他是正人君子，倘若想要殺我，我也不能甘心就戮，到了不得已的時候，卑鄙無恥的手段，也只好用上這麼一點半點了。」

風清揚大喜，稱讚道：「好！你說這話，便不是假冒爲善的僞君子。大丈夫行事，愛怎樣便怎樣，行雲流水，任意所至，什麼武林規矩，門派教條，全都是放他媽的狗臭屁！」

令狐沖第一次與田伯光搏鬥是仗義救助弱女，第二次與田伯光搏鬥是不受人驅使，維護人的正義和尊嚴，他用智計，師娘說他「要無賴，使詭計」是戲說、調侃，故意誇大其辭，並非眞的指責他「要無賴，使詭計」，至於無辜被殺或爲救人，維護正義反遭人藉道義之口遭誅，當然打得過便打，打不過便用智計，講「卑鄙無恥的手段」，是令狐沖文化程度不高，辭不達意而言辭不當，正確地講是「機變手段」，運用兵不厭詐的原則，不犯宋襄公之流蠢豬式的仁義道德的歷史錯誤而已。

令狐沖在浙閩交界處，假扮將軍，幫助恆山派師徒殺退偽裝成魔教的嵩山派的伏擊，又未暴露自己的身分。在廿八鋪，定靜師太和恆山派尼眾又遭到嵩山派的暗算，幾乎全被他們用迷藥活捉。令狐沖躲在暗處，冷靜機智地觀察到敵方暗算恆山派的方法和過程，他仍假扮將軍，擊敗眾敵，救出恆山派眾尼。他受定靜師太臨終前的委託，帶領眾尼帶到福州，他思考定靜師太遭難的原因，很快抓住嵩山派冒充魔教的漏洞，識破嵩山派的這個陰謀，思索難題的敏捷全賴他的機靈和悟性。

令狐沖和盈盈被啞婆綑綁後掛在懸空寺的樑上，游迅、仇松年、嚴三星等七人搜索而來。他們先要殺盈盈，令狐沖眼見盈盈命在頃刻，情急智生，假裝背誦《辟邪劍譜》，將眾人引開，希望拖延時間，自己或盈盈被點的穴道如能解開，便可自救。此計十分靈驗，不但七人被引過來，而且他們當即自相殘殺，死了兩人——在令狐沖的暗示下，西寶和尚和仇松年情不自禁的伸手向他懷中去摸劍譜，結果被嚴三星和玉靈道人在背後殺死。接著嚴三星、玉靈道人伸手去摸劍譜，一觸令狐沖肌膚，內力便被令狐沖吸去，兩人又被同黨桐柏雙奇殺死。令狐沖藉兩人的內力，衝開被封的穴道，並斬斷桐柏雙齊兩人的右手腕。盈盈飛刃殺死游迅。令狐沖又憑智計擺脫險境，殺死五個頑敵，重傷兩人，大獲全勝。

令狐沖進入思過崖山洞後，左冷禪堵死洞口，妄圖翦滅被騙入洞中的群豪。令狐沖危急中背貼洞壁自保，衆瞎子殺進山洞後，他很快解開瞎子的暗語，逃過一片漆黑中的殺戳，反而與盈盈合力殺死衆瞎子，最後用慢劍法殺傷林平之，用快劍法誅殺左冷禪。出洞後被罩入漁網，又用自毀雙目之計引岳不群伸手來抓，吸走他內力，給儀琳造成殺死岳不群的良機，岳不群就此喪命。接著勞德諾殺來，儀琳抵擋不住，令狐沖大叫已故師弟陸大有死時不知去向的心愛小猴：「乖猴兒，快撲上去咬他，這是害死你主人的惡賊！」用心理戰擾亂他的心思，同時將漁網上的長繩甩過去，纏住他左腳，將他拉倒。儀琳乘機將他砍成重傷，又解了一個危難。

另一件妙事極見令狐沖的智慧過人。他利用桃谷六仙的力量，挑唆他們將啞婆的手足反縛了，吊在一株高樹之上。碰到不戒和尚後，又以請他去救自己被吊在大樹上的女性朋友的名義，要他去解救啞婆。不戒和尚同意去幫他這個忙之後，再用妙語點穿這個婆娘實即是他的老婆。再教他一條妙計，即使啞婆無法逃走，又幫助不戒和啞婆夫婦和好。令狐沖的這條妙計，終於使不戒夫婦破鏡重圓，更幫了儀琳一個大忙，他使儀琳享母愛和天倫之樂，柔弱的儀琳從此又得到武功高強、珠聯璧合的父母的有力保護。由於儀琳的關係，武功高強的不戒夫婦也加入恆山派的陣營，給恆山派以有力的保護。後來恆山派尼衆被岳不群擒去，果然由不戒夫婦到華山上將她們救出。

聰明機智過人的令狐沖，偶爾也會做愚蠢的事。他隨岳不群夫婦與華山派徒衆一起到洛陽拜見金刀王元霸後，在迎賓宴會上喝得酩酊大醉又嘔吐失態。之後一連數日竟在小巷酒店中連賭四天，將王家贈他的見面禮四十兩銀子和身邊餘錢輸光，隨身佩帶的一口長劍也當了，再次輸光後，老羞成怒，醉中搶錢，反被幾個無賴打得眼青目腫，跌在地上，掙扎不起，狼狽之極。林平之和岳靈珊遊玩歸來，看到他如此受窘，將他救回。虎落平陽被犬欺，固然是人生規律，但令狐沖此時的表現也頗有自暴自棄，自取其辱的味道。他因小師妹與林平之打得火熱，又在金刀王家感受到冷遇，心中氣苦，失去理智，做出不爭氣的事，忘了「君子自強不息」的經典格言，被王家子弟眞正看不起了。如非王家子弟欺人太甚，綠竹翁爲他抱打不平，爭臉出氣，令狐沖可能還要吃更大的苦頭。

令狐沖儘管機敏、聰慧、靈變，在與強敵搏鬥中總占上風，可是他還是經常大吃苦頭，原因有三。如前所述，他因失戀和失寵——不僅失寵，後來甚至被師太趕出門派而陷入心理危機，使他的智力無法正常發揮，這是一個原因。第二個原因是過於老實，待人太好，尤其對岳不群，常以自己的君子之心去度他的小人之腹，所以大吃苦頭。以上兩個弱點，都由於盈盈替他彌補不少，使他逐步擺脫了心理危機和現實危機，逢凶化吉。

第三，令狐沖不是將帥人物，他缺乏領導統禦和出謀劃策的才華，無力決謀大事、指揮群體鬥爭。他自己爲此也吃苦不少，更無力幫助大家度過難關。這一點，盈盈也幫不了他的忙，江湖上更無別人能給他幫助。

天眞任性，不會管人

前已提及，令狐沖在平時和打鬥時雖然頗有智機，可是他那天眞任性的性格，也有很大的侷限性，他缺乏管理、領導、指揮的能力，無力領導幫衆，指揮廝殺。

令狐沖與群豪一起去少林寺奪救任盈盈，一路上大張旗鼓大作渲染，固然爲盈盈爭了面子，卻不知少林寺有何反應。離十二月十五日只差三日，離少林寺也已不過一百多里地，對方卻一直沒任何動靜，倒似有恃無恐一般。令狐沖帶大家這樣做，有很大的隨意性，根本沒考慮對方會有什麼反應，所以也不知對方會有什麼反應，令狐沖和群豪中有些頭腦的祖千秋、計無施對此頗感憂慮。待他們到了少林寺，發現空無一人，令狐沖毫無思想準備，大感束手無策，不知如何應變。更沒想到的是，進了少林寺後被人包圍，中了甕中捉鱉之計。令狐沖不知深淺，只曉得帶大家衝下山去。他不預先計畫一下：能衝下山去嗎？衝不下會怎麼辦？如果能衝下去，衝下去後又怎麼辦？計無施提醒他：「盟主，下山之後在何處聚會，以後作何打算，如何設法搭救聖姑，現下都須先作安排。」令狐沖道：「正是。你瞧我臨事毫無主張，那裡能作什麼盟主？我想下山之後，大夥兒暫且散歸原地，各自分別訪察聖姑的下落，互通聲氣，再定救援之策。」令狐沖冒失上山，衝進空寺，既救不了盈盈，又見不到關押盈盈的對頭，又冒失地下令大家衝下山，然後解散——因爲他領導不了這些人，無法帶領大家發揮群體的力量尋找和搭救人質，只能茫無目標地去各自查訪。又不懂如何組織大家衝破重圍，只好請別人主持：「計兄，如何分批衝殺，請你分派。」計無施見令狐沖確無統率群豪以應巨變之才，便也當仁不讓，安排群豪的具體行動。後來衝不下去，也是束手無策，幸虧桃谷六仙不聽令狐沖的阻止，擅自搬動石像，才找到秘密通道，下了後山。他又不懂組織群豪作出新的行動，只好解散他們後，隻身再回。

令狐沖帶領群豪來少林寺的路上，也毫無組織、指揮的能力，所以一路上雞飛狗跳，擾民不少。同樣他帶領恆山派門人行路，也不懂規定組織紀律，幸虧這些女尼行止端莊文雅，有高度自律精神。可是他行事缺乏計畫目標，對江湖險惡和前途叵測都沒有充分的估計，所以他後來離開恆山派沒有幾天，恆山派全衆竟都被岳不群擒到華山去，差一點全軍覆沒。

他當了恆山派的掌門後，根本不會設計：如何組織好這支隊伍的練武功、查兇手、為三位師太報仇的步驟和行動計畫；如何抵制左冷禪的併呑；如何利用本山地形，預防強敵攻占，免使姐妹們受到欺凌。當任我行當衆宣布要消滅恆山派時，令狐沖根本沒有預料到這個結果，等任我行宣布這個決定時，才發現自己帶領恆山派猶如羊群落入虎口，已無生還可能。幸虧任我行大度地讓她們回恆山等死，又宣布一個月內剿滅恆山。令狐沖帶尼衆回山後不利用這段時間想出良策解脫此難，竟守株待虎，坐以待斃。他作為一個掌門根本不懂得要為衆師弟的生命負責的重任。他帶領進攻少林寺的群豪和恆山派衆尼，在江湖上闖蕩，進退無據，猶如「盲人騎瞎馬，夜半臨深池」，非常危險。是好運和少林、武當掌門的妙計，幫助令狐沖逃過了率衆覆滅的厄運。

令狐沖因為缺乏領導的才華，所以胸無大志，沒有造福武林的意願和雄才大略。所以他錯過了搶到五嶽聯盟掌門的機會，拒絕了硬送給他的魔教掌門的許諾，也就放棄了向問天一再指點他的「事在人爲」，清除敗類之後，「教江湖上豪傑之士揚眉吐氣」，日月教「在你手中力加整頓，爲天下人造福」的宏大前程，辜負了方證、沖虛對他的遠大期望。令狐沖只懂也只會獨善其身。如果讓喬峰、郭靖、袁承志、陳家洛和胡斐得到這種千載良機，他們定有一番重大作爲。

令狐沖在江湖上奔走一番，沒有一件有意義的大事能夠成功，連最大的仇敵岳不群也是別人代他殺的，殺掉小師妹的兇手又囿於婦人之見而保護起來，作者金庸認爲他不是大俠，是正確的定位。

令狐沖的人生哲學

人生觀篇

崇尚俠義，救助無辜

令狐沖作爲一位俠義之士，看到無辜者遭殃，必會出手相救。儀琳如遭田伯光的污辱，以封建時代的婦女貞操觀和儀琳的性格，她必要自殺。令狐沖救她不受辱，即是救了她的性命。在浙閩邊界，看到恆山派遭埋伏、被圍殺，他都毫不猶豫地出手相救。聽老頭子的女兒身患重症，令狐沖吃掉救她之藥，令狐沖立即設法放血還藥，逼他的女兒喝下，俠義精神感人。

他救向問天，是欽佩此人面對強敵包圍，凜然不懼而且視若無人的豪氣。向問天實際上根本不需要他的幫助，完全有智謀和力量脫險，弄不好有了他插手，反而礙手礙腳，因爲他重傷之餘，內功盡失。向問天只是感到這個年輕人的俠義精神可嘉而已。

令狐沖救人不多，因爲他自己一直身患重傷。他救的多是恆山派衆人包括儀琳，還有就是在強敵即將得手時，不只一次救出岳不群和寧中則這對師父師娘的性命。

此外，任盈盈害羞，凡是看到她和情郎在一起的豪俠都要嚴懲，令狐沖更是大感歉疚，向盈盈求情，救助和赦免這些無辜的目擊者。

他還幫任我行、向問天一起圍攻東方不敗。又曾在少林寺幫助任我行戰敗岳不群，以免任我行父女被關在少林寺虛耗生命。

誅殺邪惡，手下留情

令狐沖性格仁慈，做人心腸很軟。面對邪惡之徒的無情無義的圍攻和進攻，他非不得已不肯殺人，常常主動地手下留情，留人性命。

他不殺採花大盜田伯光，此人後來果然改邪歸正，是他手下留情的成功之例。

他不殺天松道長，情願自己留下後患，也留他性命。

他被白頭仙翁卜沉、禿鷹沙天江追殺滅口，經惡鬥後好不容易反敗爲勝，還是要饒禿鷹性命，對方不肯投降，飲刃自殺，他才奪回劍譜。

救助向問天時，遭樂厚偷襲，他得手後饒他性命，結果再次遭他偷襲，差點喪命。

在華山思過崖洞中，各派正邪之徒在黑暗險境中爲求自保，亂殺求生，令狐沖還是不肯擅殺別人，他在任何艱難困苦的情況下儘量不殺人，更不因遷怒而殺人，有仁人之心。

原則高於生命

令狐沖並不將自己的性命看得很重。

他將友誼看得高於生命。桃谷六仙和不戒和尙見他受傷很重，都熱情地用自己的眞氣打入令狐沖的體內，效果適得其反，令狐沖受這八道眞氣的折磨，痛苦萬分，更且鑄成不治之症，性命難保。面對這樣殘酷的事實，他絲毫沒有責怪他們之意，他知道他們是出於救助自己的好意，他以友情爲重，將性命之憂丟在一邊。後來他在杭州地牢裡修得吸星大法，雖然消掉這八道異種眞氣，內傷霍然而癒，可是吸星大法也有幾個重大缺陷，若不及早補救，終有一日會得毒火焚身，那些吸入體內的他人功力，會突然反噬。令狐沖因任我行傳出此法並非蓄意相害，故而也並不介意。他注重的是自己與任我行和向問天的友誼。

他將道德看得高於生命。當年他因爲內傷極重，難以行動，師父岳不群將他留在華山，僅派陸大有相陪，華山派全夥遠走他鄉，他留在華山意味著等死。岳靈珊偷出其父的《紫霞秘笈》，特地送來給他，要他練習紫霞神功，自救性命。令狐沖未得師父允許，堅決不練，陸大有硬是讀給他聽，他勉力點了陸大有的穴位，消耗最後一點力氣爬開，寧死不偷學師父不肯傳授的武功。他誤飲藥酒後，得知酒內有祖千秋偷來的「續命八丸」，此乃老頭子救其病女的靈藥，老頭子要刺他心頭之血去救女兒，令狐沖聽老頭子說自己因此要性命不保，他只是淡淡一笑，慷慨陳詞：「每個人到頭來終於要死的，早死幾年，遲死幾年，也沒多大分別！我的血能救得姑娘之命，那是再好不過，勝於我白白的死了，對誰都沒有好處。」老頭子見他竟任人宰割，禁不住稱讚：「這等不怕死的好漢，老頭子生平倒從來沒見過。」

令狐沖此時的心理交織著未得允許取人寶物理應交還，反正自己內傷已成不治之症，故而早死晚死已無所謂的灑脫情緒，和捨己救人的俠義心腸。

令狐沖一貫將俠義看得高於生命。儘管他遠不是田伯光的對手，他仍要救出儀琳，冒著被田殺死的風險，鍥而不捨地干涉、比武，不救出儀琳絕不罷休。儘管傷重之餘已舉步維艱，他兩次勇鬥嵩山派暴徒，冒著生命危險救出岳不群和寧中則。當十五個蒙面客要將他「亂刀分屍」，他急中生智用獨孤九劍「破箭式」刺瞎了三十隻凶惡的眼睛之後，他已全身脫力，軟癱在地。

令狐沖將人的尊嚴看得高於生命。令狐沖由盈盈救入少林寺，方證大師願以《易筋經》相授，治好他內傷，救他性命，條件是投入少林派為徒。令狐沖此時已被岳不群逐出門戶，還「祈我正派諸友共誅之。」方證提醒他，他如一出少林寺門，「江湖之上，步步荊棘，諸凡正派門下弟子，無不以你為敵。」又勸他：「今後在我少林寺門下，痛改前非，再世為人，武林之中，諒來也不見得有什麼人能與你為難。」令狐沖此時卻萌發一股倔強之心，認為「大丈夫不能自立於天地之間，醜顏向別派托庇求生，算什麼英雄好漢？江湖上千千萬萬人要殺我，就讓他們來殺好了。師父不要我，將我逐出了華山派，我便獨來獨往，卻又怎地？」言怎及此，不由得熱血上湧，豪情滿懷，什麼生死門派，盡數置之腦後，霎時之間，連心中一直念念不忘的岳靈珊，也變得如同陌路人一般。方證驚嘆他如此不畏死，令狐沖下山後想到正邪兩派都要取自己性命，他只要人前露面：「定然當場便將我殺了」，不由得有些害怕，轉念又想：「我躲躲閃閃的，縱然苟延殘喘，多活得幾日，最終難逃這一刀之厄。這等怕死的日子，多過一天又有什麼好處？反不如隨遇而安，且看是撞在誰的手下送命便了。」

爲了維護人的尊嚴，不要少林高僧救助，後來又兩次得罪任我行，堅決不接受死亡威脅，不加入日月教，也不接受利誘，不當副教主，堅持自己人格的獨立自由。

令狐沖將聲譽看得高於生命。祖千秋請他喝八杯酒，他喝了兩杯，心中吃驚，覺得酒味古怪。此時祖千秋激他說：「我這些酒杯，實是飲者至寶。只是膽小之徒，嘗到酒味有異，喝了第一杯後，第二杯便不敢再喝了。古往今來，能夠連飲八杯者，絕無僅有！」令狐沖為爭氣，如約連喝八杯，他想：「就算酒中有毒，令狐沖早就命不久長，給他毒死便毒死便了，何必輸這口氣？」，「大丈夫視死如歸，他的毒藥越毒越好。」為了爭口氣，竟視如歸。岳靈珊在旁勸他：「可須防人暗算報仇。」令狐沖一則認為：「這位祖先生是個豪爽漢子，諒他也不會暗算於我。」頗見識人慧眼。同時又於內心深處，似乎反而盼望酒中有毒，自己飲下即死，屍身躺在岳靈珊眼前，不知她是否有點兒傷心？他因失戀而痛不欲生。他多次產生過這樣的念頭，這又可見他將愛情看得高於生命。

他在盈盈發生患難時，也極願為她獻身，他的確將愛情看得高於生命。但他又將自由和尊嚴看得比愛情而高，他堅決不入日月教，不當副教主，寧可給任我行殺死也不屈服；同時也知如此得罪任我行，他與盈盈的婚姻也成泡影，但他仍在所不惜。儘管他要求盈盈立即拜堂成親後再死，他心中明白這只能說說而已，結局必是自己被任我行殺死之後，她自殺殉情。任我行又曾威脅他：「你體內吸入的異種眞氣必要折磨你，叫你必死無疑。化解之法，天下只我一人知道。」

令狐沖回答說：「大丈夫涉足江湖，生死苦樂，原也計較不了這許多。」

這樣的豪言壯語，已看破生死，將生死苦樂都置之度外了。這便是原則高於生命的鏗鏘之言，擲地有金石之聲。

令狐沖有時也因心智迷亂而自暴自棄地放棄生命。在少林寺與岳不群比劍時，岳不群故意將岳靈珊與相好時共創的劍法使了出來，令狐沖頓時手足無措，又是羞慚，又是傷心，心內流淚：「小師妹對我早已情斷義絕，你卻使出這套劍法來，叫我觸景生情，心神大亂。你要殺我，便殺好了。」只覺活在世上了無意趣，不如一死了之，反而爽快。他與岳不群數次對陣，都不肯殺傷師父，而對師父對自己痛下殺手時，總是抱消極忍受態度，這是他被兩個情結長期反覆糾纏的結果。

兩個情結打成的一個死結

令狐沖極重情義，這本是一個極大的優點，但在令狐沖身上，在有些方面過於重情重義，反而給他帶來極大的傷害，也給武林同道帶來極大的危害。

令狐沖過分重於情義表現在兩個人身上，此即岳氏父女。他對岳不群的忠誠與依戀，直到岳不群誣陷他偷盜《辟邪劍譜》，向武林宣布他是華山派棄徒，而且幾次下殺手要取他性命，他都癡心不改。他對岳靈珊的愛戀與留連，直到岳靈珊移情別戀，又指斥他私藏劍譜，殺害師弟、致林平之重傷，直到與林平之結婚，而他自己早已與任盈盈定情，他都癡心不改。這兩個癡迷，成爲他的戀師情結和戀師妹情結，都可致他於死地而不自知。

潘國森《話說金庸》認爲：「令狐沖唯一缺點是感情上拖泥帶水，夾纏到連其他事情也大受影響，對岳不群又過於寬大，破了他的《辟邪劍法》之後竟然放他去繼續害人，在大是大非的問題上把持不定。」（《金庸茶館》壹，第三十四頁）

只有少數研究者才看出令狐沖這兩個情結的嚴重危害，潘國森先生以上的看法是很深刻的，他還將令狐沖的兩個情結的錯誤性質定到「在大是大非問題上把持不定」這個原則高度，非常精闢。「拖泥帶水」、「過於寬大」這兩個判詞也很正確，實際上令狐沖的這兩個情結性失誤，是致命的，潘國森先生在這方面未作具體分析。

令狐沖對岳不群的戀師情結，在一定程度上也是戀父情結，而且是兩者的結合。因爲令狐沖自小是孤兒，他在岳不群夫婦的關懷下長大。他的武藝原也都是岳不群夫婦傳授。令狐沖從一個孤苦伶仃的孤兒，成長爲華山派的大師兄，衆徒中武藝最高的人物，令狐沖的確應該感激。可是岳不群後來視他爲仇敵，他也業已知曉岳不群在他身上耍的陰謀，明白岳不群在江湖上的極大危害性，竟依舊戀師情結不解，是與令狐沖做人不成熟、在大是大非問題上把持不定互爲因果的重大人生失誤。

令狐沖比岳靈珊大八、九歲，他倆一起長大，感情篤厚，令狐沖珍惜與她的情誼，極想與她結爲夫妻，是自然的。岳靈珊移情別戀，他極爲痛苦且又留戀不捨，也是正常的。但岳靈珊已與林平之定情，他自己也已與任盈盈定情，他還是失去理智地單戀小師妹，是非常愚蠢的，還因此而壞了武林大事，更是愚不可及。

令狐沖在嵩山比武奪帥的重大場合，看到岳靈珊的惡劣表現竟無動於衷；莫大與她比劍，岳靈珊劍飛人倒，莫大不再進招，而且說：「姪女請起，不必驚慌。」岳靈珊竟連砸兩塊圓石，一塊砸斷莫大之劍，一塊猛砸莫大胸口，使莫大當場傷重吐血。岳不群見女兒耍無賴，只好打她一記耳光，掩飾過去。對她凶惡傷人的行爲，令狐沖猶如視而不見，對她被父責打的痛苦，竟自作情地作多番聯想，還愚蠢地無視面對的生死搏殺場面和在場的數千名好漢，他眼中看到的「便只一個他刻骨相思、傾心而戀的意中人，爲了受到父親的責打而在哭泣。他一生之中，曾哄過她無數次，今日怎可置之不理？」立即決定「要哄得她破涕爲笑！」一葉障目，被虛假、自欺的自作多情所趨使和蠱惑，竟然將決定天下武林命運的大戰視作兒戲。

更糊塗的是他擊飛岳靈珊之劍後，見到她丟臉的痛苦神色，竟讓飛劍落地時穿身而過，不惜以身負重傷來表示自己的歉意。這種拙劣的表現，連岳靈珊也感到太過分了，她氣急敗壞地心中怦怦亂跳：「不知他性命如何？只要他能不死，我便……我便……」

令狐沖不應忘記方證、沖虛希望他奪到五派聯盟掌門的殷切囑咐，不能將武林大局置之不顧，只想討小師妹的歡心。這個事件與周幽王爲了討美人褒姒的開心，引美人一笑，無事也燒烽火，讓諸侯的兵馬白白奔走，結果敵人眞來進攻時，無人相救，落得身死國亡、遺臭萬年的結局，在本質上有什麼兩樣？令狐沖不是昏君，只是天眞幼稚，但此事的後果眞的很不好，令狐沖在後半場比武奪帥的缺席，讓岳不群抱到了掌門的位子。

居心叵測的僞君子岳不群擔任五派聯盟的掌門，對武林必將造成極大的禍害。

岳不群搶到此位，使江湖正氣嚴重受挫，而邪氣則已上升。

令狐沖對岳不群的姑息養奸是害己害人的愚蠢行爲，他後來果然差點被岳不群殺死，也連累任盈盈差點爲他殉葬；岳不群將武林群豪騙入思過崖山洞，果然逼得他們自相殘殺而死傷殆盡。令狐沖又毫無來由地答應不殺林平之，讓他在江湖上繼續逍遙害人，自己和盈盈也差點死在他的劍下，後來雖將此人關押在地牢內，也難保他一定逃不出來。

總之，令狐沖的這兩個情結，使武林中人的生命丟失不少，輕自己的性命、輕別人的生命而只是爲了珍惜岳不群的生命和岳靈珊的感情，很不可取。

令狐沖的人生哲學

評語

不是浪子，而是俠士

令狐沖的言行追求自由灑脫、無所拘束。有的論者據此評他爲「浪子」。溫瑞安《談笑傲江湖》中的《談笑傲·九、兩個「無行浪子」的交情》指出：「田伯光是個採花大盜，無行浪子，令狐沖在失戀的時候有時也會自卑自己是個『無行浪子』，其實，他只是天生豁達，不拘小節、落拓不羈、性情中人而已。」這個評價定位準確，否定了令狐沖自卑地承認自己是個「無行浪子」的提法，給令狐沖以正確評價。

陳墨《金庸小說人論》第四章〈俠與浪子〉專論令狐沖，認爲「滿身邪氣的令狐沖是一個典型的浪子」。他在此章中又引林語堂《生活的藝術·醒覺·以放浪爲理想的人》：

> 造物主也許會曉得，當他在地球上創造人類時，他是創造了一個放浪

者，雖是一個聰明的，然而總還是放浪者。人類放浪的質素，終究是他的最有希望的質素。這個已造成的放浪者，無疑地是聰慧的。但他仍然是一個很難以約束，很難以處置的青年，他自己以為比事實上的他更偉大，更有聰慧，依然喜歡胡鬧，喜歡頑皮，喜歡一切自由。雖然如此，但亦有許多美點，所以造物主也許還願意把他的希望寄託在他的身上，正如一個父親把他的希望寄託在一個聰慧而又有點頑皮的二十歲兒子的身上一般。……

陳墨因此而認爲：「令狐沖正是這樣一位放浪者，他是聰慧的，又是喜歡胡鬧、喜歡頑皮、喜歡一切自由的浪子典型。這一段話似乎是爲評論令狐沖形象而寫。」陳墨後來又於《孤獨之俠——金庸小說論》中的〈金庸小說主角的人格模式及其演變〉一文中，專列一節《浪子戰士》，再引林語堂上文中的另一段相關的言論，指出令狐沖「是那樣的不拘小節、放浪不羈、生動活潑」，令狐沖是一個「獨特的放浪者的典型形象」，「又是一位爲自由而戰的戰士。」將令狐沖認定爲一個「浪子」。

這樣的觀點是似是而非，大錯特錯的。

陳墨認爲令狐沖是「浪子典型」，何謂「浪子」？台灣出版的《中文大辭典》釋爲：①遊蕩之子弟。又爲遊蕩無業者之通稱。②宋、李邦彥之號。又釋「浪子宰相」，因李邦彥「生長閭閻，習於猥鄙，每綴街市俚語爲辭曲，自稱李浪子」，「都人目爲浪子宰相。」

北京商務印書館《辭源》釋爲：不務正業的遊蕩子弟。

各本辭典多作正解，唯上海出版的《漢語大詞典》釋爲：①不務正業、遊蕩玩樂的青年人，二流子。②流浪者。③風流英俊、豪放不羈。亦指風流子弟。宋徐樓莘《三朝北盟會編》卷二三六：「韓之純，輕薄不顧士行之人也，平日以浪子自名，喜嬉娼家，好爲淫媟之語。」

陳墨給令狐沖定爲「浪子」喜歡胡鬧、頑皮和一切自由的特點不符合以上權威辭典的釋義。陳墨雖也提到一句「放浪不羈」，指「言行隨便，不受拘束。」「放浪」指「放縱不受拘束」（《漢語大詞典》）。①縱任無檢束也。②猶言浪跡也。（《中文大辭典》）

可見陳墨的所謂「浪子」並不符合林語堂「放浪」、「放浪者」的原義；陳墨對「浪子」的理解更不符合各種辭典所釋之義，是在不明原義的情況下誤用此詞。

《漢語大詞典》雖將「浪子」第三義釋爲「風流英俊」加「豪放不羈」，但舉例皆爲元雜劇如《西廂記》、《倩女離魂》中的例句和元末明初《水滸傳》的「浪子燕青」，說明此非基本義，且使用的花園和時間非常狹窄和短促；同時又舉《水滸傳》的例句，釋爲「風流子弟」，可見除元雜劇和《水滸傳》中的個別例子外，「浪子」一詞一般皆作爲貶義詞，更何況《笑傲江湖》中明明以「無行」修飾「浪子」。可見，令狐沖絕不是陳墨所說的「浪子」，即令狐沖自認爲的「無行浪子」，令狐沖仍是一位行爲言論灑脫不羈、追求自由奔放的俠士。

《笑傲江湖．三十、密議》中，當方證與虛沖敦請令狐沖挺身而出，爭當五嶽派的掌門人時，他哈哈大笑：「要晚輩去管束別人，那如何能夠？上樑不正下樑歪，令狐沖自己，便是個好酒貪杯的無行浪子。」顯然將「浪子」作爲貶義辭，用作全盤否定自己的謙詞。蘇嶝基《金庸的武俠世界．笑傲江湖》中專列一節

〈是浮滑浪子？抑英雄本色——論令狐沖〉，為令狐沖洗刷正邪兩派給予的詆毀、誣衊，否定他是浮滑浪子，肯定他有英雄本色：「令狐沖有蕭峰的氣概，但多了份瀟灑。比起楊過，兩人的不受禮法羈勒差不多，而令狐沖比較跳蕩、豁達。與韋小寶相較，彼此之任性刁鑽庶幾近之，然則令狐沖那不畏死的英雄氣概是韋小寶沒有的。」

總之，令狐沖雖然任性，有時還顯刁鑽，但絕非如陳墨所說的，他是一個「滿身邪氣」的「典型的浪子」，而是一個滿身正氣的典型的俠士。陳墨將「浪子」的帽子套在令狐沖的頭上，是誤讀金庸原著、誤解林語堂「放浪」原義和「浪子」一詞原義的產物，是完全錯誤的。

令狐沖是一位路見不平、挺身而出的俠士。譬如他孤身出戰，拯救危難中的恆山派女尼；他身為恆山派掌門，孤男與群女相處，言行嚴謹正派，得到莫大的欽敬；聽說盈盈為他而被少林寺囚禁，孤身上山相救。他的種種言行都無愧於典型的俠士。令狐沖的確追求豪放不羈、自由自在的生活，但與現代意義上的反對專制壓迫制度的自由意識與反專制政治的戰士人格則完全不同，陳墨說他是「戰士」也是不恰切的。

不是戰士，而是隱士

令狐沖有許多出衆的優點，是一位可敬的俠士。但令狐沖有一個重大的弱點；他不懂政治，不是一位戰士，所以他放棄已取得的優勢，不能有所作爲，未能造福於武林。

也有一種相反的觀點，如陳墨《金庸小說人論》第一卷第四章〈俠與浪子〉認爲：

> 而令狐沖的形象則是一種全新的人格形象，他具有真正的叛逆性，不僅像楊過那樣叛逆傳統的儒家禮法，而且是對整個的——儒、道、佛合流的——傳統文化的徹底的背叛。在令狐沖身上，我們看見了真正的現代人文主義思想意識，我們看到了現代意識與現代人的人格理想。

並進而認爲此便是令狐沖作爲「浪子」的人格，又說：

而要寫浪子，就讓主角令狐沖面對一個處處爭權奪位的政治鬥爭的局面。

於是：

僅僅是為人難定正邪，做事不守規矩，這還只是「小調皮」的個性，還不能充分顯示他的浪子人格的真諦。

真正能夠表現出他的人格的真相真義的，是他對政治——爭權奪位——鬥爭的厭倦、厭惡，逃避和叛逆。

又反過來再說：

令狐沖對政治的厭惡和逃避，最根本的原因，當然還是他的自由的天性和追求自由的人格意志所決定的。

又於《金庸小說主人公的人格模式及其演變·五、浪子戰士》中重申上述觀點，並進而認爲令狐沖的這種表現要高於道家「出世」的隱士，他是「一個自由的浪子」，「一位爲自由而奮鬥的戰士」，「爲自由而戰的戰士。」

這樣的觀點也是似是而非，而且大錯特錯的。其錯誤有以下四個層次。

其一，對於政治和爭權鬥爭的錯誤認識。陳墨認爲「令狐沖面對一個處處爭權奪位的政治鬥爭的局面」，此言不錯。但他進而認爲「這些爭權奪位的人中，固然包括了邪派，但也包括了正派。如果說日月教是邪教，那麼正派武林中的余滄海、左冷禪等人卻也比他們好不了多少。華山劍宗的封不平固然不是個東西，但道貌岸然的華山氣宗掌門人岳不群則更加可惡，也更加可怕。由此可見，爭權奪位是難分正邪善惡的。換句話說，只要捲入政治上的爭權奪位的鬥爭，那就很難按照一般的是非善惡標準去判斷他們。邪固是邪，而有些『正派』卻比邪派更加可恨可惡。」

陳墨在這裡將「正派」二字打上引號，顯然已心知余滄海、左冷禪、岳不群並非眞正的正派領袖，而是爲一己私利而挑起爭權奪位鬥爭的陰謀家、野心家。所以不能將令狐沖面對的爭權奪位的鬥爭，以偏概全地引伸爲所有政治上的爭權鬥爭都無是非善惡的標準，從而毫無原則地貶低一切政治鬥爭及其參加者。譬如孫中山發動辛亥革命，向腐敗無能的滿清政府爭權奪位，打倒封建專制統治，企圖建立民主制度，捲入這樣的政治鬥爭難道沒有「一般的是非善惡的標準去判斷他們嗎？」其間顯然有大是大非的政治原則問題。

其二，令狐沖面對他眼前的爭權奪位鬥爭，出於愛護和拯救本派和其他各派徒衆，避免他們自相殘殺、無辜遭害的悲慘結局，他照理應當仁不讓地挺身而出，代表正義、公理的力量而投身奪權鬥爭，但令狐沖竟不能自悟此理，當方證、沖虛這兩位德高望重的武林前輩點撥、勸誘他時，他依舊不明此理。第三十卷〈密議〉中，方證和沖虛在懸空寺飛橋上向令狐沖介紹使江湖波瀾迭起的《葵花寶典》之來歷、劍氣和正邪兩宗兩派浴血紛爭的歷史，分析當前五派歸併、掌門之位之爭的形勢後，然後詢問：「下月十五，左冷禪招集五嶽劍派齊集嵩山推舉掌門，令狐少俠有何高見？」令狐沖只能聽憑左冷禪奪權，五派合併。方證道：「以老衲之見，少俠一上來該當反對五派合併，理正辭嚴，他嵩山派未必說得人心盡服。倘若五派合併之議終於成了定局，那麼掌門人，便當以武功決定。少俠如全力施為，劍法上當可勝得左冷禪，索性便將這掌門人之位搶在手中。」這是方證、沖虛兩位武林前輩商議良久後確定的良策，令狐沖不懂其中的深意，聽說此言，大吃一驚，結結巴巴地回答說：「我……我……那怎麼成？萬萬不能！」

於是沖虛又為他分析：「老弟如做了五嶽派掌門，第一，不會欺壓五嶽劍派的前輩耆宿與門人弟子；第二，不會大動干戈，想去滅了魔教，不會來吞併少林、武當；第三，大概吞併峨嵋、崑崙諸派的興致，老弟也不會太高。」方證再補充：「左冷禪倘若當上了五嶽派掌門人，這殺劫一起，可不知伊於胡底了。」兩人申明此乃「為正邪雙方萬千同道請命。」

話說到這份兒上，令狐沖依舊沉吟著推辭：「做這恆山掌門，已是狂妄之極，實在是迫於無奈，如再想做五嶽派掌門，勢必給天下英雄笑掉了牙齒。這自知之明，晚輩總還是有的。」，「做五嶽派掌門，晚輩萬萬不敢。」

令狐沖此言，自卑感太強，「王侯將相寧有種乎？」只要才德兼備，帶領部眾走正道、求和睦，能外禦強敵，內務實際即可。令狐沖如能努力一下，再得眾人之助，基本上能做得到，而他卻畏縮不前，胸無大志，不及郭靖、喬峰等大俠遠甚。

令狐沖缺乏政治遠謀，沖虛進而提醒他，五派歸一，左掌門操生殺之權，第一個要翦滅你，你若一走了之，恆山派的眾多弟子便要聽憑左冷禪宰割，華山派的師父、師娘、師弟、師妹也會「一個個大禍臨頭，你也忍心不理嗎？」

聽到這裡，令狐沖心頭一凜，不禁全身毛骨悚然，退後兩步，向方證與沖虛兩人深深作揖，說道：「多蒙二位前輩指點，否則令狐沖不自努力，貽累多人。」

到這時他終於想通其中的道理，奮勇投入到爭權奪位的政治鬥爭中。這個鬥爭顯然有著是非善惡的標準。所以金庸在《笑傲江湖．後記》中也於篇首即分清是非善惡的兩類標準：「聰明才智之士，勇武有力之人，極大多數是積極進取的。道德標準把他們劃分爲兩類：努力目標是爲大多數人謀福利的，是好人；只著眼於自己的權力名位、物質慾望，而損害旁人的，是壞人。」，「政治上大多數時期中是壞人當權，於是不斷有人想取而代之；有人想進行改革。」所以令狐沖在方證、沖虛的指點、鼓勵下，爲避免武林衆人自相殘殺、無謂犧牲而奪權，他顯然是爲大多數人謀福利的好人。但他在爭奪五派掌門人的比武中，囿於小兒女的舊日情意，竟然故意讓岳靈珊取勝，放棄了自己的職責和義務，從而讓岳不群的陰謀得逞，可見令狐沖在政治上的幼稚。

其三，不是戰士，而是隱士。金庸於〈後記〉中接著又說：「另有一種人對改革不存希望，也不想和當權派同流合污，他們的抉擇是退出鬥爭漩渦，獨善其身。所以一向有當權派、造反派、改革派，以及隱士。」又說：「令狐沖是天生的『隱士』，對權力沒有興趣。」，「對於郭靖那樣捨身赴難，知其不可（爲）而爲之的大俠，在道德上當有更大的肯定。令狐沖不是大俠，陶潛那樣追求自由和個性解放的隱士。風清揚是心灰意懶、慚愧懊喪而退隱。令狐沖卻是天生的不受羈勒。」，「『笑傲江湖』的自由自在，是令狐沖這類人物所追求的目標。」而且令狐沖還缺乏領導管理能力，缺乏處理重大事變的謀略和智慧。

金庸先生給令狐沖的定位很正確，他在書中的藝術描寫與他自己的定位名實相符，令狐沖是退出鬥爭漩渦，即退出戰鬥，獨善其身的隱士，當然不是戰士。他的性格本屬隱士類型的，他順天性而爲，並不是像有的人那樣有志於作爲，後來與自己的性格作戰，克服和超越自我，走向退隱；左冷禪、岳不群、任我行之流的陰謀家、野心家或自己病死，或被他人殺死，全非被令狐沖戰死，他們死後，江湖上至少暫時已恢復平靜，所以令狐沖的退隱並非他戰鬥勝利後的果實，他怎麼可說是一個「戰士」？陳墨認爲令狐沖的表現要高於道家的「出世」隱士，不僅沒有根據，而且是錯誤的。道家出世的隱士已滲透宇宙、人生的至理，令狐沖顯然沒有達到這麼高的思想境界和思維水平，金庸認爲他僅僅是「追求自由和個性解放的隱士」，是有分寸的。陳墨將令狐沖置於最高地位也是錯誤的，並且違背作者描寫這個人物的原意，不符合這個人物的眞實形象，金庸認爲郭靖要高於令狐沖，才是大俠，令狐沖不是大俠，分明已給以正確的分類，陳墨對此視而不見，是遺憾的。

其四，陳墨認為令狐沖的「全新的人格形象」是「對整個的——儒、道、佛合流的——傳統文化的徹底的背叛。」這個觀點也是完全錯誤的。面對岳不群這樣卑鄙的人物，令狐沖在識破他的眞面目之後，還是顧念師徒兼父子之情，對他抱愚忠愚孝的態度，顯然受儒家影響很深。岳靈珊臨死時，他曾答應她「要照料林平之」，所以在險象環生、身處絕境的山洞中，面對林平之的凶狠殺手，還是信義為重，一再忍讓，不是儒家思想影響的結果？他的歸隱、追求個性自由，全是道家思想的產物。而心懷仁慈、處處忍讓，則是佛家思想的典型體現之一。更且他與任盈盈以婚姻為愛情正當結果的想法，他繼承的《笑傲江湖》曲，難道不是傳統文化的產物，而是西方式的現代意識和現代文化產物？《笑傲江湖》及其彈奏此曲的樂器，本是傳統文化的結晶。

令狐沖根本沒有背叛傳統文化，便談不上「徹底背叛」。

有的論者將現代人文主義思想意識、現代意識和現代人的人格理想與中國儒道佛結合的傳統文化相對立，將前者看作是後者遭到徹底背叛才能建立的觀點，是徹底否定中國傳統文化、追求全盤西化的錯誤思潮的產物。他對令狐沖作這樣的分析即是這個完全錯誤的認識的產物，也是完全違背作者金庸的原意的。筆者在多篇論文中強調金庸是全面繼承中國傳統文化光輝遺產的基礎上，吸收和融合西方文化的精華，以此創作武俠小說，從而取得極高的思想和藝術成就的。作爲一個成熟的學者、作家和文化人，我們也應像金庸一樣，只有在全面深入繼承中國優秀、光輝的傳統文化之同時，吸收和融合西方文化之精華，適應時代之發展，才能建立起現代意識、現代人文主義思想意識和現代人的人格理想。

陳墨先生是一位勤奮的學者，在金庸研究方面已出版專著多種，取得不少可喜的學術成果。儘管他讀書很多、才思敏捷、博聞強記，但在中國傳統文化問題的認識上有時認識模糊。有的論者在金學研究中的多個重大觀點是似是而非、非常錯誤的。其要害是錯誤否定儒道佛結合的中國主流文化及其承載者傳統知識分子。本書僅就他對令狐沖的人生哲學角度所作的評論作一些分析和批評，希望讀者引起注意，增加辨識力，以正確認識和理解作者的原意、書中人物的言行所隱含的意蘊。

不是戰士，卻是鬥士

天下的人和事，往往不能用常理評論，尤其是卓立特行之人和事。令狐沖即如此。他是隱士式的人物，不是胸有大志，以匡濟天下爲己任的勇士，但卻也是一位鬥士。

令狐沖是一位強權政治的鬥士，一位反對個人崇拜的鬥士。

《笑傲江湖》中最體現強權政治的有兩個人物，一個是左冷禪，一個是任我行。

《笑傲江湖》中愛好個人崇拜的有兩個人物，一個是東方不敗，一個也是任我行。

左冷禪要五派歸併，他當盟主，又曾派人惡狠狠地強行阻止劉正風金盆洗手，血洗劉門。爲推行五派歸併，用陰謀和殺戮逼迫恆山派就範，使三位師太陷入險境，甚至喪命。令狐沖繼承恆山掌門，帶頭反抗左冷禪的歸併計畫。

東方不敗大搞個人崇拜，令狐沖極其厭惡和反對這種醜惡的做法，幫助任我行武力奪權，和任我行、向問天一起與東方不敗惡戰，終於消滅了這個凶惡詭異的天下第一強敵。

可是任我行奪權成功後，既推行強權政治，又繼承東方不敗個人崇拜的衣缽。

任我行武功高強，言辭慷慨，氣度恢宏，是令狐沖尊敬欽佩的人物。他又是盈盈的生父，自己未來的丈人。

可是令狐沖面對這個可敬可怕的人物，也搞起強權政治和個人崇拜。令狐沖毫不猶豫地奮起反抗。

第一次，任我行在杭州脫險後，與令狐沖重逢時，熱情邀請令狐沖入魔教，還要與他義結兄弟，他在猶豫中，經向問天勸說，本已微覺心動，可是任我行在勸說時充滿了威脅之意，他熱血上湧，當場頂回，拂袖而走。

第二次，任我行重任教主，坐享教內的崇拜之後，當眾宣布，封他為副教主，魔教眾人在給任我行諛詞的同時，也開始吹捧起令狐沖來，他厭惡這套個人崇拜的玩意，拒絕入教，任我行當場大怒，輕蔑地訓斥：「你倒說得嘴硬。今日你恆山派都在我掌握之中，我便一個也不放你們活著下山，那也易如反掌。」令狐沖道：「恆山派雖然大都是女流之輩，卻也無所畏懼。教主要殺，我們誓死周旋便是。」

令狐沖自知無力對抗任我行的進攻，只能誓死不從而已。更知對抗任我行，與盈盈的金玉良緣也頓成泡影。

令狐沖願意犧牲一切，來維護自己的尊嚴。他的這種熱愛自由的精神，他的這個回答，取得了盈盈的諒解，盈盈理解、尊重他，令狐沖並不孤立，他得到了盈盈的支持。令狐沖和任盈盈都難能可貴。

令狐沖沒有力量阻止任我行推行強權政治和個人崇拜，但他做到了堅決不從，煞了任我行的威風。

筆者本人在青年時代經歷過嚴峻的個人崇拜時代，在這個時代吃過很大的苦頭。筆者深知在舉國若狂之時，要衆醉獨醒至爲不易，公開反抗更是十億人中僅有一、二而已，非親歷其境者極難體會。張志新，一弱女子耳，即是這樣一位僅有一、二之英雄，被割喉處死，其所臨之艱難，難於令狐沖百倍。令狐沖畢竟是金庸先生隔海觀火時寫出的紙上英雄，但令狐沖畢竟是敢正面訓斥強酋，反抗個人崇拜的鬥士，金庸塑造這個人物，是罕與倫比的大手筆，足以卓立千古。

附錄

令狐沖的人生哲學

【附錄之二】

令狐沖大事記

十一歲前　書中只述及他「自幼沒了父母」，「是個無父無母的孤兒」，其他如其父母的情況。其父母是怎麼會盛年夭折的，他既自幼便失怙恃怎麼知道自己姓名，又是如何生存下來的……等，作者既未介紹，令狐沖自己在回憶過去時也從未提到，想來是乏善可陳，不堪回首。

十一歲　被岳不群夫婦收養，並收爲華山派大弟子。岳不群夫婦只有一個獨生女岳靈珊，沒有兒子，待他「猶似親生兒子一般」。其時岳靈珊才三歲，他「常常抱了她出去採野果，捉兔子」，二人情同手足。

十七八歲　與岳靈珊鬥蟋蟀，岳靈珊輸了，哭個不停，令狐沖哄她許久，才使她回嗔作喜，於是同去請岳不群講故事。二人間猶如兄妹光景。

二十四歲　與岳靈珊一起在晚上乘涼，岳靈珊爲不能睡在露天觀望天上星星而感到遺憾，令狐沖為此忙碌了整整一天一夜，去山上捉了幾千隻螢火蟲，裝在十幾只紗囊中，讓她掛在床帳中，代替天上的滿天星星。此時岳靈珊已是荳蔻年華，令狐沖似已初植情根。

二十五歲　因事往漢中，在酒樓只因看不慣「青城四秀」中侯人英、洪人雄「妄自尊大」之狀，出言挑釁，將二人踢下酒樓。為此被師父罰跪於大門外一日一夜，還挨了三十棍。

與岳靈珊於華山玉女峰側瀑布旁同創「沖靈劍法」。此時他於岳靈珊已情根深植，不可自拔。

二十六歲　赴衡山參加劉正風「金盆洗手」儀式，途經衡陽時因飲酒落後。夜晚趕路時於郊外荒山遇田伯光調戲恆山派幼尼儀琳，挺身纏鬥，而激使儀琳逃去。在衡陽城儀琳被田伯光追上，挾持至回雁酒樓陪飲。他雖遍體鱗傷而仍追蹤而至，最終施「坐鬥」之計救出儀琳，自己卻身受大小傷口一十三處，又被「青城四秀」中之羅人杰欺他傷重而刺中胸口，但他仍施計刺死羅人杰。他傷重垂死，為曲洋、曲非煙祖孫救入青樓群玉院。

曲非煙引來儀琳，以恆山治傷聖藥救護。青城派等人尋仇來搜，儀琳抱他逃入郊外荒山。荒山療傷之際，窺見了劉正風與魔教長老曲洋琴簫合奏《笑傲江湖》之曲，又見嵩山派人追殺已受重傷的劉正風、曲洋，乃不顧重傷之餘而現身施救。嵩山派費彬刺死曲非煙，自己也爲衡山派掌門莫大先生所殺。劉正風、曲洋《笑傲江湖》曲譜於令狐沖後迸斷心脈而死。

返回華山，令狐沖因殺羅人杰之事而被罰上思過崖獨自面壁一年。是年冬，在思過崖初遇華山派劍宗前輩風清揚，見識到迅如閃電的使劍方式。

發現被封閉之後洞，在洞壁發現數十年前被五嶽劍派設計封閉於此的魔教十長老遺骸及其死前所刻於石壁之五嶽派絕頂招式與破解之法。田伯光來邀下山，議定以比武定去留。以石壁所刻武功與之過招，又經風清揚現身指點，並授以獨孤九劍，終於勝過田伯光，武功大進。

與風清揚相處十餘日，盡得獨孤九劍之精義，而華山派劍宗傳人來，仗嵩山派支持，卻奪華山派掌門之位。與之鬥劍，以獨孤九劍敗之，己亦受傷。桃谷六仙、不戒等各輸眞氣爲之療傷，不得其法，反使他內傷更重。

華山派爲避桃谷六仙胡攪蠻纏和嵩山派的追逼，全派撤離華山，令狐沖帶傷隨行。先至林平之外祖父「金刀無敵」王元霸所在之洛陽，隨後準備南赴福建。

在洛陽，所藏《笑傲江湖》琴譜被王家誤以爲林家之《辟邪劍法》秘笈，爲分辨是否爲曲譜，尋訪東城綠竹翁，因此於其家初遇任盈盈，但始終未見其面，因綠竹翁稱之爲「姑姑」而誤認其爲年老「婆婆」。蒙任盈盈垂青，授以《清心普善咒》琴曲，二人隔竹簾教學數日，至華山派離洛陽而止。

在乘船去福建途中，任盈盈先後遣「殺人名醫」平一指、黃河老祖、五毒教主藍鳳凰等等爲之治傷，皆無功而返，至魯豫交界之五霸岡而有綠林群豪與之相見聚合之事。群豪此舉令任盈盈鍾情令狐沖一事傳揚天下，引起任盈盈不快，親至五霸岡解散聚會。群豪既散，少林、崑崙等派弟子前來除魔衛道，與任盈盈發生衝突。任盈盈殺其數人，自己也受重傷，令狐沖雖以內傷而內力全失，仍仗獨孤九劍而救出任盈盈，此時方知所謂「婆婆」實乃一絕色少女。

爲救治令狐沖，任盈盈攜之自投少林寺，願以一死換取少林寺將《易筋經》傳授於令狐沖。

二十七歲

於少林寺昏迷三月有餘後醒來，醒後知道已被逐出華山派，不欲向別派托庇求生，乃拒絕改投少林派而學《易筋經》，拜別出寺。途遇正邪各派追殺向問天，起不平之心，拔刀相助，與之一起殺出重圍。

脫困後，向問天知其內傷難治，攜之南下赴杭州梅莊訪「江南四友」。「江南四友」爲各自癖好所累，中了向問天移花接木之計，令由他們監管的日月教前教主任我行自地牢中逃脫，而由令狐沖代他坐牢。

在地牢關押兩月有餘，無意中習得任我行刻於所臥鐵板上之吸星大法，因此治癒令神醫平一指束手無策的內傷痼疾，並成劍術、內力俱優之絕頂高手。

逃出地牢後，令狐沖與前來梅莊之任我行、向問天相會，拒絕任我行結為兄弟、加入日月教的要求，往福州去會合華山派。在途中改扮作一虬髯參將吳天德以掩飾身分，遇恆山派定靜師太率弟子赴福州去攔阻日月教劫奪《辟邪劍譜》，遂暗中保護，助其殺退假扮魔教的嵩山派人。

至福州，跟蹤林平之、岳靈珊而奪回由他們發現又被嵩山派人搶去的《辟邪劍譜》，自己也受傷而昏倒於林家老宅門前。岳不群竊取了劍譜，又以他習得吸星妖法而宣布其為正教中人的「公敵」。適逢恆山掌門定閒等被嵩山派假扮魔教困於浙南龍泉鑄劍谷內，飛書求援，乃隨恆山派門人前往援救。於鑄劍谷石窟救出定閒、定逸，又識破了嵩山派假扮魔教而欲一舉殲滅恆山派之陰謀。在護送恆山派返山的途中，又得悉江湖中三十餘個幫會約定十二月十五日圍攻少林寺，救援被禁於寺中的任盈盈的消息。定閒、定逸先行趕赴少林寺去求情放人，而請其帶領恆山派衆女弟子隨後緩行。

於漢水旁雞鳴渡遇莫大先生，答應代爲保護恆山派人，由其脫身趕奔少林。不久會合去少林的群豪，被推舉爲此舉盟主。

率群豪入少林，少林已成一座空寺，只見定閒、定逸二師太倒臥寺中。定閒臨終前求其接掌恆山派。與正派中人戰，不利，幸桃谷六仙發現秘道而率群豪逃出。解散群豪後獨自再入少林救任盈盈，遇任我行、向問天已將盈盈救出。

二十八歲

於恆山接任恆山派掌門之位。少林掌門方證大師、武當掌門沖虛道人親至道賀，嵩山派則遣人以左冷禪爲五嶽劍派盟主之令阻其接掌。逐出嵩山派人後，與少林、武當掌門登懸空寺密議，二掌門悉告武林秘笈，囑其於五嶽劍派合併之時奪取掌門之位，以阻撓左冷禪大動干戈，君臨武林的野心。謀定而遭魔教徒衆暗算，被困於靈龜閣，幸得任盈盈來救脫困。

與任盈盈同赴日月教總壇所在之黑木崖，會合任我行、向問天等圍攻東方不敗，三人不敵，幸任盈盈用李代桃僵之法而誅之。任我行重登日月教教主之位。令狐沖再次拒絕加盟入教，返回恆山。

嵩山大會。大衆議定以武功奪五嶽派掌門之位。岳靈珊出人意料以思過崖後洞石壁所刻武功擊敗莫大先生，岳不群假意責打，岳靈珊被打泣下。爲使其回嗔作喜，令狐沖頓忘前議，與之比劍而詐敗受傷。岳不群以所竊《辟邪劍譜》武功擊敗左冷禪而盲其雙目，奪得五嶽派總掌門之位。

會後下山，途遇林平之亦以《辟邪劍譜》武功誅殺青城派掌門余滄海、獨行大盜木高峰爲父母復仇，自己也被木高峰藏於駝峰中之毒汁毒瞎雙眼。與任盈盈暗中護送林平之、岳靈珊，得悉岳不群一切虛僞陰險之事，及習《辟邪劍法》先須自宮的秘密。林平之爲投靠左冷禪而刺殺岳靈珊，寧中則也爲目睹丈夫之卑鄙及得悉女兒之死而心灰自刎。令狐沖過去的親人一時盡失。此時，令狐沖爲岳不群偷襲刺傷，岳不群也因失陷於日月教所挖陷阱而服下日月教用來控制教眾的「三尸腦神丹」。

令狐沖由任盈盈陪伴在翠谷養傷十日後返恆山，化裝為聾啞僕婦訪察門下諸人，為真的聾啞僕婦擒入懸空寺，原來此婦聾啞也是裝的，其實就是不戒之妻，儀琳之母。待其脫困，恆山門人已悉數被人擄。遇藍鳳凰，知被擄往華山，乃與盈盈趕赴華山。在華山思過崖後洞與被岳不群誘來之嵩山、衡山、泰山三派一起被陷，在覓道脫困時又遭左冷禪、林平之率人圍攻，幾度險象環生，最終殺左冷禪，擒林平之，而自地道脫困。方出地道又為岳不群以網捕獲，幸儀琳為父母救出，尋找其他同門偶至此處，乃刺死岳不群，救其脫厄。

任我行大舉襲華山，於朝陽峰與令狐沖會，又脅其入教。為其所拒後約一月之內屠滅恆山全派。

返恆山後，少林、武當、峨嵋等派聞訊來援。少林掌門假託風清揚武功而授以《易筋經》，終於化解因習吸星大法而得之痼疾。

三十一歲　至期，日月教聚眾前來，但其教主已是任盈盈，原來任我行已暴卒於朝陽峰上，於是化干戈為玉帛。

於杭州梅莊與任盈盈成婚偕隱。前已讓恆山掌門之位予儀清，盈盈也讓教主之位予向問天。

與任盈盈同往華山尋訪風清揚，踏遍諸峰而終無所獲。

【附錄之二】

嵇康與《廣陵散》絕

《笑傲江湖》中，劉正風與曲洋認爲他們創作、合奏的《笑傲江湖》曲可以超過嵇康的《廣陵散》。《廣陵散》是千古名曲，其出典見《晉書》卷四十九《嵇康傳》：

康將刑東市，太學生三千人請以為師，弗許。康顧視日影，索琴彈之，曰：「昔袁孝尼嘗以吾學《廣陵散》，吾每靳固之，《廣陵散》於今絕矣！」時年四十。海內之士，莫不痛之。

又介紹《廣陵散》此曲的來歷：

初，康嘗遊於洛西，暮宿華陽亭，引琴而彈。夜分，忽有客詣之，稱是古人，與康共談音律，辭致清辯，因索琴彈之，而為《廣陵散》，聲調絕倫，遂以授康，仍誓不傳人，亦不言其姓字。

《廣陵散》此曲非嵇康所作，而是一位自稱「古人」的不速之客傳授給嵇康的。此人來歷非常神秘，所以五代．前蜀的著名詩人韋莊《贈峨嵋山彈琴李處士》詩說：「《廣陵》故事無人知，古人不說今人疑。」嵇康又不肯傳授給別人，也許是因爲他沒有遇到音樂方面的知己、知音吧，所以文天祥被元軍於一二九一年囚至大都時所作《己卯十月一日至燕，越五日罹狴犴有感而賦》詩之四：「萬里風沙知己盡，誰人會得《廣陵》音？」「《廣陵散》絕」作爲事無後繼，已成絕響的莫大遺憾之象徵，成爲中國文人史、文學史上的著名典故。南朝大畫家顧愷之曾以「目送歸鴻，手揮五弦」的神態作嵇康奏琴圖，此爲中國繪畫史上的千古名作。

嵇康（二二一～二六一，或二二三～二六二），字叔夜，三國魏思想家、文學家、書畫家、音樂家。他的祖先原姓奚，會稽（今浙江紹興）人，因避仇家，遷至譙郡銍縣（今安徽銍縣西南）。嵇康處於魏國末期，大奸雄曹操的後代懦弱無能，司馬懿與其子司馬師、師馬昭咄咄逼人，要奪取曹氏的政權。嵇康與阮籍、山濤、向秀、劉伶、阮咸、王戎等人在竹林隱居，人稱「竹林七賢」。嵇康與山濤、阮籍等人飲酒、彈琴、賦詩、清談，又與向秀、呂安以鍛鐵、灌園爲樂。嵇康的夫人是魏沛穆王曹林之女（或孫女）長樂亭主，他又曾任中散大夫（七品散官，僅備顧問），故而後來他雖隱居，內心卻同情曹氏集團，與司馬氏集團相對抗，故而被司馬昭以莫須有的罪名殺害。

嵇康爲人，史書說他「尚奇任俠」（《三國志，王粲傳》），所以他很得人心，他被捕下獄時，「太學生數千人請之，於是豪俊皆隨康入獄」（《世說新語．雅量》第六注引王隱《晉書》）嵇康面臨殺身之禍，並不畏懼，臨刑東市神氣不變，從容彈奏《廣陵散》而終。後人讚頌：「此眞所謂有道之士，不以生死嬰懷者矣！」（可遠《春渚紀聞》）嵇康置生死於度外，臨死之前從容奏曲的慷慨無畏精神，《笑傲江湖》中的劉正風、曲洋有之，所以曲洋對劉正風說：「當年嵇康的心情，卻也和你我一般。」

嵇康此人，《晉書》本傳說他：「康早孤，有奇才，遠邁不群。身長七尺八寸，美詞氣，有風儀，而土木形骸，不自藻飾，人以爲龍章鳳姿，天質自然。」說他才貌雙全，風度高雅。他的朋友山濤讚美說：其「爲人也，岩岩若孤松之獨立；其醉也，傀俄若玉山之將崩。」當時文人對他極爲傾慕。

嵇康性格剛正不阿，很容易得罪人。嵇康早年貧窮落魄時，與向秀在大樹下一起打鐵，以此養活自己。貴公子鍾會，爲人精練，有才能辯，特地來拜訪嵇康。嵇康不理他，自顧打鐵。過了好長時間，鍾會要走了，嵇康問他：「何所聞而來？何所見而去？」鍾會回答：「聞所聞而來，見所見而去。」鍾會因此對嵇康懷恨在心。

鍾會（二二五～二六四），三國潁川長社（今河南長葛西）人。字士季。鍾繇幼子。博學有才，著有《道論》二十篇（今已失傳），長於刑名家之學。官至司徒，爲司馬昭重要謀士。景元四年（二六三），與鄧艾各帶一軍，攻滅蜀國。後鍾會誣告鄧艾謀反，鄧艾被殺。景元五年，鍾會自己謀叛，被殺。可見鍾會此人，人品很壞。嵇康不理他，顯因知他人品不好而看不起他，但得罪此人，嵇康也倒了大楣。果然，鍾會後來向司馬昭進讒言：「嵇康，臥龍也，不可起。公無憂天下，顧以康爲慮耳。」將嵇康比作諸葛亮式的人物，警告司馬昭不能讓他崛起，天下之人不必擔憂，只要顧慮嵇康一人夠了。接著又攻擊嵇康想要幫助政敵，而且「言論放蕩，非毀典謨，帝王者所不宜容。宜因釁除之，以淳風俗。」嵇康終於慘遭殺害。

嵇康作爲思想家，能道他人所不敢道、不能道，魯迅先生稱頌他「思想新穎，往往與古時舊說反對。」（魯迅《魏晉風度及文章與藥及酒之關係》）作爲文學家，長於四言詩，以《幽憤詩》著名；文以《與山巨源絕交書》最佳，被評爲「千古絕調」。其書畫，傳至唐代，極得唐代著名理論家的好評。張彥遠《歷代名畫記》說：「嵇康工書畫，有《獅子擊象圖》、《巢由圖》傳於代。」張懷瓘《書議》說：「嵇康夜……吾慕其爲人。嘗有其草寫《絕交書》一紙，非常寶惜，有人與吾兩紙王右軍書，不易。近於李造處見全書，了然知公平生志氣，若與面焉。」評價竟比王羲之還高。又於《書斷》說：「叔夜善書，妙於草制。觀其體勢，得之自然，意不在乎筆墨。若高逸之士，雖在布衣，有傲然之色。故知臨不測之水，使人神清；登萬仞之岩，自然意遠。」

作爲音樂家，近人楊蔭瀏認爲：「嵇康在音樂實踐和音樂理論方面，都有極高的成就。」（《中國古代音樂史稿》上冊第四編第六章六）在演奏方面，向秀說他「於絲竹特妙」（《思舊賦．序》）。善作曲，相傳有名曲《長清》、《短清》、《長側》、《短側》，合稱「嵇康四弄」，另有《風入松》。有精深的音樂理論造詣，其所作《琴賦》，何焯《文選評》認爲：「音樂諸賦雖微妙古奧不一，而精當完密，解入微，當以叔夜此作爲冠。」其《聲無哀樂論》，劉勰《文心雕龍．論說》認爲：「嵇康之辯聲，師心獨見，鋒穎精密，蓋人倫之英也。」蔡仲德《中國音樂美學史》指出：「嵇康的音樂美學思想不僅集中反映於《聲無哀樂論》，而且反映於《琴賦》、《琴讚》，散見於《養生論》、《答難養生論》、《與山巨源絕交書》、《答釋難宅無吉凶攝生論》及其詩作。」嵇康是一位成就卓著的音樂理論家，對中國古代的音樂美學作出很大的貢獻。

【附錄之三】

嵇康彈奏的《廣陵散》眞的失傳了嗎？

嵇康擅長彈琴，琴藝高超，他所彈的《廣陵散》，聲調絕倫，受到當時人的高度讚賞。他死時聲稱此曲已成絕唱，也即此曲徹底失傳了。可是他由自稱古人的人傳授此曲，那麼除嵇康之外，還有沒有別的人學過此曲並流傳下來呢？

有的！應璩（一九〇～二五二）比嵇康早生三十餘年，卻僅早死十年，與嵇康是同時代人。在給劉孔才的信中，他寫到：「聽《廣陵》之清散。」但未講明是聽何人所彈奏。如果不是聽嵇康彈奏，說明另有人也能彈奏此曲。

明代洪熙一年（一四二五）刊行的《神奇秘譜》印出《廣陵散》全曲。此曲的作者不知何人，至遲於東漢末年（二二〇）前後已經出現。《廣陵散》是中國現存古曲中的兩首之一，另一首即傳爲蔡文姬所作的《胡茄十八拍》。

《廣陵散》經過近一千八百年的流傳，雖然很可能已經由歷來琴家作過不少的加工和改編，但也可能保持或基本保持著古曲的原貌，因此不能說此曲已經失傳，更不能說此曲是因嵇康被殺而失傳的。收在《神奇秘譜》中的這首古曲，又被編入北京的中央音樂學院音樂研究所叢刊，並在一九五八年由北京的音樂出版社出版。

現存《廣陵散》古琴曲演奏的內容，據蔡文姬的父親、東漢著名史學家、文學家、書法家、音樂家蔡邕（一三三～一九二）所著《琴操》（專講琴曲故事）的記敘，大意爲：聶政的父親爲韓王鑄劍，誤了限期，被韓王所殺。聶政用十年時間練成高超的琴藝，韓王召引聶政進宮彈琴，聶政在琴腹中藏好利刃，演奏時候韓王聽琴入神的機會，抽刀刺死韓王，報了殺父之仇。

這是一個有名的故事，所以漢代有武梁祠石刻畫像《聶政刺韓王》保存至今。但這是一個傳說故事，《史記．韓世家》的記載是：「列侯三年，聶政殺韓相俠累。」他殺的不是韓王列侯而是名叫俠累的韓相。

【附錄之四】

《笑傲江湖》為什麼要用琴簫演奏？

金庸在小說中安排琴、簫作為演奏《笑傲江湖》的樂器是很有道理的。琴，今稱古琴，是漢族自古使用的最重要的樂器，而且是遙遠的古代唯一留傳至今的樂器。

中國古代的樂器除古琴之外已全部失傳，一般人已不知道這次樂器的名稱了：

在遠古即西元前二十一世記前的原始社會，中國先民用的樂器，據現存文獻可知，有鼓、土鼓、磬、離磬、鐘、苓、鈴、管、葦籥和塤。傳說中的還有箎、笙等管樂器和兆鼓鼓、柷、敔等擊樂器。部分已有出土文物出現。

商代的樂器，多已有出土文物：蟒皮鼓、鈴（狗鈴、馬鈴）、磬（石製擊樂器）和編磬、鐘和編鐘、缶（既是盛飲料的陶器用具，又是擊樂器）、塤（陶土製成的吹奏樂器）、龠（可能是後來排簫的前身）、言（單管的吹奏樂器，古代又稱大簫）、龢（後來小笙的前身）。

西周時見於記載的樂器有近七十種，《詩經》中出現過的有二十九種：其中擊樂器有鼓、鼛、賁鼓、應、田、懸鼓、鼉鼓、鞉、鐘、鏞、南、鉦、磬、缶、雅、柷、圉、和、鸞、鈴、簧等二十一種，吹奏樂器有簫、管、籥、塤、笙等六種，彈弦樂器有琴、瑟等二種。

此時簫和琴已經出現。但這時的簫與後世已有不同，琴則一直流傳至今。

戰國時新產生的樂器是筑、箏、竽和笛。竽，今有成語「濫竽充數」的南郭先生故事。笛，並非今日之笛。

西漢以後，新產生的樂器有排簫、笛、羌笛、笳、角、箜篌、琵琶等。此時的笛已確知是橫吹的管樂器。羌笛，漢時簡稱爲篴（「笛」的異體字），是現在簫的前身，它本是西方邊區（甘肅、四川一帶）羌族的樂器，只有四個按孔，西元前一世紀時，京房在後面加了一個最高音的按孔，從此有了五個按孔。此時的琵琶與今時的完全不同。

三國至南北朝，新產生的樂器有曲項琵琶、五弦琵琶等。這兩種琵琶與今日的琵琶完全不同。

從上可見，今日常用的中國民族樂器，主要的如胡琴、琵琶、笛子等都是後起的樂器，且多從西北少數民族那裡傳過來。古代自秦漢至清代最常見的古琴、簫兩種樂器，前者是古代漢族樂器之僅存者，後者西漢時引入漢族，是外來樂器中最早傳入又得最喜愛的一種管樂器。

古琴的獨奏技術，早在先秦即已很普遍，後來不斷發展，又湧現了不少優美的琴曲。現存最早的琴譜書，是明代朱權於一四二五年編輯印行的《神奇秘譜》。此後至清末，有多種琴譜出版。

關於古琴，有許多美妙的故事。西漢卓文君因司馬相如的琴挑而愛上他，與他一起私奔。這位巨富人家的小姐，跟隨家徒四壁的貧窮丈夫，只能與丈夫合作開一家小酒店，她親自當壚賣酒。父親卓王孫怕女兒出頭露面賣酒有傷自己聲譽，就撥給巨額嫁妝，承認了這樁婚事。司馬相如後來得到漢武帝賞識，出任顯赫的官職，又寫了多篇大賦，成爲文學史上的著名作家。

司馬相如彈奏《鳳求凰》名曲，以吸引美貌女郎的這個發明，繼承者很多。《西廂記》中的張生用此曲琴挑崔鶯鶯，《玉簪記》中的潘必正用此曲琴挑陳妙常，都贏得了美人的芳心。司馬相如追求卓文君的琴挑方法，成爲中國文學史、藝術史上的經典故事，明清的屏風、木雕等藝術品常用這個題材。詩歌中以琴爲題材的作品很多。

古時描寫琴聲的詩歌很多，其中著名的如韓愈《聽潁師彈琴》：「昵昵兒女語，恩怨相爾汝。劃然變軒昂，勇士赴敵場。浮雲柳絮無根蒂，天地闊遠隨飛揚。喧啾百鳥群，忽見孤鳳凰。躋攀分寸不可上，失勢一落千丈強。」

《西廂記》描寫鶯鶯聽張生彈琴的感受是：

莫不是步搖得寶髻玲瓏？莫不是裙拖得環珮叮咚？莫不是鐵馬兒檐前驟風？莫不是金鉤雙控，吉叮噹敲響簾櫳？

莫不是梵王宮，夜撞鐘？莫不是疏竹瀟瀟曲檻中？莫不是牙尺剪刀聲相送？莫不是漏聲長滴響壺銅？潛身再聽在牆角東，原來是近西廂理連結絲桐。

其聲壯，似鐵騎刀槍冗冗；其聲幽，似落花流水溶溶；其聲高，似風清月朗鶴唳空；其聲低，似聽兒女語，小窗中，喁喁。

他那裡思不窮，我這裡意已通，嬌鸞雛鳳失雌雄；他曲未終，我意轉濃，爭奈伯勞飛燕各西東：盡在不言中。

《玉簪記》描寫陳妙常彈琴、潘必正聽琴時幽靜環境和落寞心境：

（生）月明雲淡露華濃，攲枕愁聽四壁蛩，傷秋宋玉賦西風。落葉驚殘夢，閒步芳塵數落紅。

（旦）粉牆花影自重重，簾卷殘荷水殿風，抱琴彈向月明中。香梟全猊動，人在蓬萊第幾宮。（妙常彈的是名曲《瀟湘水雲》）

（生）步虛聲度許飛瓊，乍聽還疑別院風，聽淒淒楚楚那聲中。誰家夜月琴三弄，細數離情曲未終。

（旦）朱弦聲杳恨溶溶，長嘆空隨幾陣風……。這些都是劇中名曲，用優美的文字描繪琴聲和操琴者的心情。

關於簫聲的描寫，古詩詞名作佳句也很多。僅舉唐宋詞爲例：

李白《憶秦娥》：「蕭聲咽，秦娥夢斷秦樓月。」杜牧《寄揚州韓綽判官》：「青山隱隱水迢迢，秋盡江南草未凋。二十四橋明月夜，玉人何處教吹簫？」

李清照有詞《鳳凰台上憶吹簫》，陸游《蝶戀花》：「陌上簫聲寒食近。」辛棄疾《青玉案・元夕》：「風簫聲動，玉壺光轉，一夜魚龍舞。」姜夔《水龍吟》：「芳心事，簫聲裡。」以及「小紅唱曲我吹簫」之類，皆見古人對簫聲的喜愛。總之，金庸以琴簫相配，「急管繁弦」，是極具匠心的。

【附錄之五】

北京央視版《笑傲江湖》簡評

本書即將寫作完成之時，北京中央電視台播放了《笑傲江湖》四十集電視連續劇。此劇播放前，攝製人員自稱拍的是精品，自認爲拍得精彩。誰知四月初開播之後即招來罵聲一片。大陸報刊熱鬧地報導責罵的內容和攝製者的自我辯護。陳墨和曹正又先後受報刊、電台之邀，發表意見，他們都給這部電視劇六十五分。

觀衆鋪天蓋地的鳴聲，批評的內容最主要的有兩點：編導亂改原著、主角令狐沖很差。我同意觀衆的這兩條批評，所以我與大多數觀衆一樣，認爲這部電視劇是不及格的。觀衆和記者、影藝圈同行還有各種內容的批評，也多是有道理的，我想以後必會有專書蒐集這些文章並作評論，這裡不再詳細介紹了。

扮演令狐沖的演員太差，是導演的眼光不好，選錯演員又誤導演員。所以最主要的是導演太差。導演表現最差的還是亂改原著，改壞了原著。觀眾們批評他，他又作了極其錯誤的辯答。上海《新聞午報》轉載《華商報》的文章〈《笑傲江湖》導演黃健中：我不願做原著的奴隸〉說：「有一些觀眾對現在的劇情改編很有意見，批評我不忠實於原著，但每個導演的藝術創作特色不同，我也不願做原著的奴隸，，這一點金庸先生看完《笑傲江湖》樣片後，很支持我的意見。」

金庸先生反駁說，他並沒有看過此劇的樣片。《新聞午報》轉載《浙江青年報》的文章〈盈盈變妓女——金庸：《笑傲江湖》拍糟了〉：

日前，金庸先生在浙江大學城市學院舉辦一場講座。講座從學生接二連三的提問開始，當然，問題的「主要核心」還是央視版《笑傲江湖》。金大俠慷慨陳詞：「當初以一元人民幣的價格將《笑傲江湖》的改編權轉給中國電視劇製作中心，以為央視名氣大，不應該拍不好。以前我說央視的《笑傲江湖》拍得最好，是因為工作人員非常認真地在拍，而我又沒看過拍攝完的電視劇。現在看到了，才發現拍糟了。」

金大俠認為，電視和小說的創作不一樣，要求拍攝電視時完全依照小說也是不現實的，但是改編也得忠於原著，改編後還不如原著，那還不如不改。像前幾天播的劇集中，把任盈盈變成了一個妓女，人物的個性與原著相差太大，那就不怎麼好了。

我認爲金庸的這個批評太客氣，因爲他作爲原作者，還要保持謙遜的態度。我認爲編導拍壞《笑傲江湖》的最大要害是「我不願做原著的奴隸」一語，此語充分顯示了編導的水平之差。

「不做原著的奴隸」此語如果能成立的話，必須有兩個前提：一、爲了適應電視劇這種藝術表現樣式的需要，對原著作必要且又適當的改動，但又必須忠於原著的基礎。二、如果原著藝術成就不高，或有失誤、不足之處，而編導又出手不凡，將原著改編成藝術精品，或者對原著失誤之處作點鐵成金的改動，對原著的不足之處作精彩增補。這必將受到觀衆和專家的讚賞。

可是金庸是文學大師、經典作家，《笑傲江湖》是經典著作。不懂武俠小說的編導將《笑傲江湖》看作是通俗小說之作，不承認金庸小說已取得的藝術高度和種種精微之處，以居高臨下的狂妄態度，不自量力地大改亂改，從第一集起就改得不堪卒看，不僅在細處大犯點金成鐵、狗尾續貂的錯誤，在整體上可謂以風景、音樂之類的小有成功之處喧賓奪主，原著則已慘遭佛頭著糞、面目全非的浩劫。

作者文學經典的《笑傲江湖》如有個別不足之處，應由金庸自改，或與金庸本人商議後再改；而且這些不足之處與電視劇無關，可捨去不計。《笑傲江湖》的情節、人物和語言，是完美的，作爲文學經典之作，內涵極爲豐富，文化涵養極高，編導只應努力拍出原著的完美之處，闡釋原著的內涵。擅自改動，則自尋失敗。沒有看過金庸原作的觀衆講了幾句不著邊際的好話，這掩飾不了此劇的大敗。

令狐沖的人生哲學　　武俠人生叢書 10

著　　者／李宗為、周錫山
出 版 者／生智文化事業有限公司
發 行 者／林新倫
執行編輯／吳曉芳
登 記 證／局版北市業字第 677 號
地　　址／台北市新生南路三段 88 號 5 樓之 6
電　　話／（02）23660309
傳　　真／（02）23660310
網　　址／http://www.ycrc.com.tw
E-mail／book3@ycrc.com.tw
郵政劃撥／19735365　戶名：葉忠賢
印　　刷／鼎易印刷事業股份有限公司
法律顧問／北辰著作權事務所　蕭雄淋律師
初版一刷／2003 年 4 月
定　　價／新臺幣 250 元
ＩＳＢＮ／957-818-490-5

總 經 銷／揚智文化事業股份有限公司
地　　址／台北市新生南路三段 88 號 5 樓之 6
電　　話／（02）23660309
傳　　真／（02）23660310

國家圖書館出版品預行編目資料

令狐沖的人生哲學 / 李宗為, 周錫山著. -- 初版. -- 臺北市：生智, 2003[民 92]

面；公分. --（武俠人生叢書；10）

ISBN 957-818-490-5（平裝）

1.金庸 – 作品研究 2.武俠小說 – 評論

857.9 92002054